Cornelia Härtl stammt aus Süddeutschland. Neben Fachartikeln und Kurzgeschichten schreibt sie Sozialkrimis sowie Cosy Crime. Unter anderen Namen veröffentlicht sie heitere Unterhaltungsromane, Mystery und Erotik. Sie ist verheiratet und lebt südlich von Frankfurt.

KALTE RACHE

CORNELIA HÄRTL

Erstausgabe März 2022

Made in Stuttgart with ♥

Kalte Rache

ISBN 978-3-98637-497-6
E-Book-ISBN 978-3-96817-968-1

Covergestaltung: Buchgewand
Umschlaggestaltung: ARTC.ore Design
Unter Verwendung von Abbildungen von
depositphotos.com: © Ensuper, © Klanneke, © dimmitrius,
© Pakhnyushchyy
shutterstock.com: © Vera Larina, © Eky Studio
Lektorat: Lektorat Reim
Satz: dp DIGITAL PUBLISHERS GmbH
Druck und Bindung: Books on Demand GmbH, Norderstedt

Prolog

Sie waren gekommen, um zu töten.

Am Horizont kämpfte die Dämmerung mit der dunklen Nacht, der Wind vom Meer her war salzig und kühl. Den Wagen hatten sie abgestellt, gingen die letzten Meter zu Fuß. Der Mann war noch nicht da. Sie kannten seine Gewohnheiten. Die hohe Hecke, die den Garten des Grundstücks von der schmalen Uferstraße trennte, bot ihnen Schutz. Am Strand tollte ein Hund herum, der Mensch dazu lief beruhigend weit entfernt am Wasser entlang, nicht mehr als ein dunkler Schatten im Dunst.

Im Haus bewegte sich jemand. Die große Glastür, die zur Terrasse hinausführte, wurde aufgeschoben. Der Mann trat heraus. Er trug eine Tasse in einer Hand. Mit der anderen tastete er in der Tasche des edlen, gemusterten Morgenmantels herum. Darunter sah man die Beine seiner Pyjamahose. Seide, vermutlich. Er zog eine Packung Zigaretten hervor, schüttelte einen Glimmstängel heraus, ließ ein Feuerzeug aufschnappen. Genüsslich sog er den Rauch ein, mit leicht zurückgelegtem Kopf, stieß ihn wieder aus. Einen Moment lang stand er ganz still, wandte sich dann der Meerseite zu. Sein Gesicht war nicht zu erkennen. Ahnte er etwas?

Er nahm zwei, drei weitere Züge, trank dazwischen aus der Tasse. Jede seiner Bewegungen war ruhig. Entspannt. Mit dem Fuß angelte er nach einem Stuhl, stellte die Kaffeetasse auf dem Holzboden der Terrasse ab und setzte sich.

Er hatte keine Ahnung, wie nah der Tod ihm in diesem Moment war.

Kapitel 1

Er stand am Strand und schaute aufs Meer hinaus. Der schmutzigweiße Hund saß zu seinen Füßen. Meistens folgte er dem Blick des Menschen, gelegentlich sah er zu ihm hinauf, als wollte er sagen: »Komm jetzt. Gut is. Lass uns wieder spielen.«

Seit sie hierhergezogen waren, in dieses flache Haus in Norddeich, direkt hinter dem Dünenweg, sah Lena Gerd fast jeden Nachmittag dort draußen, am Saum des Wassers stehen. Die Hände in den Hosentaschen vergraben, eine Aura von Ruhe um sich. Sie selbst hatte diese Ruhe bisher nicht gefunden. Sie kam ihr aber täglich näher. Immer noch fragte sie sich, wie es kam, dass er diesen Schalter so schnell hatte umlegen können.

»Weil es das ist, was ich mir wünsche. Bei dir zu sein. Hier zu sein, solange wir es wollen.«

Lena ging auf ihn zu. Die Luft war feucht von dem feinen Nieselregen, der vor einer Stunde kurz niedergegangen war. Der Sand knirschte unter ihren Schritten. Gerd drehte sich mit einem Lächeln zu ihr um.

»Hi«, sagte sie und schlang die Arme um seine Hüfte. Er hatte ein bisschen zugelegt, seit er sich nicht mehr die Tage, und vor allen Dingen die Nächte, in einem seiner Frankfurter Clubs im Bahnhofsviertel – SM, Striptease, Tabledance – um die Ohren schlug. Sie fand es sexy, so wie den ganzen Mann. Ihren ersten und bisher einzigen. Noch immer gab es Momente des Erstaunens, wenn sie darüber nachdachte. So viele Dinge hatten sich in ihrem Leben geändert. Dass sie einen Mann liebte, gehörte dazu. Ebenso wie die Tatsache, nicht mehr zu arbeiten. Jeder Tag war lediglich bestimmt von dem, was sie tun wollten. Nicht mehr von dem, was sie tun mussten.

»Ich glaube, dein Freund will wieder spielen.« Der Hund merkte, dass sie zu ihm herübersah. Sein Schwanz wedelte freudig Sand auf. Er fiepte. »Weißt du inzwischen, wem er gehört?«

»Ich glaube, er ist herrenlos.« Gerd schaute ebenfalls auf die Promenadenmischung. Nicht besonders gepflegt, aber anhänglich.

»Lass uns ein Stück gehen«, schlug sie vor. Hand in Hand, den Hund neben sich, liefen sie den Strand entlang in Richtung Ostermarscher Watt. Es gab nur noch wenige Häuser hier am Rand der Ortschaft, an denen sie schnell vorüber waren. Bisher hatten sie nicht entschieden, ob sie längerfristig bleiben oder nach diesem Sommer woanders hinziehen wollten. Alles geht, sagte er immer. Nichts hat Eile. Wir haben alle Zeit dieser Welt.

Eine halbe Stunde später kehrten sie um. Gerd warf dem Hund Stöckchen zu, denen er eifrig hinterherrannte, um sie zurückzubringen. Lena ließ die beiden irgendwann hinter sich. Sie war als Erste wieder am Haus, betrat das Grundstück durch das halbhohe Gartentor, das in die Sichtschutzhecke eingelassen war. Der Garten war gepflegt, vermisste aber die liebende Hand einer Gärtnerin aus Leidenschaft. Das war Lena gewiss nicht. Die beiden Gestalten am Strand trennten sich. Der Hund blieb immer an einer bestimmten Stelle sitzen, als gäbe es eine unsichtbare Linie, die er nicht überschreiten wollte. Gerd kam herangestapft, ein Leuchten in den Augen, das erst hier gewachsen war.

»Kaffee?«, rief sie ihm zu, bereits an der Terrassentür.

»Unbedingt!«, gab er zurück. Während sie schon ins Haus ging, in der Küche das Fenster kippte und das Kaffeepulver aus dem Schrank nahm, hörte sie, wie er sich mit einem genüsslichen Prusten auf einen der Terrassenstühle plumpsen ließ. Gleich würde der würzige Duft einer der wenigen Zigaretten, die er sich pro Tag gönnte, durchs gekippte Küchenfenster zu ihr hereinziehen. Sie stellte Tassen auf ein Tablett und spürte, wie sich ihre Lippen zu einem Lächeln hoben. Sie war glücklich mit diesem Leben, so fremd es ihr auch immer noch schien. So glücklich wie nie zuvor.

Kapitel 2

Die Schüsse fielen kurz nach vier Uhr am Morgen.

Etwas hatte Lena aus einem angenehmen Traum geweckt. Verschlafen und noch halb in einer Zwischenwelt schob sie die Hand auf die andere Seite des Bettes. Es war leer, das Laken warm. Sie drehte sich um, als sie Glas splittern hörte.

»Gerd?«, rief sie in die Dunkelheit des Schlafzimmers hinein. Niemand antwortete. Von draußen drang das Geräusch eines vorbeifahrenden Wagens an ihr Ohr. Es entfernte sich schnell. Plötzlich fing ihr Herz an, heftig zu schlagen. »Gerd?«, rief sie, dieses Mal lauter. Gleichzeitig hob sie die Beine aus dem Bett, tastete nach ihren Flip-Flops, fand sie nicht und ging, auf einmal beunruhigt, barfuß zur Schlafzimmertür. Sie stand offen, wie immer. Gerd mochte keine geschlossenen Türen im Haus. Mit Ausnahme seines Arbeitszimmers, das er sich auch hier eingerichtet hatte. Der weitläufige Bungalow, in klarem, skandinavisch anmutendem Design, war dunkel. Lena lief durch den Flur ins Wohnzimmer, dessen verglaste Längsseite in den Garten zeigte. Die Solarleuchten warfen ein mattes messingfarbenes Licht auf die Rasenfläche. Lena näherte sich der Tür. Sie wunderte sich, Gerd dort draußen nicht sitzen zu sehen. Sie kannte seine Gewohnheiten inzwischen genau. Er stand fast immer zwischen vier und fünf Uhr morgens auf. Ging auf die Terrasse, um eine Zigarette zu rauchen. Manchmal trank er einen frühen Kaffee dazu, bevor er sich für eine weitere Stunde zu ihr legte.

»Es ist die perfekte Zeit für mich. Die Nacht begibt sich zur Ruhe und der Lärm des Tages hat noch nicht begonnen«, sagte er immer. Es war die Zeit, zu der er früher häufig nach Hause, nach Bad Homburg, gekommen war aus einem seiner Clubs. Seine Entscheidung, sie aufzugeben, war vor wenigen Monaten gefallen. Sie hatte viel mit Lena und seiner Liebe zu ihr zu tun. Auch wenn diese Liebe anfangs kaum Aussicht auf Erfolg gehabt hatte.

Das Licht sickerte grau wie flüssiges Blei durch die große Fensterfront. Die Schiebetür zur Terrasse war halb geöffnet, die kühle Nachtluft drang herein. Lena fröstelte. Nicht nur deswegen. Dort draußen lag etwas. Es hatte die Form eines Körpers. Auf einen Schlag war die Angst da und Lena rannte. Der Stuhl, auf dem Gerd gesessen hatte, war mit ihm umgekippt. Einer seiner Lederslipper war ihm vom Fuß gerutscht. Eine glimmende Zigarette lag auf den Holzplanken. Ein Becher stand daneben, fast noch voll mit schwarzem Kaffee. Gerd lag auf der Seite, unter seinem Kopf hatte sich eine rote Lache gebildet. Auf seiner Brust zerfloss das Paisleymuster seines Morgenmantels und Lena erkannte schockiert, dass es ein schnell größer werdender Blutfleck war. Sie schrie entsetzt auf, bevor sie neben ihrem Freund auf die Knie fiel, sein Gesicht berührte. »Gerd! Gerd! Hörst du mich?« Er antwortete nicht und ihr wurde so kalt, als hätte man sie mit Eis übergossen. Sie sprang auf, rannte zurück ins Haus und wählte den Notruf.

Polizei und Notarzt waren fast gleichzeitig gekommen, und das sonst so behaglich stille Haus hatte sich in einen Ort voller nervöser Anspannung verwandelt, an dem Menschen eilig hin- und herliefen, sich fremd klingende Worte zuriefen oder sich gedämpft unterhielten. Jemand hielt Lena an den Schultern fest, als Gerd auf einer Trage zuerst durch den Raum und dann in den Krankenwagen geschoben wurde.

»Sie dürfen später zu ihm, im Moment können Sie nichts für ihn tun. Aber wir brauchen Sie hier. Wir haben Fragen.« Ein Polizist mit beruhigender Stimme, er war ungefähr in Gerds Alter.

»Sind Sie seine Ehefrau?«

»Lebensgefährtin.«

Ihre Hände wurden auf Schmauchspuren untersucht. Man nahm ihre Fingerabdrücke. Sie ließ es wie in Trance geschehen. Sie wurde gefragt, ob sie jemanden gesehen hatte. Sie schüttelte den Kopf. Die Nachbarn vielleicht? Alle weiter entfernt. Das Haus zu ihrer Linken stand zudem leer. Die Besitzer kamen meist nur am Wochenende. Rechts von ihrem Bungalow lebte ein älteres Ehepaar. Beide so schwerhörig, dass sich Lena gewundert hätte, wenn sie überhaupt die Sirene des Krankenwagens wahrgenommen hätten.

Irgendwann ließen die Beamten von ihr ab. Lena saß zusammengesunken auf der Couch im Wohnzimmer. Sie zitterte am ganzen Körper. Sie hatte Angst. Sie konnte einfach nicht begreifen, was mit Gerd, diesem starken Mann, passiert war. Sie nahm alles, was um sie herum geschah, wie durch eine Wand aus Watte wahr. Die Männer und Frauen der Spurensicherung, die in ihren weißen Schutzanzügen wie überdimensionierte Maden aussahen, die Fragen, die ein Kripo-Beamter ihr zwischendurch stellte, die Morgenkälte, die durch die von der Kugel zerborstene Glastür ins Haus drang. Jemand drückte ihr eine Tasse in die Hand. »Trinken Sie das.« Sie trank, obwohl der Tee für ihr Empfinden viel zu süß war.

Irgendwann trat eine große schlanke Frau in einem dunklen Kostüm neben sie.

»Hauptkommissarin Paula May. Können wir irgendwo ungestört reden?«

Lena nickte und ging voran in Gerds Arbeitszimmer. Dort ließen sie sich auf der ledernen Sitzgruppe einander gegenüber nieder. Hier drangen die Laute von draußen nur gedämpft herein.

»Was ist mit Gerd?«, fragte Lena ihr Gegenüber. Die Frau zog ein Brillenetui, einen Rekorder sowie Notizblock und Stift aus ihrer geräumigen Tasche.

»Herr Rohloff lebt. Mehr kann ich Ihnen noch nicht sagen. Er befindet sich bereits im OP des Krankenhauses.« Paula May setzte eine Brille auf, deren breites Gestell genauso dunkel war wie ihr strenger Haarknoten. »Wir müssen schnell handeln. Es scheint, als ob niemand in Ihrer unmittelbaren Umgebung etwas gehört oder gesehen hat. Wir sind momentan ganz auf Ihre Wahrnehmungen angewiesen. Darf ich?« Sie hob den Rekorder. Lena nickte.

Der Blick aus den tiefbraunen Augen der Frau lag mit seltsamer Ruhe auf ihr.

»Ich habe Ihren Kollegen schon alles gesagt«, antwortete Lena bedauernd. »Ich muss vom Geräusch des splitternden Glases geweckt worden sein. Gerd ...«, sie brach ab, weil ein heftiger Schmerz sie durchfuhr. Paula May saß ruhig da, den Block auf den übereinandergeschlagenen Beinen abgelegt.

»Wir schauen jetzt mal, woran Sie sich noch erinnern können. Erfahrungsgemäß ist unsere Wahrnehmung sehr viel feiner, als gemeinhin angenommen wird. Ich bin nicht nur Polizistin, sondern auch Psychologin. Jetzt bin ich hier, um mit Ihnen diese Feinheiten zu finden.« Sie lächelte flüchtig. »Frau Borowski, schließen Sie doch bitte mal die Augen.«

Lena, die sich vor wenigen Minuten noch gefühlt hatte wie von einem Hurrikan in die Luft geschleudert, wurde ruhiger.

»Was machen Sie mit mir?«
»Was meinen Sie?« Paula May hob fragend die Brauen.
»Hypnotisieren Sie mich?«
»Nein, Frau Borowski. Ich versuche, mit Ihnen gemeinsam Zugang zu momentan verschütteten Erinnerungen zu erhalten. Damit wir den oder die Täter schneller finden können.«
Wieder ein schnelles Lächeln.
Lena schloss die Augen.
»Kehren Sie nun bitte zu Ihrer ersten Wahrnehmung zurück.«
»Ich bin von dem Geräusch aufgewacht«, wiederholte Lena das, was sie bereits gesagt hatte. Um sich sofort zu korrigieren. »Nein. Das stimmt nicht. Ich war ja schon wach.« Paula May sagte nichts und Lena fühlte sich merkwürdig geborgen in diesem Schweigen. »Ja. Ich war bereits wach.«
»Warum sind Sie aufgewacht?«
»Möglich, dass ich Gerd gehört habe, als er auf die Terrasse hinausging.«
»Tat er das öfter?«
»Ja. Eigentlich jeden Morgen. Es ist seine Zeit, wie er immer sagt. Die Zeit, die nur ihm alleine gehört. Eine alte Angewohnheit von früher.«
»Gut. Haben Sie ihn an den anderen Tagen gehört?«
Nein, nie. Gerd war sehr leise, wenn er aufstand. Mit Rücksicht auf ihren Schlaf warf er nicht einmal die teure Baristamaschine in der Küche an, sondern goss sich seinen Kaffee von Hand auf.
»Gehen wir davon aus, dass Sie sich bereits daran gewöhnt hatten oder Ihr Lebensgefährte sehr rücksichtsvoll ist. Was könnte Sie dann geweckt haben?«
Lena versuchte, sich zu erinnern. Im Traum war sie an einem Strand entlanggegangen. Das türkisfarbene Wasser hatte ihre Füße benetzt, während auf der

anderen Seite die Sanddünen immer höher wurden. So hoch, dass sie den Wagen nicht sah, dessen Motor angelassen worden war.

»Ein Wagen. Ich habe den Motor eines Wagens gehört. Davon bin ich wach geworden.«

»Gut«, sagte Paula May leise. »Weiter.«

»Fast zeitgleich fielen die Schüsse. Also – ich wusste zu diesem Zeitpunkt nicht, dass es Schüsse waren. Ich hörte nur das Glas splittern.«

»Gut. Weiter.«

Lena schilderte, wie sie aufgestanden war und Gerd gefunden hatte.

»Haben Sie noch einmal einen Wagen gehört? Oder etwas anderes?«

Hatte sie? Sie wusste es nicht mit Sicherheit.

Die Psychologin ließ ihr Zeit.

»Ja. Doch. Als ich aufstand. Ein Hund. Ich habe einen Hund bellen gehört. Von weitem. Und eine Wagentür wurde zugeschlagen. Bevor sich das Motorengeräusch entfernte.«

»Gut. Weiter.«

Weiter? Sie konnte sich nur noch an die kalte Hand erinnern, die sich um ihr Herz gelegt hatte, als sie Gerd auf der Terrasse hatte liegen sehen. Das Blut. Ihre Hände, rot davon. Sie riss die Augen auf, ihr Herz hatte wieder begonnen, zu rasen.

»Hat Ihr Lebensgefährte noch etwas gesagt? Hat er Sie wahrgenommen?«

»Nein. Gerd war ohne Bewusstsein, als ich auf die Terrasse kam. Er hat nichts gesagt und im ersten Moment glaubte ich, er wäre tot.«

Eine kalte Hand schien sie zu streifen bei der Erinnerung an diesen schrecklichen Moment.

»Haben Sie ihn bewegt? Vielleicht seinen Kopf zu sich gedreht oder die Wunde berührt?«

Hatte sie? Sie wusste es nicht mehr genau. »Ich glaube, ich habe seinen Kopf umfasst, aber dann, als ich das Blut auf meinen Fingern spürte, sofort wieder losgelassen.«

»Wie lange waren Sie bei ihm, bis Sie den Notruf wählten?«

Sekunden. Eine Ewigkeit. Sie schüttelte den Kopf. »Meiner Meinung nach rief ich sofort an. Vermutlich hockte ich aber doch länger neben ihm, als ich dachte.«

»Und es war niemand mehr bei der Hecke?«

»Nein! Ich habe niemanden gesehen oder gehört.«

»Haben Sie zur Hecke hinübergeschaut?«

Lena überlegte. »Nein. Es war wie ein Tunnel. Ich sah Gerd da liegen und habe nichts anderes mehr wahrgenommen.«

»Auch nicht aus den Augenwinkeln? Manchmal streift unser Blick etwas, ohne es direkt wahrzunehmen.«

Lena schloss noch einmal kurz die Augen, obwohl sie es nicht musste. In dem Moment, als sie vom Wohnzimmer aus Gerd auf der Terrasse liegen sah, die Glassplitter am Boden, hatte sich die Welt um sie herum verdichtet. Sie öffnete die Augen.

»Ich weiß nichts mehr. Da war nichts und niemand. Ich will zu Gerd. Sofort.«

Die Psychologin erhob sich, um in einem anderen Bereich des Raumes leise zu telefonieren. Danach wandte sie sich ihr wieder zu.

»Selbstverständlich kann Sie jemand in die Klinik bringen. Vor allen Dingen benötigt man dort noch ein paar Angaben zur Person. Aber Herr Rohloff ist zurzeit nicht ansprechbar. Sie werden ihn nicht sehen können.«

Lena barg aufstöhnend den Kopf in den Händen.

»Hatte Herr Rohloff Feinde, hier im Ort vielleicht? Jemanden, mit dem er in Streit geraten ist?«

»Nein. Wir kennen hier kaum jemanden. Er traf sich ab und zu mit ein paar anderen Männern zum Boule. Einmal die Woche spielte er Schach in einem Café. Soweit ich weiß, nicht mit einem festen Partner.«

»Und Sie? Haben Sie jemanden kennengelernt?«

Lena musste nicht lange überlegen. »Nur lockere Bekanntschaften. Friseur, ein paar Frauen aus einem Yogakurs, den ich anfangs besucht habe. Die Betreiberin des Naturkostladens, in dem wir häufig einkaufen.«

»Gut. Wir müssen den Personenkreis eingrenzen. Wenn Ihnen noch etwas einfällt, das ist meistens der Fall, sobald der erste Schock vorüber ist, rufen Sie mich an. Jederzeit.«

»Kann ich jetzt trotzdem ins Krankenhaus?«

Lena schien, als zögere die Frau einen Moment, bevor sie nickte. »Ich begleite Sie, wenn Sie möchten.«

Das Krankenhaus, in das man Gerd gebracht hatte, unterschied sich in nichts von allen anderen Krankenhäusern, die Lena kannte. Viel Glas, ein paar verloren wirkende Grünpflanzen in der Lobby, umherschlendernde Menschen in Bademänteln, manche führten einen Infusionsständer neben sich her. Dazwischen Besucher mit Blumen oder Tüten voller Obst in den Händen, umhereilendes Klinikpersonal. Der Geruch nach Putzmitteln und Desinfektionsgel lag in der Luft. Inzwischen ging es auf elf Uhr zu und Lena wunderte sich, wie schnell die Zeit vergangen war. War ihr doch jede Sekunde seit dem Anschlag unendlich lang vorgekommen. Am Empfang füllte sie ein Formular mit Gerds persönlichen Daten aus und übergab ein kleines Lederetui, das er in der obersten und stets unverschlossenen Schublade seines Schreibtischs aufbewahrt hatte. Es enthielt alles, was gebraucht wurde: die Karte seiner privaten Krankenkasse, die Visitenkarte eines Anwalts mit dem Vermerk »Im Notfall zu benachrichtigen. Patientenverfügung«, sowie einen Organspendeausweis.

Sie hatte nicht gewusst, dass Gerd einen solchen Ausweis besaß und ein leichtes Unbehagen verspürt, als sie ihn entdeckt hatte.

»Wer sind die nächsten Angehörigen von Herrn Rohloff?«, wollte die Frau hinter der Glasscheibe wissen.

»Er hat keine«, antwortete Lena. Um sich innerlich sofort zu korrigieren. Gerd hatte einen Bruder. Die beiden standen nicht in Kontakt. Sie waren zerstritten. Soweit sie wusste, lebte der Bruder irgendwo in Südamerika. Sie kannte nicht einmal seinen Namen, geschweige denn eine Kontaktadresse. Sie schwieg.

»Wir benachrichtigen Sie«, versprach die Empfangsmitarbeiterin. Doch Lena hatte nicht vor, sich gleich wieder wegschicken zu lassen.

»Ich will den Arzt sprechen, der meinen Lebensgefährten behandelt.« Ihr war, als wechselte Paula May mit der Klinikangestellten einen Blick, woraufhin die zum Telefon griff.

»Er kommt gleich zu Ihnen. Nehmen Sie doch solange Platz.« Ihre Hand wies auf eine leicht ramponiert wirkende Kunstledergarnitur, die ein paar Meter weiter zwischen kopflastigen Yuccapalmen an der Wand stand.

Paula May nahm Platz, Lena war zu nervös, um sich zu setzen. Sie lief auf und ab und zerrte so fest an der Nagelhaut ihres Daumens, dass es blutete.

»Dr. Köhler. Guten Tag.« Sie fuhr herum. Der Mann war einen halben Kopf größer als sie und leicht gebeugt. Scharfe Falten zogen sich von der Nase zum Mundwinkel. Die blassblauen Augen hinter den Brillengläsern wirkten wach.

»Ich bin der behandelnde Arzt. Herr Rohloff wurde operiert. Er ist jedoch noch nicht ansprechbar.«

»Wie geht es ihm?« Lena hatte auf einmal das Gefühl, sich nicht mehr aufrecht halten zu können und sank neben Paula May auf das Sofa.

»Sie sind nicht verheiratet?«

»Wir leben zusammen.«

Der Arzt fuhr sich mit einer müden Geste übers Gesicht. »Ihr Lebensgefährte wurde angeschossen, aber das wissen Sie ja. Eine Kugel hat den Kopf oberhalb des Ohrs gestreift. Eine zweite sollte wohl das Herz treffen, drang aber neben der Schulter ein. Wir haben sie operativ entfernt.«

»Wird er ... wird er wieder gesund?«

Dr. Köhler sog die Oberlippe zwischen seine Zähne. »Das steht zumindest zu hoffen. Wir müssen warten, bis er aus der Narkose erwacht.«

»Wann darf ich zu ihm?«

Wieder wurde ein Blick gewechselt, Lena nahm ein leichtes Nicken neben sich wahr. »Sobald er ansprechbar ist.«

»Wir haben einen Polizisten vor seinem Zimmer postiert«, ergänzte Paula May. »Das Krankenhaus ist angewiesen, nur Personen zu Herrn Rohloff zu lassen, deren Identität von uns bestätigt ist.«

Natürlich. Gerd musste bewacht werden. Jemand hatte versucht, ihn zu töten. Würde es vielleicht erneut tun.

Irgendwann hatte die Spurensicherung ihre Arbeit beendet. Als Lena ins Haus zurückkehrte, waren alle gegangen. Zurück ließen sie ein Durcheinander im Raum und auf der Terrasse, das angesichts dessen, was geschehen war, jedoch unerheblich war. Lena sammelte Reste von Klebebändern, Verpackungen von Einmalhandschuhen und ein Stück Kreide ein und warf alles in den Müll. Sie betrachtete den Schrank, in dem die Patrone des Streifschusses gesteckt hatte. Jetzt war da ein größeres Loch. Beim Gedanken, dass die Kugel für Gerd bestimmt gewesen war, schauderte es sie. Sie ließ den Rollladen vor der zerstörten Terrassentür herab;

am nächsten Tag würde sie eine Glaserei beauftragen, alles wieder herzurichten. Paula May hatte ihr empfohlen, ein paar Sachen zu packen und in ein Hotel zu ziehen. »Nur für ein paar Tage.« Aber Lena wollte nicht. Etwas hielt sie fest in dem Haus, an das sie sich vor ein paar Monaten so schwer gewöhnt hatte. So anders war hier alles als in der ihr vertrauten Umgebung. Was ihr abging, war natürlich nicht der Fluglärm, es war auch nicht die vergleichsweise schlechte Luft des Rhein-Main-Gebiets. Eher die Tatsache, dass ihr zum ersten Mal in ihrem Leben das Korsett eines Arbeitsalltags fehlte. Sie hatte ihren Job als Sozialarbeiterin geliebt. Die Frage, ob sie sich hier eine Stelle suchen sollte, hatte sie in den ersten Wochen dennoch auf unbestimmte Zeit verschoben. Es war, als ob jedes Mal eine kleine warnende Stimme in ihrem Hinterkopf angeschlagen hätte, sobald sie darüber nachdachte. Wer wusste schon, ob sie bleiben wollte? Ob ihre Beziehung hielt? Doch dann, eines Tages, hatte sie morgens die Augen aufgeschlagen und festgestellt, dass sie angekommen war. Sie hatte eine unbändige Lebenslust verspürt und damit verbunden die Gewissheit, mit Gerd fortan hier an diesem Ort leben zu wollen.

Er hatte sein altes Leben leichter hinter sich gelassen. Seine Clubs im Frankfurter Bahnhofsviertel, sein Haus in Bad Homburg, das er zwar noch besaß, aber ebenfalls verkaufen wollte.

»Ich will mir dir zusammen sein, für den Rest meines Lebens. Das ist alles, was für mich wichtig ist.« So klar, so einfach. Nur dass der Rest seines Lebens an diesem Morgen für einen Moment sehr überschaubar gewirkt hatte.

Kapitel 3

Das Schwein ist tot.

Endlich hat dieser Kerl bekommen, was er verdient hat. Menschen zu quälen, das ist einfach krank. Ich weiß, wovon ich rede. Habe einen solchen Hass auf diese Typen, die immer davonkommen. So, wie der lebt, hat er es sich sehr bequem gemacht. Aber das ist ja meistens so. Andere sind für den nur Fußabtreter. Gut, dass er jetzt niemandem mehr wehtun kann. Ihn da liegen zu sehen, wie er seinen letzten Atemzug getan hat, war ein grandioses Gefühl. Ich frage mich, warum ich das nicht früher schon ausgekostet habe.

Ich bin kein Opfer.

Ich wehre mich.

Wer sich mit mir anlegt, bekommt, was er verdient hat.

Jetzt fühle ich mich fast beschwingt. Es ist ein gutes Gefühl, etwas getan zu haben, das Dinge zwar nicht ungeschehen macht, sie aber zumindest ein bisschen geraderückt.

Kapitel 4

In der Nacht nach dem Mordanschlag tat Lena kaum ein Auge zu. Dementsprechend müde und zerschlagen fühlte sie sich, als sie am nächsten Morgen erneut Besuch von Paula May bekam. Die beiden Frauen gingen in die Küche, wo sie stehen blieben. Die Kaffeemaschine zischte und Lena holte zwei Tassen aus einem Schrank.

»Es sieht so aus, als ob der oder die Täter sich hinter der Hecke, die Ihr Grundstück zum Meer hin umläuft, aufgehalten haben. Die Schüsse sind wohl über das Gartentor hinweg abgefeuert worden. Leider kann uns Herr Rohloff momentan nichts dazu sagen. Aber es ist davon auszugehen, dass er den Täter kurz gesehen hat. Vielleicht sich sogar vom Stuhl erheben wollte. Ein Umstand, dem er vielleicht sein Leben verdankt, denn keine der beiden Kugeln hat ihr Ziel erreicht.«

Lena fühlte sich immer noch wie betäubt. Den Film, der bei Paula Mays Worten vor ihrem inneren Auge ablief, sah sie mit einer Schärfe, die sie schmerzte.

»Wir gehen nicht von einem Zufallsopfer aus. Das heißt, dass Herrn Rohloffs Gewohnheit, sich so früh am Morgen auf der Terrasse aufzuhalten, bekannt gewesen sein muss. Gibt es jemanden, außer Ihnen, der davon weiß?«

Lena schüttelte den Kopf. »Wir kennen kaum jemanden hier im Ort so gut.«

Die Beamtin nickte und notierte etwas auf ihrem Block. »Ein früher Spaziergänger am Meer hat um die fragliche Zeit einen Wagen wegfahren gesehen. Ein weißer Kleinwagen, der auf dem schmalen Weg von Ihrem Haus weg ein Stück entlangfuhr, bevor er abbog. Er soll sehr schnell gefahren sein, das ist ungewöhnlich auf dem Dünenweg, daher fiel es dem Zeugen auf. Sagt Ihnen das etwas? Kennen Sie jemanden, der ein solches Auto fährt?« Paula May dankte stumm für den Kaffee, den Lena vor ihr abstellte.

Lena dachte kurz nach. Der schmale Weg, der zwischen Strandwall und den hinteren Hecken der Gärten der reetgedeckten, niedrigen Häuser entlangführte, wurde überwiegend von Fußgängern und Radfahrern genutzt. Von Autos war er kaum befahren. Stellplätze und Garagen befanden sich an der Straße auf der vom Meer abgewandten Seite. Doch niemand von den Nachbarn oder ihren Bekannten fuhr einen solchen Wagen.

»Nach allem, was wir zurzeit wissen, waren es mindestens zwei Täter. Einer wartete im Wagen, der ein Stück entfernt geparkt war. Es scheint, als ob derjenige, der den Wagen fuhr, ihn angelassen hat, kurz bevor geschossen wurde. Möglicherweise sollte das Motorgeräusch dazu dienen, den Schuss zu übertönen. Danach hatten es die Täter eilig, wegzukommen. Es sieht so aus, dass der Schütze direkt nach der Tat von einem Komplizen aufgesammelt wurde.«

Es passte zu Lenas Wahrnehmungen.

»Hatte Herr Rohloff Feinde?«

Lenas Hand zitterte so stark, dass sie die Kaffeetasse abstellen musste. Es war diese Frage, über die sie sich selbst die ganze Nacht den Kopf zermartert hatte. Steckte jemand aus dem Frankfurter Rotlichtmilieu hinter dem Anschlag? Oder gab es private Streitigkeiten?

Oder familiäre?

»Ich weiß es nicht«, antwortete sie leise. »Wir sind erst seit ein paar Monaten zusammen.«

»Herr Rohloff war der Betreiber einiger Clubs im Frankfurter Bahnhofsviertel. Vielleicht eine alte Rechnung, die noch offen war?«

»Er hat sich komplett zurückgezogen. Was vorher war, darüber kann ich nichts sagen.«

Paula May nickte, als verstehe sie Lena sehr gut.

»Wie gut kennen Sie Ihren Lebensgefährten?«

»Was? Wie ... gut ich ihn kannte?« Was sollte diese Frage denn bedeuten?

»Sie sind noch nicht lange zusammen. Vielleicht gab es Dinge in seinem Leben, über die Sie beide nie gesprochen haben?«

Himmel! Die gab es bestimmt. Aber etwas, das einen Anschlag rechtfertigte?

Sie schüttelte hilflos den Kopf. »Möglich«, murmelte sie. Hätte Gerd ihr gesagt, wenn es anders wäre?

»Und von Ihrer Seite aus? Gibt es jemanden, der vielleicht eifersüchtig war auf Ihre Verbindung?«, fuhr Paula May fort.

Lena brauchte einen Moment, bis sie die Frage begriff. »Nein«, sagte sie mit Bestimmtheit. »Warum fragen Sie das?«

»Frau Borowski, es gibt nicht wirklich viele Motive dafür, einen Menschen zu töten. Neben Geld und Rache ist Eifersucht eines davon.«

»Niemand war eifersüchtig.«

»Sie hatten also keine Beziehung, in die Herr Rohloff eingedrungen ist?«

Ihr Kopfschütteln fiel etwas lahm aus.

»Ich meine nur, weil es vor einigen Monaten eine Reihe von Zeitungsartikeln gab. In Zusammenhang mit dem Tod eines Kindes.« Paula May fixierte sie nun regelrecht mit dem Blick aus ihren dunklen Augen.

Verdammt! Lena sah wieder die ekelhafte Schlagzeile einer Boulevardzeitung schlimmster Sorte vor sich: »Lesbische Sozialarbeiterin. Trägt sie eine Mitschuld an dem, was geschehen ist?«

Paula Mays Blick ruhte fragend auf ihr.

»Als Gerd und ich uns kennenlernten, befand ich mich nicht in einem festen Liebesverhältnis«, antwortete sie schließlich. »Meine damalige Freundin und ich hatten eine eher lockere Beziehung. Sie ist darüber hinaus auch nicht eifersüchtig gewesen.«

Na ja, am Anfang schon. Aber das hatte sich gelegt. Weil Tamae nie etwas Festes wollte. Genauso wenig wie ich damals.

»Sie kennt Gerd und schätzt ihn.«

Nicht von Anfang an. Aber für Tamae hätte Lena sowieso die Hand ins Feuer gelegt.

»Gut. Wir werden das Alibi dieser Freundin überprüfen.«

»Das können Sie sich sparen. Sie hält sich seit Wochen beruflich in Japan auf. Das wird Ihnen der Arbeitgeber bestätigen.« Nur dass Tamae trotzdem fuchsteufelswild werden würde, wenn man versuchte, hinter ihre Fassade zu blicken.

Paula May zog die Brauen hoch und notierte sich den Namen des Arbeitgebers, bevor sie fortfuhr.

»Hatte Herr Rohloff Familie?«

»Nein. Seine Eltern leben nicht mehr. Er war verheiratet, aber seine Ehefrau starb vor einigen Jahren. Die beiden hatten keine Kinder. Von anderen Verwandten weiß ich nichts.«

Auf keinen Fall darf dieser kriminelle Bruder hier auftauchen und über Gerds Geschick bestimmen! Als Lebensgefährtin habe ich keinerlei Rechte.

Paula May nickte bei jedem Wort, das sie mitschrieb.

»Wir müssen im Moment jeder Spur nachgehen, und sei sie auch noch so vage.« Falls Paula Mays Worte beruhigend wirken sollten, verfehlten sie ihre Wirkung.

»Glauben Sie, dass auch ich in Gefahr bin?«, wollte Lena, plötzlich beunruhigt, wissen.

»Ausschließen können wir es nicht. Der Täter hatte Herrn Rohloff offensichtlich beobachtet und wusste mit Sicherheit, dass er mit jemandem zusammenlebt. Er hätte nur zu warten brauchen, bis Sie die Terrasse betreten, um auch Sie zu töten. Er hat es nicht getan. Also gehen wir davon aus, dass es nur um Herrn Rohloff ging. Trotzdem haben zwei Kollegen heute Nacht das Haus beobachtet. Es blieb alles ruhig.«

»Was werden Sie jetzt tun?«

»Die Spuren auswerten. Was und wie genau, darüber kann ich Ihnen nichts sagen.«

Die Psychologin schob ihr eine Karte zu.

»Bitte rufen Sie mich an, wenn Ihnen noch etwas einfällt. Sei es auch noch so vage oder banal. Wir arbeiten mit winzigen Puzzleteilchen.« Sie lächelte schwach.

»Danke für den Kaffee.«

Der Anruf der Klinik kam am Nachmittag.

Neben Dr. Köhler erwarteten sie Paula May und ein ihr unbekannter, kleiner untersetzter Mann mit spärlichem Haarwuchs.

»Dr. Heinrich Gorg. Anwalt und Notar. Unserer Kanzlei liegt eine Vollmacht von Herrn Rohloff vor.« Er reichte Lena die Kopie eines Schriftstücks.

»Unser Mandant hat verfügt, dass er im Falle eines Unfalls oder anderer Umstände, die eine freie Willensäußerung nicht möglich machen, in die unserer Entscheidung nach bestmögliche Umgebung gebracht wird.«

Lena starrte verständnislos auf das Papier. »Er scheint hier doch in guten Händen zu sein.«

Dr. Köhler zog die Brille ab und massierte sich die Nasenwurzel. »Frau Borowski, Herr Rohloff ist noch immer nicht aus der Narkose erwacht. Er liegt im Koma. Auslöser ist nicht der Schuss. Vermutlich ist er beim Fallen ungünstig mit dem Kopf aufgeschlagen.«

In Lenas Kopf spukten sogleich Erinnerungen herum. Eine junge Frau, die vor einem Schnellimbiss in Offenbach nach einem Schlag zu Boden ging und so unglücklich aufschlug, dass sie nicht mehr erwachte. Ein berühmter Sportler, der beim Skifahren in der Schweiz stürzte und monatelang im Koma lag; wie es ihm seither ging, wusste nur das engste Umfeld.

»Heißt das, er wird nicht mehr erwachen?« Ihr Hals war trocken geworden, die Worte schmerzten.

»Das können wir derzeit nicht sagen. Es sind noch eine ganze Reihe von Untersuchungen nötig.«

»Und wann ...«

Dr. Gorg hob die Hand. »Er wurde vor einer Stunde in eine Privatklinik in Bayern geflogen. Die Komastation dort ist eine der besten Deutschlands und hervorragend ausgerüstet.«

Die Worte trafen sie wie ein Schlag. »Gerd ist nicht mehr hier?«

Gorg schüttelte den Kopf. »Wir haben so gehandelt, wie Herr Rohloff es sich gewünscht hat.« Als er ihr fassungsloses Gesicht sah, fügte er hinzu: »Das übrigens schon vor Jahren. Nach dem Tod seiner Ehefrau.«

Er beugte sich über seine Aktentasche und zog ein weiteres Blatt Papier heraus. »Seit einigen Monaten liegt uns jedoch noch ein weiteres Dokument vor. Es bevollmächtigt Sie, jederzeit Einblick in die Krankenakte zu erhalten. Ebenso wie bestimmte Entscheidungen zu treffen.« Er überreichte ihr einen Umschlag, der ihren Namen trug.

»Entscheidungen?«, stammelte Lena, über der gerade der Himmel einzustürzen schien.

Paula May hatte ihr beim Packen geholfen. Lena warf ein zweites Paar Jeans, einige T-Shirts, einen leichten Pullover, Sportsachen und einen Beutel mit Körperpflegemitteln in ihren Koffer. Selten in ihrem Leben hatte sie sich so fahrig gefühlt. Einmal stand sie minutenlang da, unfähig, etwas zu tun. Dabei rasten in ihrem Kopf die Gedanken wie Porsches auf einer Autobahn.

»Bad Reichenhall. Liegt an der österreichischen Grenze. Waren Sie schon einmal dort?«, holte die Psychologin sie aus ihrer Erstarrung.

Lena schüttelte den Kopf. Sie würde sich zusammenreißen müssen, um alles zu bewältigen, was vor ihr lag.

»Nehmen Sie einen Charterflug bis Hamburg«, hatte der Anwalt ihr geraten und gleichzeitig erklärt, wie er selbst es in der Kürze der Zeit geschafft hatte, von Frankfurt aus herzukommen. Erst war sie zusammengezuckt. Viel zu teuer, wollte sie einwenden. Jetzt starrte sie auf die Kreditkarte in ihrer Hand. Kein Limit. Ein Geschenk von Gerd, als sie hier einzogen. Bisher kaum genutzt. Fühlte sich immer noch fremd an. Jetzt war es ein Segen.

»Von Hamburg aus fliege ich nach Salzburg«, antwortete sie nun Paula May.

Zurück über die Grenze würde es mit dem Zug gehen. Ein Katzensprung. In Bad Reichenhall stand dann schon ein Mietwagen bereit. Die Klinik lag außerhalb der Stadt. Ruhig, inmitten einer weitläufigen Grünanlage. Mit Blick auf die Alpen. Wenn man denn wach war. Ganz in der Nähe gab es ein Hotel, in dem sie bereits ein Zimmer reserviert hatte. Sie funktionierte wie eine Maschine. Effizient. Es half ihr, die Angst zu verdrängen. Die Angst davor, was sie in dieser Privatklinik erwartete. Die Angst davor, die Kontrolle zu verlieren über das Leben, in dem sie sich eben gerade eingerichtet hatte.

Eine Sozialarbeiterin und ein Rotlichtkönig. Das hatte anfangs nicht nach einer guten Kombination ausgesehen. Zu fremd waren sich die Welten, in denen sie unterwegs waren. Lenas Einsatzgebiete befanden sich in den Brennpunktvierteln des Frankfurter Umlands. Sie hatte es dabei tagtäglich mit vernachlässigten Kindern, misshandelten Frauen und sozial Abgestürzten zu tun. Mit Menschen, die irgendwann aus dem System gefallen waren und mal mehr aber auch mal weniger energisch darum kämpften, sich auf der sozialen Leiter wieder nach oben zu bewegen. Gerds Leben fand in der Nacht statt. In seinen Clubs, die alles boten, was man in einem Amüsierviertel erwartete. Striptease, Tabledance, SM-Spiele. Und wer wollte, konnte sich danach ein Zimmer in seinem Stundenhotel nehmen. Doch trotz dieses unterschiedlichen Hintergrunds, trotz der Tatsache, dass Gerd nach dem Tod seiner Frau keine Beziehung mehr gewollt hatte und Lena auf Frauen stand, hatte es schon bei ihrer ersten Begegnung gefunkt. Im wahrsten Sinne des Wortes. Fast schien es ihr, als ob sie den leichten Stromschlag, den die Berührung ihrer Finger ausgelöst hatte, immer wieder spüren würde, sobald sie an Gerd dachte. Die Monate danach waren teils schön, teils schwierig gewesen. Für eine Weile hatten sie sich sogar getrennt. Tatsächlich zusammengefunden hatten sie jedoch erst nach dem Umzug. Ob es die Nähe der See war, die Gemächlichkeit, mit der das Leben im neuen Haus voranschritt, oder einfach die Tatsache, dass sie sich gegenseitig so viel zu geben hatten, war von Lena nie hinterfragt worden. Sie genoss es einfach. Die langen Spaziergänge am Meer, die Abende zu Hause, wenn Gerd das Essen selbst zubereitete – er war ein hervorragender Koch –, entspannte Stunden am Kaminfeuer. Lange Gespräche, die nie zu enden schienen, weil sie sie gedanklich immer weiterführten. Sein Humor, der trocken und pointiert war.

Und sein Blick, der ihr in jeder Sekunde ihres Zusammenseins signalisierte, wie wichtig sie ihm war. Nun war mit einem Schlag, innerhalb von Sekunden, alles so zerbrechlich geworden. Sein Leben. Und damit auch ihres.

Kapitel 5

Sie verließ das Haus, in dem sie die vergangenen Monate so glücklich gewesen war, am frühen Morgen. Lena warf einen Blick in den Spiegel im Flur. Sie erkannte sich selbst kaum wieder. Ihre grünen Augen waren dunkel umschattet und wirkten matt, ihr Kinn spitz. Sie fuhr sich mit der Hand durch das fast schwarze kurze Haar und trat durch die Tür auf die Straße. Nachdem die ersten Apriltage sich ungewöhnlich warm gezeigt hatten, legte das Wetter inzwischen einen Schwenk ein, die Luft war deutlich abgekühlt. Sie zog die Lederjacke eng um sich, als sie zum Taxi ging. Es brachte sie zu dem kleinen Flughafen, von dem normalerweise die Inselflieger abhoben. Von dem Moment, in dem sie in die kleine Chartermaschine stieg, fokussierte sie sich ganz auf ihr Ziel, blendete sie alles aus, was sie beunruhigte. Sie war nicht die einzige Passagierin, ein Mann in der üblichen Managerkluft wollte ebenfalls zum Flughafen Hamburg. Beide schwiegen den Flug über, der aufgrund des starken Windes etwas wackelig war. Er, weil er mit seinen Unterlagen beschäftigt war. Lena, weil sie gar kein Interesse an einem Gespräch hatte. Sie funktionierte wie ein Roboter. Alles zog an ihr vorüber wie hinter einer Milchglasscheibe. Mechanisch brachte sie das Umsteigen in Hamburg und Salzburg hinter sich. Erst, als sie am Ende ihrer Reise gegen Mittag ihren Mietwagen auf den Parkplatz der Privatklinik außerhalb Bad Reichenhalls lenkte, fing ihr Herz an, vor Angst wie verrückt zu schlagen. Als sie den Zündschlüssel abzog, zitterten ihre Finger so sehr, dass sie einen Moment lang warten musste, bevor sie ausstieg. Auf einmal lag die überwiegend schlaflose Nacht schwer wie Blei auf ihr. Eine Müdigkeit, die nicht von dieser Welt schien, erfasste sie und als sie auf das rechteckige vanillefarbene Gebäude zuging, verspürte sie wieder die diffuse Angst, die Heinrich Gorgs Worte am Vortag ausgelöst hatten.

Das Schreiben bevollmächtigt Sie, jederzeit Einblick in die Krankenakte zu erhalten. Ebenso, wie bestimmte Entscheidungen zu treffen.

Entscheidungen! Ein Wort, das eine düstere Note in sich trug, die so gar nicht zu dem frühsommerlich blauen Himmel und der milden Luft zu passen schien. Bevor Lena den mit Glas überdachten Eingang erreicht hatte, fuhr dort eine Limousine mit getönten Scheiben vor. Ein uniformierter Chauffeur stieg aus und öffnete den Schlag für ein arabisch aussehendes Paar, das aus der Klinik kam.

Unser Mandant hat verfügt, dass er im Falle eines Unfalls oder anderer Umstände, die eine freie Willensäußerung nicht möglich machen, in die unserer Meinung nach bestmögliche Umgebung gebracht wird.

Die bestmögliche Umgebung war also eine Privatklinik für sehr gut betuchte Patienten.

Die Limousine fuhr mit ihrer reichen Fracht davon und Lena betrat das Gebäude und steuerte auf den Empfang zu, wo sie sich auswies. Offenbar wusste man hier bereits Bescheid. Schon wenige Minuten später kam eine blonde Frau in einem blassblauen Kostüm auf sie zu und stellte sich als Ines Witt vor.

»Ich bin die Assistentin der Geschäftsleitung und bringe Sie jetzt zu Herrn Rohloff.«

Doch zuvor wurde Lena angewiesen, sich vor und nach jedem Besuch die Hände zu desinfizieren und auf das Mitbringen von Schnittblumen und Topfpflanzen zu verzichten.

Gerd lag in einem großen Zimmer im ersten Stock. Vor der Tür saß ein Polizeibeamter, der sich Lenas Ausweis ebenfalls zeigen ließ, bevor sie eintreten durfte. Durch das große Fenster neben dem Bett hatte man einen ausgezeichneten Blick auf die Berchtesgadener Alpen. Nur dass Gerd davon nichts hatte. Er lag mit geschlossenen Augen auf dem Rücken. Sein Kopf war bandagiert. Kanülen und Schläuche führten zu seinem Körper hin oder weg, so genau konnte Lena das nicht erkennen. Neben dem Bett standen Türme voller Geräte, Monitore zeigten Zahlen und Kurven an. Überraschenderweise roch es angenehm im Raum. Lena trat langsam näher und mit jedem Schritt schien die Faust, die ihr Herz umklammerte, fester zuzudrücken. Als sie vor ihm stand, seufzte sie unwillkürlich laut auf.

»Sprechen Sie mit ihm«, sagte Frau Witt leise und legte Lena kurz die Hand auf die Schulter. »Sie können bleiben, solange Sie wollen. Der behandelnde Arzt kommt gleich noch zu Ihnen.«

Im selben Moment öffnete sich die Tür, und ein dunkelhaariger Mann in einem weißen Arztkittel betrat den Raum. Er war kaum mehr als mittelgroß, etwas untersetzt und trug eine Hornbrille mit einem breiten dunklen Rahmen. Er stellte sich als Konrad Riess vor. Nachdem er Lena kurz erklärt hatte, warum Gerd ausgerechnet in diese Klinik gebracht worden war (»wir sind hochspezialisiert, unter anderem im Bereich der Behandlung von Komapatienten«), was sie und der Patient hier erwarten konnten (»eine personalintensive Rund-um-die-Uhr-Betreuung mit hochmodernen Geräten und Diagnosemethoden«) und was nicht (»Wunder können auch wir leider nicht vollbringen«), erläuterte er ihr noch weitere Details.

»Ihr Lebensgefährte wird eventuell gelegentlich die Augen öffnen. Das kommt vor, ist aber nicht unbedingt ein Zeichen davon, dass er ›wach‹ ist. Ebenso normal ist es, dass sich die Finger hin und wieder bewegen, kleine Kratzbewegungen machen. Auch das kennen wir, es sind Reflexe. Sie bedeuten weder, dass die Patienten etwas mitbekommen, noch, dass sie kurz davor sind, aus dem Koma zu erwachen.« Es folgten Ausführungen zur Bedeutung von Gehirnströmen, besonderen Untersuchungsmethoden und der Tatsache, dass niemand wirklich wissen könne, ob und wenn ja was Komapatienten von der Außenwelt mitbekommen. »Es gibt Menschen, die erwachen nie mehr. Diejenigen, die aus dem Koma zurückkehren, berichten ganz unterschiedliche Dinge. Manche glauben, sie hätten einen langen Schlaf hinter sich. Andere berichten davon, Stimmen und Berührungen wahrgenommen zu haben.« Lena, die sich tatsächlich gefragt hatte, ob Gerd etwas von ihrem Gespräch mitbekäme, nickte wie betäubt.

»Die Frage, ob und wann Maschinen in bestimmten Fällen abgestellt werden sollen, treffen im Übrigen viele Patienten selbst, indem sie eine Verfügung hinterlassen. An die wir, das möchte ich noch ausdrücklich betonen, gebunden sind. Auch Ihr Lebensgefährte hat ein Dokument aufgesetzt. Darüber sind Sie ja im Bilde.« Er blickte sie fragend an.

»Ja«, sagte Lena leise.

»Auch darüber, dass es im Zweifelsfall auf Ihre Entscheidung ankommt.«

Sie nickte, etwas schnürte ihr den Hals zu.

Ines Witts Finger drehten sich nervös ineinander. Sie hatte sich an dem Gespräch nicht beteiligt, aber ihr Mitgefühl stand im Raum wie eine fünfte Person.

»Frau Borowski. So ungut sich die Situation verständlicherweise gerade für Sie anfühlt, so ruhig sollten wir ihr ins Auge sehen. Im Moment können Sie nichts anderes tun, als für Herrn Rohloff da zu sein. Indem Sie ihn besuchen. Mit ihm reden. Ihn berühren. Dinge tun, die ihm gefallen würden. Mag er Musik?«

Lena räusperte sich. »Ja, er mag Klassik und Jazz.« Sie würde später ein paar seiner Lieblingsstücke herunterladen. Beethoven. Arvo Päth. Chet Baker.

»Dann spielen Sie ihm gerne zwischendurch was vor. Wir sind hier ja in der komfortablen Lage, Einzelzimmer zur Verfügung zu haben. Es gibt auch ein Badezimmer.« Er zeigte auf die Wand neben der Tür des L-förmigen Raumes. Der Zugang musste zum Fenster hin liegen, von ihrem Standort aus konnte sie ihn nicht sehen. »Sie können also stunden- oder tageweise bleiben. Falls Sie übernachten möchten, stellen wir Ihnen ein Zusatzbett herein. Aber ehrlich gesagt, rate ich Ihnen davon ab. Die Patienten werden auch nachts versorgt und unausgeschlafen sind wir Menschen meist ängstlicher und nervöser als sonst.«

Nun wandte er seinen Blick dem Bett zu. »Er atmet von alleine, benötigt also keinen Sauerstoff. Wir ernähren ihn künstlich. Sämtliche Körperfunktionen werden überwacht.«

Er trat ans Bett und sah auf den Mann hinunter, der kaum älter war als er selbst. Dann berührte er mit den Fingerspitzen Gerds Hand, als wolle er dessen Temperatur prüfen. »Ich bin guter Dinge«, sagte er, als er sich zu den beiden Frauen umwandte. »Der Patient ist, ganz allgemein, in einem guten gesundheitlichen Zustand. Das ist auf jeden Fall erfreulich. Wenn Sie noch Fragen haben, kommen Sie zu mir. Jederzeit.«

Dann, nach einer kleinen Pause, fügte er hinzu:

»Auch für Sie selbst werden die Besuche auf der Intensivstation belastend sein. Ihr Alltag wird durcheinandergeraten. Sie dürfen sich selbst dabei nicht vergessen. Sorgen Sie gut für sich. Das ist wichtig.«

Er gab Lena nicht die Hand, nickte ihr lediglich zu und verließ den Raum.

Ines Witt straffte den Rücken. »Wenn Sie weitere Fragen haben, bin auch ich für Sie immer ansprechbar. Ich lasse Sie jetzt alleine mit ihm. Das ist Ihnen doch recht, oder?«

Lena ging die paar Schritte bis zum Bett. Sie nickte beklommen. Ihr Hals war wie zugeschnürt. Gerds bleiches Gesicht wirkte eingefallen, auch sein Körper unter der weißen Decke erschien ihr furchtbar zerbrechlich. Sie zog einen Stuhl heran und setzte sich neben ihn, während hinter Frau Witt die Tür zuglitt.

»Gerd«, sagte sie leise. »Wenn du mich hören kannst, gib mir ein Zeichen.«

Der Mann vor ihr rührte sich nicht. Seine Hand war kühl, viel kühler, als sie sie kannte. Gerds Hände, sie waren immer so warm gewesen. So beschützend. So stark. Lena schluckte hart, als sie seine Linke zwischen die Finger nahm. So saß sie über Stunden. Sie redete mit ihm, anfangs stockend. Dann immer flüssiger. Gerade so, als säßen sie gemeinsam irgendwo und unterhielten sich. Nur dass dieses Mal keine Antwort kam.

Lena verließ Bad Reichenhall am nächsten Morgen nach einem erneuten Besuch in der Klinik. Das Gespräch mit dem Arzt hatte ihr keine neuen Erkenntnisse gebracht. Man müsse abwarten. Selbstverständlich würde sie sofort informiert, sobald sich Gerhard Rohloffs Zustand ändere. Das Wetter an diesem Tag war trocken. Erfreulicherweise kam sie zügig voran. Inklusive zweier Kaffeepausen erreichte sie Frankfurt sechs Stunden später, gegen 16 Uhr. Der Aufenthalt in den Autobahnraststätten hatte Erinnerungen an eine ähnliche Situation geweckt. Gerd hatte ihr an einem solchen Ort von seinem Bruder erzählt.

»Schon von Kindheit an standen wir uns besonders nahe, waren unzertrennlich. Als Teenager dann kamen wir beide auf die schiefe Bahn. Nichts Großes. Zigarettenschmuggel, kleinere Diebstähle. Mein Bruder verzockte seine Kohle jedes Mal schnell wieder. Eines Tages kam er nicht nach Hause. Ich fand ihn in der Nähe einer illegalen Pokerstätte. Man hatte ihn so zusammengeschlagen, dass er nicht mehr laufen konnte. Spielschulden. Meine Mutter brach fast zusammen, als sie ihn sah. Es war furchtbar, denn die Schläger drohten, auch ihr etwas anzutun. Um das Geld zu beschaffen, ließ ich mich auf einen Raubüberfall auf einen Geldtransporter ein. Es ging gründlich schief, am Ende lag ein toter Wachmann auf dem Boden und wir erbeuteten nicht annähernd so viel, wie wir erhofft hatten.«

Gerds Stimme sprach aus der Erinnerung zu ihr.

»Ab dem Moment war Schluss mit unserer gemeinsamen kriminellen Energie. Wir bezahlten seine Schulden, ich zog mich von ihm zurück und er verschwand ein paar Jahre. Später kam er zurück, als sei nie etwas gewesen. Ich hatte damals gerade ein Haus im Frankfurter Bahnhofsviertel gekauft. Mit legal verdientem Geld. Und ich hatte meine Frau kennengelernt.«

Marie. Die große Liebe seines Lebens. Viel wusste Lena nicht über sie. Nur dass sie nichts mit dem Rotlichtmilieu zu tun, sondern eine Kunstgalerie geführt hatte.

»Mein Bruder schien wie ausgewechselt. Doch das war Fassade. In Wahrheit hatte er sich überhaupt nicht geändert. Kaum in Frankfurt nistete er sich bei uns ein und geriet schon nach kurzer Zeit in heftigen Streit mit einer ausländischen Gang.«

Er hatte bei diesen Worten den Kopf gehoben und Lena erkannte, dass nun der schwerste Teil von Rohloffs Erinnerung kam.

»Das Ganze ging so weit, dass Marie eines Tages von einem dieser Typen abgefangen und bedroht wurde. Sie konnte danach eine Zeit lang das Haus nicht verlassen, so sehr ängstigte sie sich. Ich wusste, dass es so nicht weitergehen konnte. Meine Chance kam, als ich mitbekam, dass er ein neues Ding plante. Es ging um einen Waffendeal. Etwas richtig Großes. Ich sah sofort meine Chance. Auch wenn es verwerflich klingt, aber ich glaube, es war die einzige Möglichkeit, ihn loszuwerden. Ich wusste, dass das BKA an der Sache dran war, und sorgte dafür, dass sie zuschlagen konnten. Niemand hat je erfahren, dass ich der Tippgeber war.«

Hatte dieser Bruder inzwischen erfahren, wer ihn damals verpfiffen hatte? Er hatte seine Strafe abgesessen, war danach ins Ausland verschwunden. Was wenn er zurückgekehrt war? Vielleicht angezogen von dem Geld, das er bei Gerd vermutete. Zu Recht. Lena wurde jedes Mal richtiggehend schwindelig, wenn sie daran dachte, dass ihr Geliebter ein steinreicher Mann war. Seit sie im Krankenhaus über den nächsten Verwandten gelogen hatte, ging ihr die Frage im Kopf herum, ob dieser mysteriöse Bruder etwas mit dem Mordanschlag zu tun haben könnte. Einen Menschen hatte er bereits auf dem Gewissen, womöglich auch zwei. In Marseille verlor sich seine Spur nach einem Juwelenraub und einem Toten. Vielleicht waren in der Zeit danach noch mehr Opfer dazugekommen. Aber was hätte dieser Bruder von Gerds Tod? Gab es ein Testament? Gerd hatte nicht mit ihr über derlei Dinge gesprochen. Aber sie hatte ja auch nichts von den Verfügungen gewusst, die bei seinem Anwalt hinterlegt gewesen waren. Dr. Heinrich Gorg, mit Sitz in einer noblen Kanzlei im Westend. Der Mann musste sich sofort nach der Nachricht vom Krankenhaus auf den Weg gemacht haben. Was ihr zeigte, welch wichtiger Mandant Gerd Rohloff für ihn war.

Kurz vor Frankfurt wäre sie, einem alten Impuls folgend, fast nach Offenbach abgebogen. Dort hatte sie viele Jahre lang gewohnt. Die Wohnung hatte sie aufgegeben. Der Umzug mit Gerd an die Nordsee sollte einen Neuanfang darstellen. Ohne Netz und doppeltem Boden. Etwas, das sie vor einem Jahr noch schwindelig gemacht hätte. Weil sie am Abend jemanden in Frankfurt aufsuchen wollte, entschied sie sich dafür, in der Stadt ein Hotel zu nehmen. Weil sie wusste, dass ein billiges und steriles Zimmer sie deprimieren würde, buchte sie sich im SAS Radisson ein. Sie hatte noch ein bisschen Zeit, bis der Club im Bahnhofsviertel, den sie später ansteuern würde, seine Türen öffnen würde. Sie nutzte die Zeit, ausgiebig zu duschen, Kaffee zu trinken und sich ihre Fragen zurechtzulegen.

Marek erkannte sie auf den ersten Blick.

»Frau Borowski«, sagte er erstaunt.

»Hallo Marek«, antwortete sie dem zwei Meter Hünen, der mit seinen martialischen Tattoos, Piercings und Brandings viel furchterregender aussah, als er war. Tatsächlich hatte der Türsteher des Kinky Club in manchen Situationen die Seele eines Kindes bewiesen. Ganz besonders im Umgang mit seinem ehemaligen Boss Gerhard Rohloff.

»Wollen Sie und der Chef mal wieder Mainluft schnuppern?«

Er wusste es also noch nicht! Sein Blick glitt suchend an ihr vorbei bis zur Kreuzung wenige Meter hinter ihr. Dort führte die breite Kaiserstraße schnurgerade zum Frankfurter Hauptbahnhof. Überall war trotz der frühen Abendstunden schon viel los. Menschen, die in einem der vielen Lokale essen gingen, Workaholics, die von den weiter unten liegenden Bankentürmen zur S-Bahn hasteten, die ersten Nachtschwärmer, die unterwegs waren in Kinos, Bars, Clubs. Es roch nach Stadt. Der Duft nach orientalischem Essen in der Luft, durchsetzt mit etwas Metallischem, das Lena immer in Verbindung mit dem nahe liegenden Rhein-Main-Flughafen brachte. Musik drang aus einigen Lokalen heraus bis auf die Straße, gemischt mit Lachen, Gesprächsfetzen und dem Röhren einiger hochtouriger Wagen, deren Besitzer die teuren Uhren an ihren Handgelenken am heruntergelassenen Fenster präsentierten.

Sie war gerührt darüber, dass Marek seinen ehemaligen Arbeitgeber noch immer *Chef* nannte. Vermutlich würde Rohloff das für einen großen Teil seiner früheren Angestellten immer bleiben. Es hatte viel mit seiner Einstellung zu tun. *Ich bin kein Zuhälter und kein Krimineller, sondern in erster Linie Geschäftsmann. Und als solcher fair zu Kunden, Mitarbeitern und Partnern.* Die hatten es ihm mit Treue und, ja, vermutlich auch einer Art Liebe gedankt, die nicht selbstverständlich war. Ganz besonders nicht im Rotlichtmilieu.

»Ich bin alleine«, sagte sie und etwas an ihrem Gesichtsausdruck verursachte in Mareks Miene Betroffenheit. »Es ist etwas geschehen. Gerd, er wurde angeschossen.«

Die Betroffenheit verwandelte sich in etwas anderes. Jetzt sah Marek genau so aus, wie es seine Körperverzierungen nahelegten. Etwas Hartes lag auf einmal in seinem Blick.

»Wie geht es ihm?«

Sie musste sich auf die Lippe beißen. »Er liegt im Koma«, sagte sie leise.

»Wer?«

Sie schüttelte den Kopf. »Die Täter sind flüchtig. Die Polizei ermittelt, aber noch weiß man nichts Genaues. Können wir uns irgendwo in Ruhe unterhalten?«

Marek blickte um sich, er wirkte nun wie ein wilder Stier in einem zu engen Raum. »Ich komme gerade hier nicht weg. Sie wissen ja.«

Ja, Lena wusste. Der Kinky Club. Hier waren sie und Gerd sich das erste Mal begegnet. Für sie war es auch das erste Mal gewesen, dass sie ein solches Etablissement betreten hatte. Auf einer Bühne konnten die Zuschauer SM-Performances ansehen, im Keller gab es Spielräume für private Liebhaber der härteren erotischen Gangart. Dass er selbst kein Anhänger von SM-Spielen war, hatte sie irgendwann im Laufe ihrer Bekanntschaft aufatmend zur Kenntnis genommen. Ob sie sich seiner Anziehungskraft hätte entziehen können, wäre es anders gewesen?

»Mögen Sie Bondage?«, waren die ersten Worte gewesen, die er an sie gerichtet hatte. Ein Unbekannter, damals. Groß und ein kleines bisschen zu schwer gebaut, mit dunklem grau meliertem Haar und dunkelbraunen Augen, der Blick hellwach und von scharfer Intelligenz.

Ihr wurde ganz elend, wenn sie nun daran dachte. Gerd, dieser starke und stets besonnene Mann, war jetzt auf die Kunst der Ärzte und ein günstiges Schicksal angewiesen.

Mareks Worte holten sie aus dem Moment der Nachdenklichkeit. »Wenn Sie mir sagen, wo ich Sie finde, komme ich morgen früh zu Ihnen.«

Nach diesem kurzen Gespräch mit Marek aß Lena eine Kleinigkeit bei einem Asiaten auf der Kaiserstraße und kehrte danach ins Hotel zurück. Dort trank sie an der Hotelbar noch ein Glas Rotwein und schlief dennoch sehr schlecht, geplagt von Träumen, deren Bedeutung sie nicht verstand und die sich beim Aufwachen, dem Morgennebel an der Küste gleich, verzogen, lediglich das Gefühl hinterließen, sie sei einer Gefahr entronnen.

Kapitel 6

Es gab jemanden, der ihr helfen konnte. Lena wusste nicht, wie der Gesuchte hieß. Lediglich, dass er einer von Rohloffs ältesten *Geschäftspartnern* war. Wenn man die Leute bei den Aktionen, die sich durchaus auch mal im halbseidenen Bereich abspielen konnten, mal so nennen durfte. Sie beschrieb den Mann, so gut sie konnte.

»Zimt?«, fragte Marek.

»Er kaute ständig Zimtkaugummi.«

»Was möchten Sie denn von ihm?«

Sie saßen im Frühstücksraum des Hotels, an einem Tisch weit entfernt von denen, die bereits um diese frühe Uhrzeit besetzt waren. Marek hatte Lena angerufen, sobald seine Schicht beendet war. »Ich trinke noch einen Kaffee, dann kann ich bei Ihnen sein«, hatte er gesagt und ihr damit die Gelegenheit gegeben, sich ein wenig frisch zu machen.

»Er hat für Gerd gearbeitet. Schon lange. Ich müsste ihn fragen nach Gerds Bruder.«

Marek hob die Brauen, was angesichts des sich darin befindlichen Metalls irgendwie beschwerlich aussah.

»Sie glauben, dass der Bruder etwas mit dem Mordanschlag zu tun hat?«

»Nein. Vielleicht. Ich weiß es nicht.« Lena spürte wieder diese Unsicherheit in sich aufsteigen. »Wissen Sie, ob Gerd mit jemandem Probleme hatte? Hier in Frankfurt. Bevor er alles verkauft hat.«

Mareks Lider senkten sich ganz langsam, bis er aussah, als schlafe er gleich ein. Dass er hellwach war, zeigte sich daran, mit welcher Geschwindigkeit er gerade ein Zuckerpäckchen auf dem Tisch zerlegte.

»Möchten Sie noch etwas? Tee, Kaffee?« Die Kellnerin war völlig lautlos zu ihnen getreten. Lena schüttelte den Kopf. Ihr Frühstück stand noch fast unberührt vor ihr und der Cappuccino war kalt geworden. Sie hatte das Gefühl, einfach nichts zu sich nehmen zu können.

»Der Herr?«

Mareks Augen öffneten sich so schnell, dass Lena ein kalter Schauer über den Rücken lief. Sie saß hier mit ihm, dem ehemaligen Mitarbeiter ihres Geliebten, als würden sie sich kennen, sich vertrauen. Dabei wusste sie nichts über den Mann. Genauso wenig wie über die Geschäfte, die Gerd im Bahnhofsviertel gemacht hatte. Über seine Feinde. Oder Freunde. Über all das hatten sie nie miteinander gesprochen. Damals in Frankfurt nicht und in den vergangenen Monaten erst recht nicht. Ein neues Leben hatte begonnen, für sie und für ihn. Nur dass seines nun am seidenen Faden hing.

»Einen grünen Tee«, bat Marek und die Hotelmitarbeiterin verschwand.

»Nein«, wandte er sich wieder an Lena. »Ich kann mich nicht erinnern, dass der Chef sich mit jemandem im Clinch befunden hat. Nicht, als er ging. Nicht unmittelbar zuvor. Ich erzähle Ihnen vermutlich nichts Neues, aber in einer Stadt wie Frankfurt, in der es viel Geld zu verteilen gibt, geht es nicht immer harmonisch zu. Aber nein – mir fiele da nichts ein.«

»Der neue Betreiber der Clubs?«

»Es sind zwei. Das Hotel und den Kinky Club hat ein Mann übernommen, der bereits im Speckgürtel ein paar Clubs besitzt. Die anderen Etablissements ein Stuttgarter Ehepaar. Ebenfalls lange im Geschäft, wenngleich bisher nicht in Frankfurt. Was uns hier im

Kinky betrifft, wir werden den Chef immer vermissen, haben es aber mit dem Nachfolger ganz gut getroffen. Die anderen, nun ja, die müssen die Ohren anlegen, weil die Schwaben mehr Geld verdienen wollen. Aber das verhält sich alles noch im Rahmen und nichts weist darauf hin, dass sich die Käufer über den Tisch gezogen fühlen. Im Gegenteil. Der Chef war äußerst fair in den Verhandlungen.«

Der Tee wurde serviert und Marek dankte der Bedienung mit einem Nicken.

»Und privat?« Gott, wie schwer ihr das fiel. Ausgerechnet einen für sie fast Wildfremden nach Gerds Leben zu fragen.

»Wie, privat?«

»Freunde, die zu Feinden wurden. Eine ... Frau ... die sich vielleicht zurückgestoßen fühlt.«

Er sah sie mit offenem Erstaunen an. »Ich dachte, dass Sie da besser drüber Bescheid wüssten. Mir ist nichts bekannt. Seit dem Tod seiner früheren Frau war der Chef eher zurückgezogen. Hin und wieder ...« Er unterbrach sich und blickte auf das Tischtuch.

»Hin und wieder hatte er eine kleine Affäre«, beendete Lena den Gedankengang.

»Nichts Festes«, ergänzte er eilig. »Bis Sie kamen.«

Er verabschiedete sich, nachdem er seinen Tee getrunken hatte, mit dem Versprechen, ihr weiterzuhelfen. Lena glaubte, noch etwas anderes aus seinen Worten herauszuhören: den Wunsch, selbst die Suche nach demjenigen aufzunehmen, der versucht hatte, Gerd zu töten.

Später stand Lena am Fenster ihres Hotelzimmers und blickte auf die Frankfurter Skyline. Ein Anblick, so vertraut und dennoch inzwischen so fremd. Sie war angenehm erschöpft. Hatte im überdachten Pool in der obersten Etage einige Runden gedreht und dabei in den

Himmel geschaut. So lange, bis ihre Muskeln angenehm geschmerzt hatten. Es lenkte sie ab von den Ängsten in ihrem Kopf.

Marek hatte ihr den Namen des Mannes, den sie suchte, nicht verraten. »Das geht nicht«, erklärte er ihr. »Aber ich kontaktiere ihn. Bleiben Sie im Hotel. Wenn ich ihn richtig einschätze, wird er sich melden.«

Seither wartete sie. Zwei Mal hatte sie in der Zwischenzeit mit der Klinik in Bad Reichenhall telefoniert. Immer mit demselben niederschmetternden Ergebnis. Nein, Herr Rohloff war immer noch nicht ansprechbar. Und ja, sobald sich etwas daran ändere, würde man sie benachrichtigen. Das Gefühl, einerseits hier und andererseits dort sein zu wollen, zerriss sie innerlich beinahe.

Kurz nach Mittag meldete sich der Mann, mit dem sie sprechen wollte über das Telefon in ihrem Zimmer.

»Können Sie zum Brunnen am Opernplatz kommen?« Ja, natürlich konnte sie das. Er schlug ein Treffen eine Stunde später vor. »Wir kennen uns ja.« Damit war das Telefonat beendet. Lenas Nervosität hatte sich kein bisschen gelegt.

Sie erschrak, als er eine Stunde später am vereinbarten Treffpunkt plötzlich neben sie trat. Ein großer, breitschultriger Mann mit ernstem Gesicht und der Aura eines Menschen, den nichts ängstigen konnte. Er hatte sich aus der Masse der hin- und hereilenden Menschen vor der Oper gelöst, ohne dass sie ihn vorher gesehen hatte.

»Gehen wir ein Stück«, schlug er vor und griff nach ihrem Ellbogen.

Während sie über den Platz schlenderten, vorbei an einer Gruppe Asiaten, die begeistert alles Mögliche fotografierten, vorbei an Menschen, die Eis essend vor dem Brunnen saßen, gerade so, als seien auch sie beide ganz normale Spaziergänger, ließ er sich von ihr noch einmal erzählen, was vorgefallen war. Er selbst schwieg die ganze Zeit mit unbewegter Miene. Erst, als sie zum Ende gekommen war, blieb er abrupt stehen. Sein Blick wanderte in die Ferne. Sein Unterkiefer war hart. Wie bereits bei Marek erstaunte es sie, wie angegriffen auch dieser nach außen hin so hartgesottene Mann wirkte, wenn es um Gerd ging.

»Was wollen Sie von mir wissen?«, fragte er schließlich.

»Wissen Sie, wo sich Gerds Bruder aufhält?«

»Kalle?«

Kalle also. Karl-Heinz vermutlich.

Der Mann, dessen Namen sie noch immer nicht kannte, schüttelte den Kopf. »Glauben Sie, er hat was damit zu tun? Und wenn ja, warum?«

Lena wollte es ihm bereits sagen, als ihr klar wurde, dass dieser Fremde vielleicht gar nichts wusste von dem, was zwischen Gerd und seinem Bruder vorgefallen war. Gerd hatte ihr all das im Vertrauen erzählt. Sie konnte es nicht einfach weitertragen.

»Gerd hat nur einmal kurz von ihm gesprochen. Mein Eindruck war, dass der Bruder in kriminelle Geschäfte verwickelt war«, sagte sie daher.

Er reagierte kaum auf diese Nachricht, die vermutlich für ihn nichts Neues enthielt. Aber wusste er auch, wessen Tipp dieser Kalle seinen Knastaufenthalt zu verdanken hatte?

»Rohloff hatte nichts mehr mit Kalle zu tun«, sagte der Mann schließlich. Er holte ein rotes Päckchen aus seiner Jackentasche und fummelte einen Kaugummi heraus. »Auch einen?« Lena schüttelte den Kopf. Er schob sich den Streifen in den Mund.

»Wenn Sie wollen, höre ich mich mal um.« Lena hätte wetten können, dass er das sowieso tun würde.

»Wo ist er?«, wollte er dann unvermittelt wissen.

»In einer Privatklinik. Ein Polizist sitzt vor der Tür. Niemand darf zu ihm.« Lena fühlte sich trotz der milden Luft auf einmal, als würde sie auf einer dünnen Eisfläche stehen. Konnte sie dem Mann trauen? Was wusste sie über ihn? Nichts! Außer, dass er bis vor Kurzem für Gerd gearbeitet hatte. Aber – konnten nicht auch aus Freunden Feinde werden? Wieder einmal war sie auf Intuition und Glauben angewiesen.

Anders geht es auch nicht. Wenn ich herauskriegen will, wer hinter dem Anschlag steckt, muss ich mich auf die Menschen verlassen, von denen ich weiß, dass sie Gerd nahestanden. Und sei es auch nur auf berufliche*r Ebene.*

Wenn nur dieser Beruf nicht so halbseiden gewesen wäre! Sie verabschiedeten sich, ohne dass er ihr seinen Namen genannt oder ihr seine Kontaktdaten gegeben hatte.

»Ich melde ich bei Ihnen«, antwortete er auf ihre diesbezügliche Frage. Ihre Handynummer schrieb er nicht auf, als sie sie ihm nannte. »Alles hier drin.« Er tippte sich mit dem Finger an den Kopf. Sie sah ihm hinterher, als er den Platz in Richtung Fressgasse hinunter verließ, das Handy schon am Ohr. Mitten hinein in einen Pulk ausgelassener Frauen, die lachend und schwatzend teure Einkaufstüten schwenkten. Ein leichter Windstoß fuhr unter Lenas Jacke und brachte sie zum Frösteln. Selten in ihrem Leben hatte sie sich so verlassen gefühlt. Gerd war der erste Mann, den sie überhaupt liebte. Sie hatte diese Liebe seit Monaten nicht mehr infrage gestellt. Doch auf einmal kam dieser Mann ihr vor wie jemand, dessen Leben zum größten Teil im Dunkel lag. Und dieses Dunkel machte ihr Angst.

Der Anruf, der sie kurze Zeit später erreichte, sie befand sich noch in der U-Bahn-Haltestelle Opernplatz, kam aus dem Büro des Anwalts.

»Herr Dr. Gorg möchte Sie sprechen. Es geht um Herrn Rohloff.« Die Stimme der Mitarbeiterin verriet nichts, dennoch erschrak Lena bis ins Mark. »Es ist doch nichts geschehen?«, stieß sie aus. Die Frau am anderen Ende schien nicht ganz zu verstehen, was gemeint war.

»Mit Gerd, mit Herrn Rohloff? Hat die Klinik sich gemeldet?« Sie hatte nicht vergessen, dass die Telefonnummer seines Anwalts als Notfall-Kontakt in Gerds Unterlagen stand.

»Soweit ich weiß, geht es lediglich um Formalitäten.« Jetzt klang die Frau etwas beruhigender. Die Kanzlei lag in der Beethovenstraße im Westend und Lena beschloss, direkt dorthin zu gehen. Zu Fuß waren es rund zwanzig Minuten von ihrem Standpunkt aus. Sie musste darüber hinaus noch eine Viertelstunde in einem Besucherraum warten, was ihre Nervosität immens verstärkte.

Dr. Gorg wirkte auch an diesem Tag sehr aufgeräumt, zugleich auch wesentlich freundlicher als bei ihrem ersten Zusammentreffen. Er holte sie persönlich im Warteraum ab und schob ihr einen Stuhl hin, bevor er sich ihr gegenüber an seinem Schreibtisch niederließ.

»Frau Borowski. Dass Sie bevollmächtigt sind, jederzeit Auskunft über Herrn Rohloffs Gesundheitszustand zu erhalten, wissen Sie ja bereits.« Gorg machte eine kleine Pause und zog einen Schnellhefter zu sich heran.

»Darüber hinaus hat mein Mandant verfügt, dass im Falle einer längerfristigen Situation, die es ihm nicht ermöglicht, selbst Entscheidungen zu treffen, Sie weitere Vollmachten erhalten. Teils gemeinsam mit meinem Büro, teils alleine.« Er sah sie ruhig an.

»Längerfristig?« Lena rutschte auf ihrem Stuhl nach vorn. »Sie haben also Nachrichten aus der Klinik?«

Gorg schob die Unterlippe etwas vor. »Wir erhalten täglich ein Update. Ja.«

Sie musterten sich schweigend.

»Warum hat Gerd so umfangreiche Vorkehrungen getroffen?« Ihre Stimme klang so dunkel, dass sie sie selbst kaum erkannte.

Gorgs Lider zuckten kurz, er blickte auf den Schreibtisch hinunter, hob nach einigen Sekunden den Kopf und gleichzeitig beide Hände.

»Ihr Lebensgefährte war ein bekannter Mann im Bahnhofsviertel. Er hat schon vor vielen Jahren seine persönlichen Dinge geregelt.«

»Weil er Angst hatte?«

Gorg hob erstaunt die Brauen. »Sie sollten ihn besser kennen. Herr Rohloff war kein ängstlicher Mensch. Vorausschauend trifft es besser.« Er biss sich auf die Lippe und beugte sich etwas nach vorn. »Die letzten Änderungen wurden vorgenommen, nachdem Sie beide zusammengezogen waren. Sein Vertrauen in Sie muss sehr hoch sein.«

Das waren also die geschäftlichen Dinge gewesen, die Gerd bei den zwei oder drei Gelegenheiten erledigt hatte, wenn er nach Frankfurt gefahren war.

»Sagen Sie mir, was Gerd verfügt hat.« Auf einmal wurde sie von einer fast unheimlichen Ruhe erfasst. Die Frage war dumm gewesen. Natürlich hatte Gerd keine Angst gehabt. Er hatte aber durchaus gewusst, dass im Falle eines Falles sie als seine Lebensgefährtin keinerlei Berechtigungen gehabt hätte. Vermutlich war früher Gerds Frau, Marie Rohloff, eingetragen gewesen, nach ihrem Tod der Anwalt. Jetzt also, in Teilen, auch sie. Gerds Vertrauen rührte sie in diesem Moment, aber es machte sie auch stark. Er wollte es so, weil er sie für stark hielt.

Eine Stunde später verließ sie die Kanzlei mit dem Wissen, Zugang zu Gerds persönlichen Bankkonten zu besitzen und damit auch dafür sorgen zu können, dass alle anfallenden Zahlungen beglichen werden konnten. Zudem trug sie einen kleinen versiegelten Umschlag mit den Kombinationen für den Stahlraum im Keller seines Bad Homburger Hauses bei sich. Drittens, und das war der für sie schwierigste Part des Gesprächs mit Dr. Gorg gewesen, befand sich die Kopie einer Patientenverfügung in ihrer Tasche. Gerd hatte darin konkret und sehr detailliert dargelegt, dass er keinesfalls das wollte, was man gemeinhin »ein Leben an Schläuchen oder Apparaten führen« nannte. Im Zweifelsfall, so lautete die Anweisung, sollte Lena entscheiden. Eine Bürde, so schwer wie Blei. Und zum ersten Mal hatte sich Widerstand geregt in ihr. Warum wollte er, dass sie, die sie erst seit ein paar Monaten an seiner Seite war, eventuell eine solche Entscheidung würde treffen müssen? Sie fühlte sich überfordert, schon allein der Gedanke daran verursachte ihr ein Schwindelgefühl. Und dann war da noch etwas. Hatte Gerd womöglich doch geahnt, dass jemand ihm Böses wollte? Dass er schon vor Jahrzehnten angefangen hatte, für alle Eventualitäten Vorsorge zu treffen, sprach dafür.

Warum hast du nie mit mir darüber gesprochen?

Und niemand war da, der ihr hätte helfen können, Gerd besser zu verstehen. Weder Marek noch der geheimnisvolle Mann vom Opernplatz kannten sie gut genug, um ihr wirklich einen Blick hinter die Kulissen geben zu wollen oder zu können. Andererseits musste sie beiden umständehalber vertrauen.

Dann hielt sie plötzlich mitten im Gehen inne. Doch. Es gab jemanden, der ihr mehr über Gerd erzählen konnte. Jemanden, den Lena länger kannte als ihn.

Jemanden, dem auch sie vertrauen konnte. Blind, wenn es sein musste.

Dass Sonja Elmering es finanziell weit gebracht hatte, war auf den ersten Blick zu erkennen. Die Penthouse-Eigentumswohnung in einem der nobelsten Hochhäuser Frankfurts an der Europaallee war mindestens 200 Quadratmeter groß und so ausgestattet, dass sie als Kulisse für einen Film über Selfmade-Millionäre hätte herhalten können. In genau dieser Preisklasse lagen die Wohnungen hier auch. Unwillkürlich musste Lena daran denken, dass sie und Sonja vor vielen Jahren zusammen studiert hatten. Doch Sozialarbeit, das wurde schnell klar, stellte nur für eine von ihnen den Traumberuf dar. Sonja hatte sich für einen komplett anderen Lebensweg entschieden und leitete inzwischen eine exklusive Escort-Agentur. Sie war es auch gewesen, die für Lena damals den Kontakt zu Gerd Rohloff hergestellt hatte.

Sie hatte sich jetzt sofort bereit erklärt, ihre alte Freundin zu treffen. Trotz der fortgeschrittenen Tageszeit trug Sonja nur einen schwarzen seidenen Morgenmantel, der ihr bis zu den Knöcheln ging. Sie war barfuß und ungeschminkt, das blonde Haar zu einem Messy Bun gedreht, der ihr wunderbar stand.

»War spät gestern.« Sie grinste. »Ich war zu einem Geburtstag eingeladen. Gute Leute, gute Gespräche. Wir haben erst um halb vier gemerkt, wie schnell die Zeit vergangen war.«

Sie ließen sich in einander gegenüberstehenden Stühlen im Wintergarten nieder. Auf dem Glastisch standen Wasser und eine Kanne mit Kaffee. Der Blick fiel auf einen Teil der Stadt, der schon immer für Kontroversen gesorgt hatte. Schick und teuer, gleichzeitig das Hassobjekt vieler Autonomer zu denen, zumindest kurzzeitig, vor vielen Jahren auch Lena und Sonja gehört hatten, wenngleich damals die heftigsten Kämpfe bereits seit Jahrzehnten ausgekämpft oder vorüber waren. Viele der damaligen Akteure saßen heute in politischen Gremien oder besaßen reichlich dieses Kapitals, das sie einst so heftig bekämpft hatten.

Sonja war entsetzt über das, was Lena ihr mitteilte.

»Gerd angeschossen? Im Koma?« Ihre Augen wurden groß in ungläubigem Entsetzen.

»Ich fahre morgen früh zu ihm. Auch wenn ich nichts tun kann. Es erscheint mir wichtig.«

Sonja nickte. Ihr Gesicht war ganz blass geworden.

»Du kennst ihn viel länger als ich«, setzte Lena das Gespräch fort. »Vielleicht auch seinen Bruder?«

Sonjas Brauen hoben sich. »Nein, mit dem hatte ich nie zu tun.«

»Weißt du etwas über ihn?«

Sonja schüttelte bedauernd den Kopf. »Die Sache zwischen Gerd und seinem Bruder lag schon lange zurück, als ich ihn kennenlernte. Gerd selbst hat nie über ihn gesprochen, ich habe es eher durch Zufall erfahren, irgendjemand hat ihn mal erwähnt, aber ich könnte dir nicht mehr sagen, wer das war, geschweige denn, worum genau es ging. Warum fragst du?«

Lena hob die Schultern und ließ sie schwer wieder fallen. »Immerhin ist er Gerds nächster Angehöriger. Auch wenn die beiden schon lange keinen Kontakt mehr hatten. Aber der Mann war kriminell. Vielleicht wollte er Gerd etwas antun. Um zu erben? Immerhin hat sich der Verkauf der Clubs bestimmt rumgesprochen. Es könnte auch jemand aus dem Milieu sein. Was denkst du, wer könnte eine Rechnung offen haben mit Gerd?«

Sonja starrte blicklos vor sich hin. Dann durchlief sie ein Ruck. »Was sagt die Polizei?«

»Noch nichts, oder zumindest nichts, worüber sie mit mir reden. Sie scheinen aber bisher noch nicht in

Frankfurt nachgefragt zu haben. Marek, der Türsteher vom Kinky wusste jedenfalls nicht Bescheid.«

»Sie verfolgen eine Spur?«

»Jemand hat einen Wagen wegfahren sehen, gleich nachdem die Schüsse gefallen waren. Mehr weiß ich nicht.«

Sonja legte eine Hand in den Nacken und knetete die Haut dort. »Soweit ich weiß, hatte Gerd keinen Trouble, bevor er Frankfurt verließ. Jedenfalls nichts, was sich rumgesprochen hätte. Ich kann mir auch nicht vorstellen, dass es sich um ältere Geschichten handelt. Aber unser Kontakt war ja nicht mehr sehr eng. Wir sind uns eher selten über den Weg gelaufen. In den letzten Monaten gar nicht mehr.«

Damit erübrigte sich die Frage, ob es in Gerds Privatleben einen möglichen Grund für den Anschlag gab. Erwartungsgemäß musste Sonja auch an dem Punkt passen.

»Aber ich höre mich mal bei einigen Leuten um, die Gerds Bruder noch gekannt haben müssten. Womöglich gibt es doch noch Verbindungen zu ihm.«

Obwohl Lena in der Vergangenheit häufig hier gewesen war, wirkte das Haus in Bad Homburg ohne Gerd kühl und fremd auf sie. Sie hatte Sonjas Angebot, bei ihr zu übernachten, abgelehnt. Gesellschaft, und sei es auch nur die einer alten Freundin, konnte sie einfach nicht ertragen. Sie stellte eine Tüte mit Einkäufen in die Küche, schaltete den Kühlschrank ein und lüftete. Gerds Haushälterin kam nach wie vor einmal in der Woche und schien sehr gründlich zu sein. Nirgendwo war auch nur ein Staubkorn zu entdecken, die Betten waren bezogen und mit einer Überdecke geschützt, die Fenster blitzblank. Lena ging einmal durch das ganze Haus, um das Gefühl des Fremdseins loszuwerden. Noch hatte sie den Umschlag mit der Kombination für den Stahlraum nicht geöffnet. Obwohl Gorg genau nach Gerds Anweisung verfahren war, kam es ihr vor wie eine Pietätlosigkeit, in seinen Sachen herumzusuchen. Was glaubte sie, dort zu finden? Hinweise auf den Bruder? Bevor sie in den Keller ging, rief sie noch einmal in der Klinik an. Doch noch immer gab es keine Neuigkeiten. Sie gab sich einen Ruck und riss den Umschlag auf.

»Lernen Sie die Kombinationen auswendig und vernichten Sie die Unterlagen dann«, hatte Gorg ihr geraten. Doch noch funktionierte ihr Kopf nicht richtig. Sie schob den Zettel in ihre Hosentasche und stieg ins Kellergeschoss, um wenig später in Gerd Rohloffs begehbarem Safe zu stehen, der so groß wie ein normaler Wandschrank war. Wo sollte sie anfangen? Sie zog einen Aktenordner heraus und fand dort ältere und aktuelle Verträge über den Ankauf und späteren Verkauf seiner Clubs. Letzteres hatte ihm sehr viel Geld eingebracht. Ein weiterer Ordner enthielt Versicherungsunterlagen, die meisten davon trugen den Vermerk »gekündigt«, weil sie geschäftlicher Natur gewesen waren. Eine Lebensversicherung, zu ihren Gunsten, erschreckte Lena. Der Betrag war derartig hoch, dass sie sich automatisch fragte, ob sie dadurch womöglich selbst verdächtig werden würde, sollte Gerd sterben.

Sie schob den Ordner zurück und den Gedanken weg.

Er wird wieder gesund. Er ist stark.

Ein paar stabile Kartons enthielten Bargeld in unterschiedlichen Währungen.

Schwarzgeld, vermutlich.

Gerd war kein Heiliger, er hatte ganz sicher auch ein paar Geheimnisse gehabt.

Womöglich eines zu viel.

Eine Schatulle enthielt Schmuck. Lena stellte sie schnell zurück. Es handelte sich sicher um Maries Sachen.

Irgendwann stieß sie endlich auf Unterlagen, die interessant waren.

In einer flachen Pappschachtel lagen Zeitungsausschnitte. Es ging um die schiefgelaufene Aktion von Gerds Bruder. Endlich etwas, wo sie anknüpfen konnte! Lena legte die Pappschachtel zur Seite, um sie mit nach oben zu nehmen.

Ebenso einen Umschlag, auf dem »Postfach« stand. Neben einem Schlüssel befand sich darin eine Karte mit der Nummer. Für die normale Post hatte Gerd einen Nachsendeantrag gestellt. Ob das auch für die Sendungen galt, die an diese Adresse gingen? Sie beschloss, gleich am nächsten Tag nachzusehen.

Mit dem Karton setzte sie sich ins Wohnzimmer und las die Artikel. Die Geschichte war in der Presse nicht wirklich übermäßig ausgeschlachtet worden. Es war weder von Waffenschieberei noch vom Eingreifen des BKA die Rede. Ein gewisser »Karl-Heinz R.« war nach einer Schießerei am Osthafen festgenommen worden. Ein Blatt spekulierte über einen Bandenkrieg, ein anderes hatte den Fall Jahre später noch einmal aufgegriffen, weil es in einem Bericht der Frage nachging, wie gefährlich Frankfurt war. Kaum, lautete der Tenor. Die Stadt am Main sei inzwischen eher für kriminelle Banken als für kriminelle Banden bekannt.

Ganz unten in der Pappschachtel stieß Lena allerdings auf etwas anderes, das ihr Interesse weckte. Es waren interne Aktennotizen des BKA. Drei Beamte waren kurz nach Kalle Rohloffs Verurteilung befördert worden. Zwei Namen waren unterstrichen. Lena wusste sofort, was das bedeutete. Auf einmal wurde ihr Hals ganz trocken und ihr Herz pochte heftig. Die beiden Männer waren es, denen Gerd damals den Tipp gegeben hatte. Was, wenn einer von ihnen ihn nun verraten hatte? War das möglich? Und wenn ja, warum?

Sie würde es nur dann erfahren, wenn sie mit den beiden BKA-Beamten sprach.

Kapitel 7

Beim BKA in Wiesbaden stellte man sie am nächsten Tag lediglich zu einem der beiden Männer durch. »Herr Heimers ist nicht mehr bei uns tätig«, lautete die Auskunft der Telefonistin.

»Hellmer«, meldete sich der zweite Gesuchte. Um Lena schon nach wenigen Worten, genauer, nachdem der Name Rohloff gefallen war, grob abzuwürgen.

»Sie sind an der falschen Adresse. Rufen Sie bitte nicht mehr hier an.«

Perplex starrte sie auf das Telefon. Der Mann hatte einfach aufgelegt. Das unhöfliche Verhalten ärgerte sie, dennoch suchte sie gleich darauf im Internet nach einer anderen Kontaktmöglichkeit. Vielleicht wollte Hellmer einfach nicht aus dem Büro mit ihr sprechen. Eine private Nummer des Mannes fand sie zu ihrem Bedauern nicht. »Wenn du glaubst, ich lasse mich so einfach abschütteln, hast du dich getäuscht«, murmelte sie. Irgendwie würde sie ihn kriegen. Oder diesen Heimers, wohin auch immer der gewechselt hatte.

Sie zog sich die Lederjacke an, schaltete die Alarmanlage scharf und trat aus dem Haus. Noch immer fuhr sie den Leihwagen, den sie in Bad Reichenhall gemietet hatte. Ob sie sich ein Auto kaufen sollte? Gerds Jaguar war in Norddeutschland geblieben, sowieso war der Wagen ihr viel zu groß. Seit sie ihre Stelle als Sozialarbeiterin gekündigt hatte, verfügte sie über kein eigenes Einkommen mehr. Obwohl Gerd mehr als großzügig war, stets betonte, er habe schließlich mehr Geld, als er jemals selbst ausgeben könne, und sie solle sich bitte Zeit damit lassen, ihre berufliche Zukunft zu planen, hatte sie sich in der jüngsten Vergangenheit unwohl gefühlt dabei, von ihm versorgt zu werden. Nun waren in dieser Situation die Kreditkarte und der stetig monatlich auf ihr Konto fließende Geldstrom, für den er gesorgt hatte, ein Segen.

Sie fuhr zunächst zu dem braunen Backsteingebäude in der Horexstraße, wo sich neben einem Geschäft mit chromblitzenden Motorrädern die Postfächer befanden. Als sie Gerds Fach öffnete, befand sich ein einziges Schriftstück darin. Dem schwarzen Rand nach eine Todesanzeige. Sie wendete das Kuvert, aber es stand kein Absender darauf. Sie steckte den Brief in ihre Tasche und fuhr weiter in die Innenstadt, um dort in der Louisenstraße ein paar Sachen einzukaufen. Als sie eine knappe Stunde später Tüten mit frischem Obst, Gemüse und Salat in der Küche von Rohloffs Haus abstellte, klingelte ihr Handy.

»Es gibt einen vagen Anhaltspunkt«, sagte der Mann am anderen Ende, ohne sich mit Namen zu melden. »Kalle ist damals nach Frankreich gegangen. Marseille. Aber das wissen Sie ja schon. Nun habe ich eine Adresse dort ausfindig gemacht. Wollen Sie herkommen? Dann warte ich auf Sie.«

Es dauerte einen Moment, bis sie begriff, was der Mann meinte.

»Sie sind schon dort?«

»Ich glaube, wir haben keine Zeit zu verlieren.«

Kapitel 8

Am Rhein-Main-Flughafen herrschte die übliche Atmosphäre, eine Mischung aus hastig ihrem Ziel entgegeneilenden Reisenden und solchen, die mehr Zeit mit Warten verbringen mussten, als ihnen lieb war.

Lena war mit dem Wagen gekommen, und nutzte die Gelegenheit, ihn am Schalter des Mietwagenverleihs zurückzugeben. Danach schnappte sie sich ihre Reisetasche, passierte sämtliche Kontrollen, saß nach ihrem Dafürhalten viel zu lange am Gate herum, trank einen Kaffee und als endlich die Aufforderung zum Einsteigen kam, setzte ein nervöses Flattern in ihrem Bauch ein. Der Mann, der sie erwartete, hatte nichts darüber gesagt, ob und wenn ja wie wahrscheinlich es war, dass sie Gerds Bruder finden würden. Sie hatte dennoch gleich nach dem Anruf ihre Sachen gepackt, war noch eine Runde gelaufen und hatte trotz eines leichten Abendessens sehr unruhig geschlafen. Im Moment fühlte sie sich müde und aufgekratzt zugleich. So war es ihr mehr als recht, dass der Flieger schwach gebucht war und sie es sich, ihre Jacke unterm Kopf und mit der beruhigenden Musik von *Eivor* im Ohr, auf einem Fensterplatz in einer sonst leeren Sitzreihe gemütlich machen konnte. Während die übliche Routine an Sicherheitshinweisen abgespult wurde und gleich darauf ein leichtes Vibrieren einsetzte, das in ein Ruckeln überging, als die Maschine anrollte, fielen ihr bereits die Augen zu und sie versank in einen tiefen und traumlosen Schlaf.

Er holte sie am Flughafen ab.

»Es gibt eine Frau, mit der Kalle Rohloff hier zusammengelebt hat.« Er hatte ihr die Reisetasche abgenommen. Sie liefen über den Parkplatz auf eine dunkle Limousine zu.

»Wie haben Sie sie ausfindig gemacht? Die Sache ist doch schon so lange her.« Im Gegensatz zu ihrem ersten Gespräch mit ihm. Er musste sofort gehandelt haben. Der Mann hielt ihr die Wagentür auf, verstaute anschließend ihre Tasche im Kofferraum und nahm hinter dem Steuer Platz. Erst jetzt antwortete er. »Es ist mein Job, Leute ausfindig zu machen.«

»Für Gerd?« Sie wandte sich ihm zu.

»Anschnallen«, brummte er und startete den Motor. Lena seufzte. Der Mann war nicht gerade gesprächig. Sie fand es mühsam, ihm sämtliche Fakten wie die buchstäblichen Würmer aus der Nase ziehen zu müssen.

Ich traue ihm immer noch nicht wirklich. Aber ich muss.

»Sind Sie Privatdetektiv?«, versuchte sie das Gespräch wieder aufzunehmen.

Er gab einen genervt klingenden Ton von sich. Es war ihr egal. Sie wollte wissen, mit wem sie es zu tun hatte.

»Nein. Bin ich nicht. Nicht im herkömmlichen Sinn. Aber ich übernehme Aufträge. Und damit muss es jetzt gut sein. Wollen Sie mit der Frau sprechen oder nicht?«

Natürlich wollte sie das.

Schweigend fuhren sie in die Stadt. Der Himmel war leicht bewölkt, der Horizont diesig. Lena war noch nie in Marseille gewesen. Sobald sie den Namen der Stadt hörte, dachte sie unwillkürlich an Fischgeruch und Drogenschmuggel. Nun war sie überrascht, wie hübsch die Straßen waren, durch die sie fuhren, teils gesäumt von wunderschönen Altbauten.

Der Mann neben ihr lenkte den Wagen geschickt durch den dichten Verkehr, ließ sich weder durch Hupkonzerte noch wild gestikulierende Autofahrer ablenken. Schließlich landeten sie in einem der gesichtslosen Wohngebiete, die es in größeren Städten wohl überall auf der Welt gab. Weniger schlimm als die, die Lena bereits aus ihrer früheren Tätigkeit kannte. Aber dennoch wenig einladend.

»Erwartet sie uns?«, brach sie das Schweigen.

»Ja«, erwiderte er knapp. Um dann, auf ihr eindrückliches Starren, noch hinzuzusetzen: »Ich habe gestern kurz mit ihr gesprochen. Sie ist bereit, Ihnen etwas über Kalle Rohloff zu erzählen.«

Die Art, wie er das sagte, brachte sie zur nächsten Frage. »Will sie Geld dafür haben?«

Zum ersten Mal, seit sie ihn kannte, wirkte der Mann verblüfft. »Geld? Nein. Sie will nur, dass wir ihrem Ex, sollten wir ihn jemals finden, auf keinen Fall erzählen, wo sie jetzt lebt.«

Das mulmige Gefühl, das Lena bei diesen Worten überfiel, sollte sich noch verstärken. Ghislaine Gardot wohnte im 12. Stock eines Hochhauses, das wesentlich gepflegter war, als von außen vermutet. Ein sauberer Lift brachte Lena und ihren Begleiter schnell nach oben. Im Gang roch es nach Putzmitteln und orientalischer Küche. Irgendwo hörte jemand Hip-Hop-Musik.

Die Frau, die sie suchten, öffnete nach dem ersten Klingeln. »Bonjour«, sagte sie mit kehliger Stimme und Lena erschrak. Jetzt erst fiel ihr ein, dass sie kein Französisch sprach. Wäre sie auf ihren Begleiter als Übersetzer angewiesen, würde ihr das nicht gefallen.

»Entrez.« Die Frau bat sie mit einer Handbewegung herein. Der Blick ihrer Augen, dunkel wie Kohle und ebenso dunkel umrandet, lag auf Lenas Gesicht.

»Bonjour«, sagte die. »Je suis Lena. Aber leider spreche ich kein Französisch.« Ghislaine lachte und fing sofort an zu husten. Als sie das Wohnzimmer betraten, ahnte Lena den Grund dafür. Eine glimmende Filterlose lag dort in einem bereits ziemlich vollen Aschenbecher, die Luft war zum Schneiden dick.

»Setzen Sie sich«, bat die Bewohnerin nun in stark gefärbtem Deutsch. Das, und der Umstand, dass die gleich darauf ein Fenster weit öffnete, beruhigte Lena. Sie ließ sich neben ihrem Begleiter auf einem Ledersofa nieder, das seine besten Zeiten längst hinter sich hatte.

Ghislaine Gardot war vermutlich Mitte vierzig. Ihr Gesicht war von teils tiefen Falten durchzogen, dennoch ahnte man noch, was für eine Schönheit sie einmal gewesen war mit der kleinen geraden Nase und dem Jeanne-Moreau-Mund. Sie trug einen Kaftan in Gelb und Schwarz, das dunkle, offensichtlich gefärbte Haar locker aufgesteckt und sie war barfuß. An den Armen klimperten Dutzende von schmalen goldenen Bändern, dicke Ringe zierten die langen, schlanken Finger, die tadellos aufgetragenen dunkelroten Lack trugen. Die Französin ließ sich in einen Sessel plumpsen, griff nach ihrer Kippe und musterte ihre Besucher mit wachem Blick. »Worum geht es?«

Der Zimtmann lehnte sich entspannt zurück und schaute auffordernd zu Lena herüber.

»Es geht darum, dass mein Lebensgefährte angeschossen wurde. Gerd Rohloff. Der Bruder von Karl-Heinz.«

Die Französin zog heftig an ihrer Zigarette, bevor sie sie mit einer energischen Bewegung ausdrückte. »Kalle hatte einen Bruder? Von ihm hat er mir nie etwas erzählt.«

»Das sind die beiden. Da waren sie noch Teenager.« Lena holte ein Foto aus der Tasche, das sie in der Schachtel mit den Zeitungsartikeln gefunden hatte. Ghislaine warf nur einen flüchtigen Blick darauf und zuckte mit den Schultern. »Et alors?«

»Wir fragen uns, ob Kalle etwas mit dem Anschlag zu tun haben könnte«, mischte sich der Zimtmann ins Gespräch ein.

Dessen Ex-Geliebte zog die Brauen nach oben. »Woher soll ich das wissen? Ich habe schon sehr lange keinen Kontakt mehr zu ihm. Und das ist auch gut so, wenn Sie verstehen, was ich meine.« Etwas legte sich über die dunklen Augen, das Lena eine Gänsehaut verursachte.

»Niemand wird erfahren, dass wir hier bei Ihnen waren«, versicherte sie der Frau. »Ich möchte nur Gerds Bruder finden. Wenn Sie vielleicht irgendetwas wissen ...«

»Nein.« Ghislaine erhob sich so abrupt, dass Lena zurückwich. »Ich weiß nichts. Außer, wie froh ich war, als der Kerl endlich aus meinem Leben verschwand!«

Lena rechnete damit, gleich aus der Wohnung gewiesen zu werden. Wieder vor einer Wand aus Fragen und Ängsten zu stehen. Und in genau diesem Moment löste sich die Spannung, die sie seit Tagen umfangen hielt, wie ein viel zu straffes Band. Sie legte den Kopf in die Hände. »Ich muss den Mann finden«, murmelte sie, während ihr bereits die ersten Tränen übers Gesicht liefen. »Ich muss wissen, wer Gerd das angetan hat.«

Der Mann neben ihr rührte sich nicht.

»Mon Dieu«, hörte sie Ghislaine sagen. »Pauvre fille.«

Lena hob den Kopf. Die Französin war offensichtlich berührt von ihrer Hilflosigkeit. Mit einem resignierten Seufzer sank sie in den Sessel zurück, griff nach den Zigaretten, zündete sich einen weiteren Glimmstängel an und begann, nachdem sie eine dichte und würzige Rauchwolke ausgestoßen hatte, zu erzählen.

»Kalle tauchte wie aus dem Nichts hier in Marseille auf. Er war in Deutschland im Knast gewesen und hatte sich, kaum entlassen, von dort abgesetzt. Ich war damals Kellnerin in einem Lokal, das er häufig besuchte. Anfangs hatte er wenig Geld. Doch von Monat zu Monat schien es mehr zu werden. Geschäfte, sagte er immer nur. Natürlich war mir klar, dass da nicht alles mit rechten Dingen zuging. Die Leute, mit denen er abhing, das waren Kleinkriminelle. Aber Kalle war charmant, er flirtete mit mir, gab großzügig Trinkgeld und irgendwann kamen wir zusammen. Er hatte sich einen neuen Wagen gekauft und wir fuhren an die Côte d'Azur. Ein Luxusleben versprach er mir. Er bat mich darum, zu kündigen. Er wollte, dass ich auf meinen Namen eine Wohnung kaufe an der Peripherie von Marseille und gab mir das Geld dafür. Erst später habe ich begriffen, dass er bereits begann, seine Spuren zu verwischen. Er war nie in Marseille gemeldet, erzählte von einem Haus in der Schweiz. Das war gelogen, wie ich irgendwann herausfand. Manchmal blieb er tagelang weg. Ich hingegen sollte das Haus möglichst selten verlassen. Kalle war krankhaft eifersüchtig. Obwohl ich ihm keinen Grund dafür gab, wurde das immer heftiger. Einmal traf ich mich mit einer alten Freundin. Mir fiel einfach die Decke auf den Kopf. Aber Kalle verstand das nicht oder wollte es nicht verstehen. An dem Abend kam ich nach Hause, fröhlich und ein bisschen beschwipst. Er erwartete mich bereits.«

Ghislaine stockte, nicht nur, weil die Asche ihrer Zigarette inzwischen gefährlich lang geworden war. Sie beugte sich vor und schnippte sie in den Aschenbecher, bevor sie fortfuhr. Mit deutlich von bedrückenden Erinnerungen belegter Stimme.

»An diesem Abend schlug er mich. Nicht, dass er mir eine Ohrfeige verpasst hätte, das hätte ich vielleicht noch hingenommen.« Sie zuckte mit den Schultern, als wolle sie sagen, das sei auch bei früheren Liebhabern bereits passiert und nichts Besonderes.

»Er schlug mich zusammen. Bis ich nicht einmal mehr kriechen konnte. Ich lag in der Diele des Hauses, das von diesem Tag an ein goldener Käfig für mich sein würde. Es dauerte mehrere Stunden, bevor es mir gelang, aufzustehen. Kalle war schon längst nach oben gegangen. Er schlief.« Wieder unterbrach sie ihren Redefluss. Ihre Augen wurden schmal, ihr Blick glitt zurück in die Vergangenheit. »Damals hätte ich ihn töten sollen.«

Lena schluckte heftig. Warum war Ghislaine geblieben? Lenas unausgesprochene Frage wurde sogleich beantwortet.

»Danach sperrte er mich ein. Ich hatte keine Chance, ihn zu verlassen.« Es folgten Wochen voller Brutalität, mehr ins Detail ging die Französin nicht.

»Dann gab es diesen großen Coup. Ein Juwelier, der überfallen wurde. Der oder die Diebe machten wertvolle Beute. Leider war der Überfallene am Ende tot. Erschossen.«

»Der Täter war Kalle?«, murmelte Lena.

»Ja. Das war er. Aber nun war ihm die Polizei wieder auf den Fersen, denn sie hatten ziemlich schnell eine Spur gefunden. Er tauchte ab. Verschwand aus Marseille.«

Ghislaine strich sich mit der Hand über die Stirn, als müsse sie eine dunkle Erinnerung wegwischen.

»Und Sie?«

»Ich hatte offiziell nichts mit ihm zu tun. Niemand wusste, dass es praktisch sein Haus gewesen war, in dem wir lebten. Als er kam, um seine Sachen zu packen, hat er mir gedroht. Ein Wort, und er würde mir einen seiner Kumpel auf den Hals hetzen. Einen, der sich damit auskennt, wie man aus einem hübschen Gesicht eine Fratze schneidet. So seine Worte. Damals glaubte ich das. Viel später erst erfuhr ich, dass er gar nicht mehr so hoch im Kurs bei denen stand. Überall nur Schulden und verbrannte Erde.«

»Wie ging es weiter?«, fragte Lena.

»Ich verkaufte das Haus. Nahm das Geld und eröffnete eine kleine Café-Bar. Die betreibe ich immer noch.«

Die beringte Rechte fuhr plötzlich unruhig über ihren linken Arm.

»Von uns erfährt niemand etwas.« Das war der Zimtmann.

Lena fragte sich, wie er die Frau überhaupt gefunden hatte. Er musste gut sein in seinem Fach. Und schnell. Oder er hatte ihr auf dem Opernplatz nicht die Wahrheit gesagt.

»Wir wissen, dass er wohl nach Guatemala gegangen ist.«

»Ja, das stimmt.« Ghislaine schaute Lenas Begleiter mit prüfendem Blick an. »Er schrieb mir von dort. Eine Karte an die alte Adresse. Sie wurde mir mit anderer Post zusammen nachgeschickt.« Ein keuchendes Lachen folgte diesen Worten. »Er glaubte tatsächlich, ich würde ihm folgen.«

»Er wollte, dass Sie nach Guatemala kommen?« Lena glaubte, sich verhört zu haben.

»Genau das.«

»Und welche Adresse hat er angegeben?«

»Keine. Er nannte mir die Anschrift eines Hotels in Guatemala City. Dort würde er mich schon finden.«

»Aber Sie sind nie dorthin gefahren?«

»Nein. Natürlich nicht. Ich war, wie gesagt, sehr froh, diesen Kerl nicht mehr in meinem Leben zu haben. Tatsächlich habe ich seither nie wieder etwas von ihm gehört.«

»Was denken Sie, wäre er in der Lage, den eigenen Bruder ermorden zu wollen?«

Ghislaines Brauen hoben sich erstaunt. »Den eigenen Bruder? Der Mann, den ich kannte, der hätte seine eigene Mutter umgebracht, wenn es ihm in irgendeiner Form nützlich gewesen wäre.«

Sie saßen in einem Lokal in der Nähe des alten Hafens von Marseille. Le *vieux port*, das hätte ein schönes Ambiente sein können. So, wie für diejenigen Menschen, die sich die Stadt ansahen. Für ein Rendezvous. Lena jedoch hatte keinen Blick für die Schiffe, die sanft im Wasser schaukelten, die auf alt getrimmten Laternen auf der Promenade, den Akkordeonspieler, der von Tisch zu Tisch ging, vermutlich um Touristen ein bisschen französische Lebensart zu vermitteln. Oder das, was sie dafür hielten. Sie hatte weder einen Blick auf die Weinkarte geworfen noch auf die Etageren voller Meeresfrüchte auf den anderen Tischen. Ein Kellner ging mit einer Suppenterrine an ihrem Tisch vorbei. Lena stieg der Duft nach Kräutern, Gemüse und gebratenem Fisch in die Nase. »Bouillabaisse, ein provenzalischer Eintopf mit verschiedenen Fischsorten. Das müssen Sie einfach probieren, wo Sie schon einmal hier sind. Das Gericht schmeckt nirgendwo besser als hier, in Marseille«, holte ihr Begleiter sie aus ihren Gedanken. Tobias Grau hatte sich, nachdem er sich ihr endlich vorgestellt hatte, insgesamt wesentlich zugänglicher gezeigt als bisher. Doch Lena war noch immer schockiert über das, was Ghislaine ihnen offenbart hatte.

»Wenn ich alleine zu ihr gegangen wäre, hätte sie mir das alles nicht erzählt«, hatte ihr Begleiter gemeint. »Es war gut, dass Sie dabei waren. Eine Frau, die verrückt ist vor Sorge. Die wissen will, wer ihren Mann angeschossen hat. Das lässt niemanden kalt.«

»Möglich«, meinte Lena zerstreut.

»Sie hat auf Sie reagiert, weil sie gesehen hat, wie schlecht es Ihnen geht.«

»Leider kommen wir an der Stelle auch nicht mehr weiter.«

Grau zerbröselte ein Stück Baguette zwischen den Fingern. Er wirkte auf einmal nachdenklich. »Guatemala. Das war damals schon eines der Länder mit der höchsten Kriminalitätsrate. Korruption und Bandenkriminalität sind dort an der Tagesordnung, wenngleich der Staat schon seit Jahren bemüht ist, die Dinge in die richtigen Bahnen zu lenken. Wer sich damals dorthin absetzte, der musste schon sehr verzweifelt sein. Oder selbst sehr hart im Nehmen. Andererseits – in diesem Land kann man mit Sicherheit so ziemlich alles kaufen, was man benötigt. Eine neue Identität ist dort sicher kein Problem gewesen.«

»Und wir wissen lediglich, dass er Ghislaine in einem Hotel treffen wollte. Dessen Namen wir nicht einmal kennen«, ergänzte Lena Graus Bemerkung. Ghislaine hatte die Postkarte damals *tout de suite* entsorgt. Ihr Mund hatte sich auch heute noch voller Ekel verzogen, als sie sich daran erinnerte.

»Ich wollte definitiv nichts mehr von ihm wissen, nichts von ihm in meiner neuen Wohnung haben. Der Kerl war so toxisch, dass ich nichts behalten habe, was ihm gehörte.«

Bis auf das Geld, aber das hatte sie sich definitiv verdient, wie sie sagte.

»Dort musste es jemanden gegeben haben, der ihn informiert hätte, sobald Ghislaine auftaucht.«

»Jemand vom Personal. Aber diese Geschichte liegt schon so viele Jahre zurück. Kaum denkbar, dass wir es jemals schaffen, dieses Hotel und dann auch noch diese Person ausfindig zu machen.«

»Stimmt.« Er starrte ins Nichts. »Dazu kommt noch etwas. Wer sagt uns, dass er noch dort lebt? Dass er überhaupt noch lebt?«

»Er ist meine einzige Spur.« Lena schob den noch halb vollen Teller mit der Fischsuppe von sich. Sie hatte keinen Appetit. Schon seit Tagen zwang sie sich, zu essen. Grau hob den Blick und goss etwas Wein in ihr leeres Glas.

»Noch tappen wir im Dunkeln. Ich weiß sehr genau, wie frustrierend das sein kann. Aber geben Sie nicht zu schnell auf. Jemand hat auf Rohloff geschossen und wenn wir alle Möglichkeiten abklopfen, finden wir eine Spur. Von wem auch immer.«

»Sie sprechen aus Erfahrung, nehme ich an.«

»Ja«, antwortete er knapp, fuhr aber erst fort, als sein Teller geleert war. Er wenigstens aß mit gutem Appetit.

»Gerd Rohloff und ich, wir kennen uns schon sehr lange, ungefähr 25 Jahre. Ich war zu der Zeit Polizist, eingesetzt im Bahnhofsviertel. Gerd hatte damals bereits zwei Clubs gekauft und fing an, sich in der Szene zu etablieren. In seinen Läden ging es immer korrekt zu. Es gab bestimmte Dinge, die bei ihm nicht liefen und die er auch nicht duldete. Manch anderem war er natürlich ein Dorn im Auge. Er hat sich dann mit einigen anderen Rotlichtgrößen an einen Tisch gesetzt und ganz klar gesagt, was er vorhat, also Striplokale, ein Stundenhotel, den späteren Kinky Club, aber auch, was nicht. Dazu gehörten Zuhälterei, Zwangsprostitution, Drogenhandel. Noch nicht einmal Schwarzarbeit. ›Was ihr macht, ist mir egal. Ich halte mich raus.‹ Das war seine Ansage, die alle verstanden. Danach liefen die Geschäfte normal weiter.

Mir unterlief damals ein Fehler. Oder, um ehrlich zu sein, ich habe einen Fehler gemacht. War leichtsinnig. Ich habe mich von einem der Barbesitzer bestechen lassen. Die hatten damals ein großes illegales Casino in einem äußerlich unscheinbaren Gebäude im Hinterhof der eigentlichen Bar. Jedes Mal, wenn eine Razzia im Viertel angesetzt war, gab ich dem Barbesitzer einen Tipp. Ich könnte jetzt sagen, ich hätte irgendwelche Geldprobleme gehabt, eine anspruchsvolle Freundin oder eine kranke Mutter. Die Wahrheit ist, ich wollte einfach auch mal ein bisschen mehr in der Tasche haben. Mich nervte das gewaltig, wenn wieder mal so ein Blödmann mit seiner dicken Karre angefahren kam und mit seiner Rolex protzte, die mit der Kohle aus kriminellen Machenschaften finanziert worden war. Diese Typen, die sich alles rausnehmen, keinerlei Respekt vor der Polizei oder anderen Behörden zeigen, aber immer wieder ganz fix von ihren Anwälten rausgeboxt werden oder davonkommen, weil unsere Justiz chronisch überlastet ist. Das entschuldigt natürlich nicht, was ich tat. Aber damals war ich eben jünger und gewiss auch dümmer als heute. Jedenfalls ging es eine Weile gut, dann flog ich auf und verlor meinen Job. Rohloff bot mir sofort an, für ihn zu arbeiten. Er vertraute mir, obwohl oder vielleicht gerade, weil ich ihm von Anfang an die Wahrheit über meinen Rausschmiss gesagt hatte. Unter anderem engagierte er mich auch, als sein Bruder wieder in Frankfurt auftauchte. Gerd war nicht erfreut, aber es schien zunächst so, als habe der Jüngere aus der Vergangenheit gelernt und wollte ein ruhigeres Leben führen. Lange ging es dann aber leider nicht gut. Kalle hatte bereits nach kurzer Zeit Probleme mit einigen Unterweltleuten, er wurde schnell aggressiv und gewalttätig. Seine Zündschnur war enorm kurz, um es salopp auszudrücken. Rohloff war damals seit kurzer Zeit mit Marie verheiratet. Sie führte eine Kunstgalerie, hatte mit Gerds Beruf recht wenig Berührungspunkte. Marie und der Bruder kamen nicht miteinander klar. Als dieser sich auch noch bei ihnen einnisten wollte, Gerd und Marie wohnten damals noch in der Frankfurter Innenstadt, war sie todunglücklich. Dann flippte sie komplett aus, als sie eines Abends von Mitgliedern einer ausländischen Gang belästigt wurde. Die hatten Zoff mit Kalle und wollten ihr Geld eintreiben. Rohloff forderte, dass er sich dauerhaft eine eigene Bleibe sucht. Der Bruder hingegen wollte ihn dazu überreden, bei einem ganz großen Ding gemeinsame Sache zu machen. Zum Schein ging Gerd darauf ein. Er fragte mich, ob ich Kontakte zu zwei bestimmten Leuten beim BKA hatte. Ob ich sie als vertrauenswürdig einschätzte. Ich kannte nur einen der beiden, zwar nur flüchtig, hielt ihn aber für jemanden, mit dem man reden konnte. Wir trafen uns. Zu viert. Mit einem der beiden saß ich vor der Tür, während Gerd mit dem anderen sprach. Was sie zu bereden hatten, weiß ich nicht. Allerdings konnte das BKA den Waffendeal verhindern und einige der Beteiligten, unter anderem den Bruder, festnehmen. Wie Sie wissen, saß Kalle dann seine Strafe ab und kehrte nach seiner Freilassung Deutschland den Rücken.«

Grau war intelligent genug, um zu verstehen, wie die Dinge zusammenhingen. Und er war ihr gegenüber immer noch vorsichtig genug, um das Offensichtliche nicht auszusprechen. Dafür tat sie es nun.

»Was, wenn Kalle oder einer der anderen Beteiligten, erfahren hat, wer ihn auffliegen ließ?«

»Unwahrscheinlich. Es wissen nur vier Personen davon. Keiner von ihnen hat ein Interesse daran, die alte Geschichte wieder hochzukochen. Zumal damals kein Verdacht aufkam, jemand könnte den Deal verpfiffen haben. Es sah einfach so aus, als habe das BKA endlich zuschlagen können, nachdem sie die Bande schon lange im Visier gehabt hatte, was ja auch stimmte. Außerdem sind die beiden anderen Festgenommenen nicht mehr am Leben. Einer starb noch in Haft an Krebs. Der zweite wurde nach seiner Rückkehr ins traute Heim von der eigenen Frau vergiftet, nachdem er sie und ihren Liebhaber krankenhausreif geprügelt hatte.«

»Hätte Gerd nicht auch vor Ort dabei sein müssen? Fiel es nicht auf, dass er nicht dabei war?«

»Nein, überhaupt nicht. Rohloff hatte mit der Übergabe nichts zu tun. Er sollte die Waffen im Keller eines seiner Clubs lagern und beim Verkauf helfen. Kalle dachte wohl, dass jemand, der im Bahnhofsviertel seine Geschäfte macht, auch für alles andere zu haben ist. Er kannte seinen Bruder anscheinend nicht wirklich gut.«

»Hat Gerd ihn nicht besucht in der JVA?«

Grau schüttelte den Kopf. »Kalle wurde auf eigenen Wunsch nach Hamburg verlegt. Um ihn zu schützen, kam man der Bitte nach. Allerdings ...« Er schwieg kurz, als wolle er in sich hineinhorchen, bevor er fortfuhr: »... könnte ich mir vorstellen, dass das für Kalle schwer zu verdauen war. Man kann über ihn sagen, was man will. Aber er schaute zu Rohloff auf. Sein älterer Bruder war zwar eine gänzlich andere Persönlichkeit. Dennoch hat Kalle ihn auf eine merkwürdige Art und Weise geliebt. Vielleicht war er sogar eifersüchtig auf Rohloffs geschäftlichen Erfolg, die Souveränität, mit der er sich im Rotlichtmilieu bewegte, und seine liebevoll geführte Beziehung mit Marie. Aber wenn er sich von seinem Bruder Besuche erhoffte und vermisst hat, so hat er sich wohl nie darüber beklagt. Zumal immer klar war, dass Gerd Rohloff vorsichtig sein musste. Er hatte es gerade geschafft, als Geschäftsmann ernst genommen zu werden. Nun ja, durch die Verlegung veränderten sich die Dinge sowieso.«

»Was geschah dann?«

»Rohloff hat sich um seine Clubs gekümmert und war zudem, zusammen mit seiner Frau, durchaus auch ein gern gesehener Gast bei prominenten Events. Damals war es in Künstlerkreisen schick, mit Leuten aus gewissen Milieus zu verkehren. Soweit ich weiß, lief auch Maries Galerie gut. Sie hatte ein Händchen für frische Künstler, die dann auch schnell angesagt waren. Sie wollte nur nicht mehr in Frankfurt wohnen nach den ganzen Vorfällen mit Kalles kriminellen Kumpanen. Rohloff kaufte daher das Haus im noblen Bad Homburg. Schöne Gegend. Gediegene Nachbarschaft. Weit genug weg von Frankfurts dunklen Ecken. Marie war glücklich dort. Sie blühte wieder auf. Manchmal begleitete ich sie oder ihn zu Abendveranstaltungen. Doch der Hauptteil meines Jobs für Rohloff bestand darin, Leute zu observieren, Dinge in Erfahrung zu bringen. Ich bin ein Schnüffler, tatsächlich eine Art Privatdetektiv, wenn man so will, und gelegentlich auch Bodyguard.«

Lena schwieg lange. Nachdem Tobias Grau ihr anfangs kaum etwas erzählt, ja, noch nicht einmal seinen Namen preisgegeben hatte, wirkte er nun extrem gesprächig.

»Scheint, als seien Sie Gerd gegenüber sehr ergeben.«

»Sind das nicht alle, die mit ihm zu tun haben?« Er lächelte, ein bisschen ironisch, wie sie fand.

»So genau weiß ich das nicht«, murmelte sie.

»Wie gut kennen Sie den Mann, den Sie lieben?«

Sie hob irritiert den Kopf. Grau meinte es ernst. Nach Paula May noch jemand, der sie das fragte. Doch Grau erwartete keine Antwort, er setzte das Gespräch mit der Beantwortung ihrer Frage fort. »Rohloff fing mich auf, als ich ganz unten war. Als junger Polizist entlassen, ohne Job, mit einem Berg Schulden. Er hat sie bezahlt, als Vorschuss, sagte er, damit die Fronten klar sind. Er hat mir vertraut, trotz allem. Er war immer fair und alles, was ich von anderen über ihn gehört hatte, stützte meine Annahme, dass für ihn das Wort Loyalität kein Fremdwort ist. Das gebe ich gerne zurück. Letztendlich habe ich es ihm zu verdanken, dass ich so etwas wie ein Einkommen habe, mich wieder etablieren konnte.«

»Was machen Sie denn jetzt? Er hat doch wohl keine Aufträge mehr für Sie?«

Oder doch? Was weiß ich eigentlich über den Mann, mit dem ich lebe?

Tatsächlich schien die Zeit der Offenheit vorbei zu sein. Grau lächelte schmal. »Ich leite ein kleines Unternehmen, das sich auf Informationsbeschaffung konzentriert.« Er sagte es in einem Ton, der keinerlei Nachfragen mehr zuließ.

Kapitel 9

Die Nacht war erneut von Schlaflosigkeit und diffusen Ängsten geprägt, die ihr durch den Kopf schossen. Daher war Lena heilfroh, dass ihr Flug zurück nach Frankfurt nicht allzu früh ging, sondern erst um halb elf Uhr morgens. Sie hatten beide nur Handgepäck und der Check-in war schnell erledigt. In der nicht ganz ausgebuchten Maschine saßen sie ein paar Reihen voneinander entfernt. Lena hing ihren Gedanken nach. Am Vorabend hatte Grau ihr noch etwas über Marie Rohloff erzählt.

»Ob ich sie kannte? Ja.« Sein Blick war versonnen gewesen. Lena hatte seine Finger beobachtet, die unsichtbare Muster auf die Tischdecke zeichneten.

»Wie war sie?«, hatte sie gefragt. Wie unter einem inneren Zwang.

Er antwortete nicht sofort. »Marie war ... besonders. Feinfühlig. Ruhig. Alles an ihr war hell. Ihr Haar, ihre Haut. Sie war einer dieser Menschen, die wirken, als seien sie von innen erleuchtet. Die Herzen der Menschen flogen ihr zu.«

»Ihres auch?«

Er blickte hoch. »Ja. Meines auch. Aber nicht so, wie Sie vielleicht denken. Ich war gern mit ihr zusammen. Beschützte sie gerne. Nicht mehr.«

Es war interessant gewesen, diesen kühlen und beherrschten Mann derart emotional betroffen zu sehen.

Einen Moment lang war Neid in ihr aufgeflammt auf diese Frau, die Gerd so sehr geliebt hatte. Stilvoll war sie gewesen, weiblich. Geschmackvoll.

Jetzt liebt er dich. Und den Umstand, dass das nicht jeder in seinem Umfeld versteht, kann man auch als Kompliment betrachten.

Sie selbst war eher der Jeans- und Lederjacken-Typ. Machte sich wenig aus edlen Klamotten. Lief meistens ungeschminkt herum. Sie war so ganz anders, und das war gut so. Zeigte es ihr doch, dass Gerd keinen wie auch immer gearteten Ersatz für seine verstorbene Frau gesucht hatte.

»Wie ist sie gestorben?«, hatte Lena noch wissen wollen.

Grau hob die Schultern und ließ sie resigniert wieder fallen. »Krebs. Sehr aggressiv. Das Beste an der Situation war, dass es schnell ging.«

Und nun befand sich Gerd zwischen Leben und Tod und niemand wusste zu sagen, wer die Oberhand gewinnen würde.

Am Frankfurter Flughafen trennten sich ihre Wege. Während Grau die S-Bahn in die Innenstadt nahm, mietete Lena erneut einen Wagen und fuhr nach Bad Homburg. Sie leerte den Briefkasten und ging ins Haus. Niemand hatte den Bungalow seit ihrer Abreise betreten. Müde streifte sie sich die Schuhe von den Füßen und setzte einen Kaffee auf. Mit der Tasse in der Hand schlenderte sie ins Wohnzimmer. Sah lange blicklos in den Garten hinaus. Setzte sich und nahm die *Frankfurter Rundschau* auf, die sie am Flughafen gekauft hatte. Unkonzentriert blätterte sie durch die Seiten, bis sie zum Lokalteil kam. Und dann verschüttete sie vor Schreck ein bisschen von ihrem Kaffee.

»Frankfurter ehemalige Rotlichtgröße angeschossen«, lautete die Überschrift. »Der Frankfurter Geschäftsmann Gerhard R. wurde an seinem neuen Wohnort in Norddeutschland in einen Schusswechsel verwickelt. R., der sich nach dem Verkauf seiner Clubs und Bars aus Frankfurt zurückgezogen hatte, überlebte schwer verletzt. Die Polizei geht von einem Mordversuch aus. Eine konkrete Spur scheint es aber zurzeit nicht zu geben. Man ermittle, so die Staatsanwaltschaft, in alle Richtungen.«

Hart stellte Lena die Tasse ab. In Norddeutschland war die ganze Sache lediglich in einem kleinen Artikel abgehandelt worden. Hier stand die Geschichte an prominenter Stelle im Blatt. Noch einmal schwarz auf weiß zu sehen, was geschehen war, verstärkte ihren Schmerz. Der Artikel war insgesamt eher vage gehalten und erzählte nichts Neues. Doch jeder in Frankfurt, der Gerd gekannt hatte, würde wissen, dass er gemeint war.

Mit einem Seufzen legte sie das Blatt weg, als ihr Handy summte.

»Marek hier. Frau Borowski. Heute war jemand von der Kripo bei mir. Scheint, als ob sie alle Leute befragen, die für Herrn Rohloff gearbeitet haben. Haben auch nach dem Bruder gefragt. Wollte nur, dass Sie das wissen. Sind Sie mit Tobias weitergekommen?«

»Ja, danke. Die Spur von Kalle Rohloff verliert sich allerdings in Marseille.«

Nach dem kurzen Telefonat dachte sie nach. Die Polizei wusste inzwischen natürlich, dass Gerd einen Bruder hatte.

Dürfte nicht schwergefallen sein, bei dem Sündenregister.

Vielleicht suchten sie jetzt auch nach ihm. Sollte sie gefragt werden, konnte sie immer noch behaupten, nichts davon gewusst zu haben. Wobei – ihre Motivation, nichts über Kalle zu sagen, war der Angst entsprungen, dass ein Fremder, denn nichts anderes war der verschollene Bruder in ihren Augen, über Gerds Schicksal bestimmen konnte. Mit der Vollmacht waren nun die Fronten klarer, es gab gar keinen Grund mehr für sie, über Kalles Existenz zu schweigen.

Ihr Blick fiel auf die Post. Der Werbebrief eines Immobilienmaklers. Die Speisekarte eines neu eröffneten Lieferservice. Ein Umschlag, auf dem nichts stand. Sie drehte ihn um. Nicht zugeklebt. Sie zog die Lasche auf. Innen steckte eine Kondolenzkarte. »Mit herzlicher Anteilnahme«, las sie die goldgedruckten Worte und klappte irritiert die Karte auf.

»Herzlichen Glückwunsch. Ein Krimineller weniger auf der Welt!« Mit dunkelblauer Tinte in akkurater Schrift. Lena ließ die Karte fallen, als habe sie sich verbrannt. Was war das denn? Eine Kondolenzkarte für einen Lebenden? Und dann noch so ein Satz! Sie sprang auf und lief unruhig hin und her. Die Karte trug keine Briefmarke. Sie war eingeworfen worden. Bloß von wem? Wer schrieb so etwas? Jemand aus der Nachbarschaft? Zu durchsichtig. Oder? Was wusste sie über die Menschen, mit denen sie hier Tür an Tür wohnte? Wenig bis nichts. Gerd hatte nie über die Nachbarschaft gesprochen. Die Häuser standen weit genug auseinander, um jedem Ärger aus dem Weg zu gehen. Die Grundstücke waren klar abgegrenzt durch Hecken und Mauern. Jeder blieb hier für sich. Man grüßte sich freundlich, erkundigte sich vielleicht nach der Gesundheit oder redete übers Wetter. Konnte jemand hier in diesem Idyll eine solche Karte schreiben? Oder hatte sich eher jemand die Mühe gemacht, herzukommen? Extra hierherzufahren, um eine solch gemeine Karte einzuwerfen? Eine vage Erinnerung stieg in ihr auf, die etwas mit der Karte zusammenhing, aber sie konnte sie nicht greifen. Egal. Und was die Nachbarschaft betraf: Sie und Gerd waren sowieso weg. Er wollte das Haus verkaufen. Alles nur eine Frage der Zeit. Sie legte den Rundbrief des Maklers auf Gerds Schreibtisch, die restliche Post warf sie weg. Der Umschlag fühlte sich für sie an, als sei er vergiftet, sie wollte ihn auf keinen Fall im Haus behalten. Erst, als sie die widerwärtige Nachricht in der Altpapiertonne vor dem Haus entsorgt hatte, fühlte sie sich wieder wohl.

Kapitel 10

Ich kann es kaum glauben, dass der Kerl immer noch am Leben ist. Lag er nicht am Boden, ohne sich zu rühren? Fuck! Wenn es stimmt, was die Zeitungen berichten, ist er gerade noch einmal davongekommen. Sie schreiben nicht, wo er jetzt ist. Aber egal. Er kann sich niemals sicher fühlen. Nicht nach allem, was er getan hat. Ich werde ihn aufspüren. Im Grunde braucht man im Leben nur zwei Dinge: Ein Ziel und die Geduld, es zu erreichen. Er wird wieder aus seinem Rattenloch kriechen und dann gibt es kein Vertun. Eine zweite Chance bekommt er nicht. Hat er selbst auch niemandem gegeben. Ein Mensch, der so verkommen ist, hat nichts anderes verdient. Aber er wird dann wachsam sein. Er hat das Totenglöcklein schon von Weitem läuten gehört. Männer wie er wissen sehr wohl, was das bedeutet.

Kapitel 11

Die Nachricht kam mitten in der Nacht. Das Foto eines Mannes, gefesselt, das Hemd schmutzig und am Kragen zerrissen. Eine dicke Beule zierte seine Stirn, die Unterlippe war aufgeplatzt.

Lenas Herz fing bei diesem Anblick an, sofort heftig zu schlagen. Wer schickte ihr ein solches Foto? Ihr Blick fiel auf den Text darunter.

»Kennen Sie diesen Mann?« Tobias Grau war es, der ihr da schrieb. Sie tastete nach der Nachttischlampe. Das Dunkel um sie lichtete sich und hob die bedrohliche Situation dennoch keineswegs auf. Den Mann hatte sie noch nie gesehen.

»Was haben Sie mit ihm gemacht?«, wollte sie wissen.

»Ich melde mich morgen«, lautete die Antwort, die keine war. Dann kam nichts mehr.

Es war kurz nach zwei Uhr. Seit Tagen durchfuhr sie jedes Mal, wenn sich ihr Handy meldete, im ersten Moment ein heftiger Schrecken. Auch tagsüber. Doch jetzt würde das Adrenalin in ihrem Blut sie nicht mehr schlafen lassen. Lena stand auf, ging auf bloßen Füßen in die Küche und schenkte sich ein Glas Wasser ein. Trank es in langen Schlucken aus und starrte aus dem Fenster in den dunklen Vorgarten hinaus. Etwas bewegte sich im Gras. Sie musste lächeln, als sie erkannte, dass es ein Igel war.

Was würde mit dem Haus geschehen? Gerd würde es irgendwann ausräumen müssen. Dass er zurückkehrte, war nicht vorgesehen. »Wir können überall leben. Wir gehen, wohin du magst«, hatte er vor ein paar Monaten zu ihr gesagt.

»Wohin ich mag?« Sie wusste überhaupt nicht, wohin sie wollte. Es war nie ihr Plan gewesen, so bald aus Offenbach weg zu ziehen. Die Stadt war zwar nicht wirklich schön, viel zu heruntergekommen inzwischen, aber sie war eben auch viele Jahre lang so etwas wie Heimat gewesen. Mehr sogar als der kleine Ort in der Nähe von Rendsburg, aus dem sie stammte. Mit einem leicht unguten Gefühl dachte sie daran, dass sie sich trotz ihres Umzugs nach Norddeich dort nicht hatte blicken lassen. Ihre Eltern waren keineswegs konservativ. Doch die Vorstellung, bei ihnen mit Gerd im Schlepptau aufzutauchen, verlangte Lena ein hohes Maß an Fantasie ab. Ein Mann, der nur wenig jünger war als ihr Vater und eine beruflich zweifelhafte Vergangenheit hatte, das alles, nachdem sich ihre Familie inzwischen daran gewöhnt hatte, dass Lena Frauen liebte. Irgendwann, hatte sie immer gedacht. Wenn die Dinge ein bisschen gefestigter waren. Und jetzt? Würde sie überhaupt jemals die Chance haben herauszufinden, wie tragbar ihre Liebe auch in dieser Beziehung war?

Sie stellte das Glas ab und ging ins Wohnzimmer. Ließ sich in einen Sessel sinken und starrte auf den massiven Rollladen, der den Blick auf den Garten versperrte. Ob sie jemals wieder würde schlafen können, ohne sich in einem Haus zu verbarrikadieren? Hier würde sie nicht wohnen wollen, es hingen zu viele Erinnerungen an Gerds altes Leben im Haus. In Norddeich würde sie nicht bleiben wollen nach allem, was geschehen war. Vielleicht wäre es wirklich an der Zeit, sich etwas Neues zu überlegen. Sobald Gerd wieder gesund war! Jetzt erst verstand sie, was er gemeint hatte, als er sagte, er wolle nichts mehr aufschieben. »Egal, was du willst.

Wir machen es.« Nur dass das, was ihr jetzt wirklich wichtig war, nämlich sein Leben, außerhalb seiner eigenen Möglichkeiten lag.

Kapitel 12

Tobias Grau meldete sich telefonisch an und stand kurz vor neun Uhr persönlich vor der Tür. »Der Mann hat herumgeschnüffelt. Er wollte Gerd Rohloff aufspüren und rechnete wohl nicht damit, dass sich seine ehemaligen Angestellten noch immer loyal verhalten würden.«

»Was wollte er von Gerd? Und warum haben Sie ihn so zugerichtet?« Lena musste sich zwingen, sich nicht anmerken zu lassen, wie wütend sie das machte. Es war einfach daneben, was da in der Nacht abgelaufen war.

»Seien Sie froh, dass wir ihn zum Reden gebracht haben.« Verflogen war der Hauch von Vertrautheit, der sich bei ihrem Abendessen in Marseille eingestellt hatte. Grau wirkte wieder so kühl und unnahbar wie vor ihrer Reise. »Der Kerl wollte herausfinden, wo Rohloff wohnt. Hätte Ihnen einen schönen Schrecken eingejagt heute Nacht, wenn wir ihn uns nicht geschnappt hätten, bevor ihm jemand die Adresse verrät.« Lena fröstelte alleine schon bei der Vorstellung.

»Obwohl ...« Grau legte eine Kunstpause ein und trank einen Schluck von dem Kaffee, den Lena gekocht hatte. Sie saßen in der Küche und Graus Präsenz an diesem Morgen wirkte schon bedrohlich genug. Jetzt auch noch ein Fremder, der in Gerds Leben herumschnüffelte.

»Der Mann schien nicht zu wissen, dass Marie Rohloff nicht mehr lebt.«

Schon wieder Marie. »Hat er sie ebenfalls gesucht?«

»Na ja, wenn man mal davon ausgeht, dass er vom Anschlag auf Rohloff erfahren hatte, wird er wohl geplant haben, ihr einen Besuch abzustatten.«

Und wäre direkt bei mir gelandet.

»Sehen Sie. War doch besser, dass wir ihn aufgehalten haben.«

Lena nickte geistesabwesend. Sie war damit beschäftigt, die ganzen Informationen zusammenzufügen.

»Ein Mann, der von Gerds Tod weiß. Aber nicht, wo er jetzt wohnt und dass seine Frau gestorben ist. Das heißt doch, dass es jemand aus Gerds Vergangenheit ist, der aber schon lange keinen Kontakt mehr gehabt hat.«

»Stimmt.« Er sah sie mit leicht zusammengekniffenen Augen an.

»Wie hat er von Gerd erfahren? Was geschehen ist?«

»Er hat die Zeitung gelesen.«

Die Rundschau. Natürlich. Dort stand es ja.

»Also jemand, dem die Beschreibung *Geschäftsmann Gerhard R.* in Verbindung mit dem Frankfurter Rotlichtviertel etwas sagt.«

»So ist es.« Graus Tasse war leer. Auf Lenas fragende Geste, ob er noch einen wollte, schüttelte er den Kopf.

»Das stand erst gestern in der Zeitung.«

»Vorgestern bereits in der Online-Ausgabe.« Grau schob die Tasse auf der Untertasse herum.

»Und was wollte der Mann jetzt?«

»Herausfinden, was geschehen ist.«

»Ein Polizist?« Lena hob die Brauen.

»Privatdetektiv.«

»Herrgott. Lassen Sie sich doch nicht alles aus der Nase ziehen!« Lena sprang auf und ging mit verschränkten Armen in der Küche auf und ab. »Warum schnüffelt ein Detektiv hinter ihm her?«

Grau hob den Kopf und sah sie mit einem undefinierbaren Ausdruck in den Augen an. »Weil ihn jemand beauftragt hat. Sagt Ihnen der Name Dolores da Silva etwas?«

»Dolores ... was? ... Nein.« Lenas Beine hatten sich in eine weiche Masse verwandelt. Sie griff nach der Stuhllehne, um sich abzustützen. »Wer ist diese Frau?«

Grau zuckte mit den Schultern. »Kann ich Ihnen nicht sagen. Mir nicht bekannt. Aber wenn Sie es wissen wollen, nenne ich Ihnen die Adresse und wir finden es heraus.«

»Sie haben ... die Adresse?« Lena wusste nicht viel über Privatdetektive. Aber so viel, dass sie die Namen ihrer Auftraggeber hüteten, schon.

Auf einmal wurde ihr klar, dass die Befragung des Unglücklichen vermutlich um zwei Uhr nachts noch nicht vorbei gewesen war. Mit einem Schmerzenslaut ließ sie sich auf den Küchenstuhl fallen. »Sie haben diesen Mann doch nicht gefoltert?«

Grau atmete laut aus. »Wir haben ihn befragt. Das ist etwas anderes. Es ist ihm nichts geschehen, allerdings mussten wir seinen Bewegungsspielraum etwas einschränken.«

»Er sitzt da noch?« Ihr war klar, dass die *Konversation* im Keller des Kinky Clubs stattgefunden hatte. In einer Umgebung, in der BDSM-Anhänger ihrem lustvoll-schmerzhaften Fetisch frönen konnten, dürfte er sich wesentlich weniger wohl fühlen, als die Besucher, die sich normalerweise dort tummelten.

»Muss er. Bis wir entschieden haben, wie es weitergehen soll. Genauer gesagt, bis Sie entschieden haben.«

»Sie lassen den Mann sofort frei«, antwortete Lena wie aus der Pistole geschossen. »Keine Diskussion!«

»Okay«, antwortete Grau gedehnt. »Dann werden wir im schlimmsten Fall diese Frau wohl nicht zu Gesicht bekommen. Weil sie abgehauen sein wird, bis wir dort auftauchen. Oder sich etwas hat einfallen lassen. Oder, oder.«

»Wo auftauchen?« Lena kam sich allmählich vor wie in einer Quizsendung, deren Regeln sie nicht verstand.

Grau seufzte. »Gran Canaria. Die Auftraggeberin sitzt dort. Also – was wollen wir machen?«

In Lenas Kopf überschlugen sich die Gedanken. Gran Canaria! Was hatte Gerd mit einer Spanierin dort zu tun? Das ungute Gefühl in ihrer Magengrube wollte und wollte nicht weichen.

Wie viele Geheimnisse gibt es in deinem Leben, Gerd Rohloff?

Sie hätte jetzt gerade am liebsten den Kopf in die Hände gelegt und hemmungslos geweint, so überfordert fühlte sie sich mit der Situation. Stattdessen drückte sie den Rücken durch, straffte die Schultern und sah Tobias Grau direkt an.

»Ich will, dass Sie und Marek ...« – es stand außer Frage, dass er der Gehilfe Graus bei dieser Angelegenheit war – »... den Detektiv sofort aus dem Keller holen. Bringen Sie ihn in Gerds ehemaliges Stundenhotel. Meinetwegen stellen Sie ihn unter Bewachung, bis ich weiß, was wir wissen müssen. Aber sorgen Sie dafür, dass er es einigermaßen ... nun ja, bequem hat, bis ich Ihnen sage, dass Sie ihn gehen lassen können.«

»Sie?«

»Ja. Ich. Ich werde nach Gran Canaria fliegen und mit dieser Dolores Dingsda reden. Ich will wissen, warum sie einen Schnüffler beauftragt hat. Und Sie will ich dieses Mal nicht dabei haben.«

Grau zog die Brauen nach oben, er wirkte regelrecht gekränkt.

»Bitte geben Sie mir die Adresse«, verlangte sie.

»Sicher, dass ich nicht als Ihr Bodyguard mitkommen soll? Sie können mit der Frau reden, ich halte mich im Hintergrund ...«

»Keine Chance«, unterbrach sie ihn energisch. »Wenn diese Frau etwas mit Gerd zu tun hat, will ich alleine mit ihr sprechen. Sie haben heute Nacht schon zu viel des Guten getan.«

Grau zog die Mundwinkel nach unten und schien zu überlegen. Zu ihrem Erstaunen rückte er dann die Anschrift tatsächlich heraus. »Sie sollten aber ein paar Vorsichtsmaßnahmen ergreifen. Keine eigene Kreditkarte benutzen, zum Beispiel. Nicht, solange wir nicht wissen, mit wem wir es zu tun haben. Ich schicke Ihnen alles, was Sie benötigen. Versprechen Sie mir, dass Sie es nutzen.«

Sie nickte perplex.

»Ich finde trotzdem, dass Sie unvernünftig sind.«

»Macht nichts. Dann können Sie jetzt gehen.« Sie brachte es nicht über sich, ihm zu danken für das, was er getan hatte. Zu sehr stieß sie die Brutalität ab, der der Detektiv ausgesetzt worden war. Egal, wie das hier ausging. Das würde Konsequenzen haben. Für Marek und für Grau. Und so sehr es Lena auch schätzte, wieder den Anfang eines Fadens in den Fingern zu halten – egal, wohin er sie führen würde –, so wenig konnte sie die Tatsache ausblenden, wie er in ihre Hände gelangt war.

Spanien. Gran Canaria. Das sagte ihr nichts. Wobei ... hatte Gerd nicht im vergangenen Jahr ein paar Tage Urlaub auf einer Kanareninsel gemacht? Es fiel ihr nicht mehr ein, welche es gewesen war. Nur Gran Canaria war es ganz bestimmt nicht. Was machte man in solchen Gegenden denn überhaupt? Gerd war wasserscheu, wie er immer wieder lachend sagte. Wenn sie schwimmen ging, saß er am Strand und schaute ihr zu, brachte ihr ein Handtuch, wenn sie aus dem Meer kam, rubbelte sie lachend trocken. Sprach er Spanisch? Ja, vermutlich ein bisschen. So, wie er sich in vielen Sprachen ein bisschen verständigen konnte. Gerade war Japanisch dran, denn er wollte mit Lena irgendwann das Land bereisen. Sie musste unwillkürlich lächeln, als sie an die Sprachlern-App dachte, die er sich heruntergeladen hatte. Als Erstes wünschte ihm eine freundliche weibliche Stimme *Ohayo Gozaimasu,* guten Morgen. Oder sie sagte *Hajimemashite,* ich freue mich, Sie kennenzulernen. Zwischendurch kam immer wieder *Ganbatte Kudasai,* was wohl eine Durchhalteparole war. Momentan wäre wohl *O-daiji ni* angebracht, so etwas wie gute Besserung. Vielleicht sollte sie sein Handy, sobald sie es von der Kriminaltechnik zurückerhielt, mit in die Klinik nehmen, ihm die ganzen Sätze vorspielen, die er seit Wochen begeistert wiederholt hatte. Es waren so ungewöhnliche Klänge, vielleicht stießen sie ja etwas an?

Aber zuerst musste sie dahinterkommen, wer diese Dolores da Silva war. Im Safe musste sie gar nicht nachsehen. Wenn sie in den Papieren dort diesen Namen gelesen hätte, wüsste sie das. Er war einfach zu ungewöhnlich.

Später am Tag kam per Expresskurier ein wattiertes Kuvert an. Es enthielt eine aufgeladene Kreditkarte auf einen Firmennamen, der Lena nichts sagte, sowie ein Prepaid-Handy. Eingespeichert war bereits eine Nummer. »Tante Elsa«, stand dabei und Lena musste den Kopf schütteln. War das wirklich notwendig? Sie kam sich vor wie in einem James-Bond-Film. Aber wenn Tobias Grau es für nötig hielt, dann machte sie es eben so.

Kapitel 13

Irgendwie hatte sie sich ihr Ziel anders vorgestellt. Schon beim Landeanflug auf Gran Canaria hatte sich Lena beim Blick aus dem Fenster gefragt, was Millionen von Touristen an einer von oben wie eine vertrocknete Makrone aussehenden Insel finden mochten. Sei sie auch noch so schön von dunkelblauem Meer umspült.

Sie holte am Flughafen ihren bestellten Wagen ab und gab ihr Ziel ins Navi ein. Die angegebene Fahrtzeit betrug lediglich eine halbe Stunde und führte zunächst in den Norden, bevor die Straße ins Innere der Insel abbog. Weil im Flugzeug außer einem Snack, bestehend aus einem Minitütchen voller Jumbo-Erdnüsse, nichts serviert worden war – sie hatte aufgrund der Dringlichkeit den ersten und leider nicht den besten Flug erwischt – hielt sie noch einmal kurz an, um sich ein Sandwich, eine Cola und eine Flasche Mineralwasser zu kaufen. Die Sonne schien von einem wolkenlosen Himmel, es herrschte nur leichter Wind, der Verkehr war überschaubar und die Musik aus dem Radio, Gute-Laune-Pop auf Spanisch, hätte ihr normalerweise ein positives Gefühl beschert. Doch noch immer fühlte sie sich wie in einem Albtraum gefangen. Gerds Zustand war unverändert. Am Vortag hatte der Arzt ihr erklärt, dass weitere Untersuchungen anstanden. »Sie können hier nichts für Ihren Lebensgefährten tun, Frau Borowski«, lautete seine Aussage. »Wir informieren Sie, sobald sich am Zustand von Herrn Rohloff etwas ändert.«

Nun fuhr sie über eine Insel, die sie nicht kannte. Zu einer Frau, die sie nicht kannte. Und wenn sie ganz ehrlich zu sich selbst war, kannte sie noch nicht einmal das Ziel, das sie gerade verfolgte.

Hätte ich es Tobias Grau überlassen sollen?

War ihre Aktion übereilt? Vielleicht, weil sie sich unbedingt etwas zu tun geben wollte? Sie stellte das Radio ab und starrte grimmig auf die Straße vor sich. Dolores da Silva. Alles und nichts hatte sie zu der Frau im Internet gefunden. Dieser Gruft unnützer Informationen, wenn man nicht genau wusste, was man eigentlich suchte. Auch Grau und Marek hatten angeblich nichts über sie erfahren. Lena hatte sich telefonisch von den beiden versichern lassen, dass der Detektiv zwar ohne Handy, dafür unter Bewachung und wenigstens bequem mit Essen und einer Flasche Wein versorgt, in einem der Zimmer von Gerds ehemaligem Stundenhotel saß. Lediglich die Tatsache, dass die Auftraggeberin den Schnüffler per Mail kontaktiert und ihm eine Anzahlung gleich hinterhergeschickt hatte, war dem Mann zu entlocken gewesen. Ihre Fahrt führte durch einen überraschend grünen Teil der Insel, vorbei an Weinbergen, sanft aufsteigenden Hügeln, durch kleine malerische Ortschaften. Gelegentlich erhoben sich Palmen über gelb und weiß blühende Sträucher und sie revidierte ihren ersten Eindruck. Gran Canaria war eine durchaus schöne Insel.

Sie passierte Vega de San Mateo, näherte sich kurz danach ihrem Ziel. Ein schmaler Weg ohne jede Bezeichnung führte von der Landstraße weg. Er bot lediglich Platz für einen Wagen. Lenas zunehmende Nervosität brachte einen harten Klumpen in ihrem Magen dazu, zu wachsen, während sie den Weg entlang rumpelte. Dann war sie angekommen. Eine einsam gelegene

Finca innerhalb eines weitläufigen Geländes, umschlossen von einer hohen sandgelben Mauer, die ihrerseits hinter teilweise mannshohen Stauden verborgen lag. Gerade so, als wollten sich die Menschen, die dort lebten, möglichst unauffällig der Landschaft anpassen und nicht auffallen. Lena parkte den Wagen in hoch stehendem Grün am Rande der Straße und stieg aus. Noch hatte sie sich ihre Worte nicht zurechtgelegt. Jetzt vertraute sie auf ihre langjährige Erfahrung als Sozialarbeiterin. Auch da hatte sie nicht immer gewusst, was sie hinter der nächsten Tür erwartete. Sie straffte die Schultern und ging die paar Schritte zu dem hohen schmiedeeisernen Tor.

»Quién está ahí?« Die Stimme einer Frau klang quäkend aus der Gegensprechanlage.

»Guten Tag«, sagte Lena auf Deutsch. »Ich möchte zu Dolores da Silva.«

Einen Moment lang war es still. Dann hörte sie so etwas wie ein lang gezogenes Seufzen. War sie überhaupt an der richtigen Tür? An der Klingel stand kein Name. Auf dem Briefkasten lediglich eine Nummer. Lena starrte auf den schmalen, gewundenen Weg, der vom Tor weg direkt in ein Dickicht voller saftig-grüner Sträucher führte. Das dahinter liegende Haus war lediglich zu erahnen. Kein Ton drang von dort heraus.

»Hallo?«, versuchte sie es erneut. Der Lautsprecher blieb stumm. Was, wenn man sie nicht eintreten ließ? Im selben Moment hörte sie das heisere Bellen von Hunden. Erschrocken fuhr sie zurück, als schon wenige Sekunden später zwei Dobermänner auftauchten, die sich wie besessen gegen das Tor warfen. Die hochgezogenen, speicheltriefenden Lefzen zeigten scharfe Zähne, die vermutlich nichts lieber tun würden, als sie zu zerfleischen.

»Aus!«, schrie Lena. Sie verstand so gar nichts von Hunden und tatsächlich blieben die beiden Bestien vor ihr völlig unbeeindruckt.

»Hola«, ertönte eine tiefe Frauenstimme. Dann ein Pfiff. Die Hunde ließen ab und verschwanden so schnell, wie sie gekommen waren.

»Hola«, erwiderte Lena. Sie zwang ihre Mundwinkel zu einem Lächeln. »My name is Lena. I'd like to talk to Miss Dolores da Silva.«

Die Frau hinter dem Tor war klein, höchstens ein Meter sechzig, stämmig und sah in ihrem ärmellosen, verwaschenen Baumwollkleid und an den Schläfen leicht feuchten und trotz ihrer bestimmt fünfzig Jahre noch tiefschwarzen Haaren aus, als habe man sie gerade bei der Hausarbeit gestört.

»Sie sind Deutsche?« Die Frau sprach mit einem harten Akzent.

»Ja. Ja genau. Lena Borowski. Sind Sie Frau da Silva?«

»Warum wollen Sie das wissen?« Die Spanierin fuhr sich mit der Hand über den Knoten, der sich in ihrem Nacken gelöst zu haben schien.

Lena verlagerte ihr Gewicht, schob die Hände in die Hosentaschen und kniff die Augen leicht zusammen. »Ich komme aus Frankfurt.«

Die Augen der anderen weiteten sich leicht, dann kroch eine dunkle Röte über ihren Hals. Einige Sekunden lang musterten sie sich gegenseitig.

»Warten Sie«, sagte die Frau, die noch immer ihren Namen nicht genannt hatte. Sie drehte sich abrupt um und verschwand. Lena blickte sich um. Saftiges Grün mit Glockenblumen säumte den staubigen Weg und weiter entfernt erkannte sie Lorbeersträucher. Es war total ruhig hier. Seit sie den Wagen abgestellt hatte, war niemand vorbeigekommen.

Niemand weiß, wo ich bin!

Das stimmte nicht ganz. Grau hatte darauf bestanden, dass sie ihm jede Stunde eine Nachricht schickte, jeweils mit ihrem genauen Standort und dem Hinweis, was sie gerade machte.

Die letzte Nachricht hatte sie kurz nach der Abfahrt vom Flughafen geschickt, keine halbe Stunde her. Sie holte trotzdem ihr Handy heraus, tippte die Adresse der Finca ein, fotografierte das Tor und schickte alles ab. Im nächsten Moment bemerkte sie, dass jemand sie beobachtete. Das Auge war so klein, dass es ihr nicht aufgefallen war. Jetzt erst, als sich die kleine Kugel drehte und dabei einen Sonnenstrahl auffing, wurde ihr klar, dass in die Gegensprechanlage auch eine Kamera eingebaut war.

Sie trat darauf zu. »Ich bin aus Frankfurt gekommen, um Sie zu treffen. Es wäre nett, wenn Sie mir die Möglichkeit gäben, kurz mit Ihnen zu sprechen«, sagte sie zu der Kamera. Die blieb nun unbewegt und auch aus dem Lautsprecher war nichts zu vernehmen. Dafür trat die Spanierin wieder ans Tor.

»Kommen Sie herein. Aber eine falsche Bewegung und ich hetze die Hunde auf Sie.«

»Sie sagt, sie kommt aus Frankfurt.«

Dolores da Silva, sie hatte sich endlich vorgestellt, führte Lena nicht ins Haus, sondern auf eine von Weinreben überrankte Terrasse seitlich davon. An einem Tisch, auf dem Wasser und Kaffee standen, saß ein weißhaariger, dürrer Mann und blickte Lena entgegen. Obwohl der Mann in einem Rollstuhl saß, wusste sie, dass er es war, der sie durch die Kamera beobachtet hatte.

»Entschuldigen Sie die Störung. Aber ich habe in Frankfurt jemanden kennengelernt, den Sie, Frau da Silva, engagiert haben.« Wenn die Frau in Gegenwart ihres Mannes mit ihr reden wollte, sollte es Lena recht sein. Um eine heimliche Affäre zwischen ihr und Gerd, wann auch immer das gewesen sein sollte, ging es vermutlich nicht.

»Was ist mit ihm?« Die Stimme des Mannes war brüchig. Er wirkte gesundheitlich stark angeschlagen, so abgemagert, wie er da saß. Unter dem T-Shirt zeichneten sich seine Schlüsselbeine ab und der Hals erinnerte mit seinen Lappen an einen Truthahn. Tiefe Falten durchzogen die Stirn, führten von der Nase zum Mund. Die Hände, er hatte gerade angefangen, sich eine Zigarette zu drehen, zitterten leicht. Nur die Augen, die waren hellwach. Er sah Lena unverwandt an und etwas an diesem Blick irritierte sie zutiefst. Sie sah von ihm weg zu der Frau, deren Hände umeinander geschlungen auf ihrem Bauch lagen.

»Sagen wir mal so – er hat mich gebeten, Ihnen eine Nachricht zu übermitteln.«

»Ach so?« Die weißen, buschigen Brauen wanderten nach oben.

»Ja. Aber ich habe noch eine Frage dazu. Was wollten Sie über Gerd Rohloff in Erfahrung bringen?«

Der Mann starrte sie an, dann räusperte er sich und die Frau machte einen Schritt nach vorn und schob ihm das Wasserglas näher.

»Sie nennen ihn Gerd? Das dürfen nur Freunde«, murmelte der Mann und ließ das Zigarettenpapier sinken. Der schwarze Tabak krümelte auf die Tischdecke.

»Er ist mein Lebensgefährte.«

»Was?« Dolores da Silva trat einen Schritt auf sie zu, berührte leicht mit den Fingern ihren Arm. »Dann sind Sie Marie?«

»Gott nein, Frau. Sieh doch hin. Sie ist viel zu jung. Außerdem ... sieht sie ... ganz anders aus.« Jetzt hustete er und rang kurz nach Atem. »Sie lügen«, sagte er dann, gefährlich leise. »Sie lügen. Und Sie kennen Marie nicht, denn sonst hätten Sie sich gar nicht hergewagt.«

Dann wandte er sich an seine Frau. »Schmeiß diese Person raus. Sofort!« Das letzte Wort schrie er. Dann schob er zwei Finger zwischen die Lippen. Der Pfiff lag noch in der Luft, da spürte Lena bereits den heißen Atem eines der Dobermänner auf ihrem Gesicht und wankte ein paar Schritte zurück, ohne dass das Vieh seine Pfoten von ihren Schultern nahm.

»Hören Sie auf!« Lena hätte sich übergeben können vor Ekel beim Anblick auf das sabbernde Maul des Hundes. Aber sie musste sich zusammenreißen.

»Marie ist tot. Sie starb vor einigen Jahren schon.« Sie schrie, so laut sie konnte, weil das Gekläff des zweiten Köters unerträglich war.

»Sie ist tot?« Die Frau griff den Hund am Halsband und zog ihn von Lena weg. Er stand auf seinen Hinterbeinen und sah noch immer extrem bedrohlich aus, wie er in Lenas Richtung geiferte. Der zweite fiel wieder mit ein, das Kreuz durchgedrückt, als sei er bereit zum Sprung an ihre Kehle.

»Ja. Verdammt!« Wie konnte sie ihm beweisen, was sie sagte? In ihrem Gehirn ratterte es. Schließlich fand die etwas, was sie verwenden konnte.

»Schauen Sie doch im Internet nach, wenn Sie wollen. Ihre Galerie, sie ist geschlossen.«

Das Ehepaar wechselte einen kurzen Blick. Sie wussten es also schon. Vermutlich hätte der Detektiv auch noch herausgefunden, warum. Aber in diesem Moment kannten die beiden den Grund dafür noch nicht.

»Aus!«, schrie der Mann. Die Hunde verstummten. Dolores ließ den Köter los und beide verschwanden auf ein Zeichen ihres Herrchens hin.

»Entschuldigung. Aber mein Mann ist misstrauisch«, erklärte die Spanierin die ungute Situation.

Lena atmete tief durch. »Also – was wollten Sie von Gerd?«

Die beiden sahen sich an. Es war der Mann, der sprach. »Gerd ist mein Bruder.«

Carlos da Silva, der in einem früheren Leben mal Karl-Heinz Rohloff hieß, hatte nichts Bedrohliches mehr an sich, als er Lena ungefähr eine halbe Stunde nach ihrer Ankunft, erzählte, warum er im Namen seiner Frau einen Detektiv engagiert hatte. Seine Frau (»nennen Sie mich Dolores«) hatte Lena gebeten, das Auto von der Straße weg zu einem Seiteneingang zu fahren. Jetzt stand es im hinteren Teil des großen Gartens in einem offenen Schuppen. Da es Hühner, Kaninchen und einen großen Gemüsegarten gab, nahm Lena an, dass die beiden da Silvas sich überwiegend selbst versorgten.

Nachdem auch die Hunde in einem großzügigen Zwinger verschwunden waren, war Ruhe auf der Terrasse eingekehrt. Lediglich das Brummen von umherfliegenden Insekten war zu vernehmen. Und Carlos' Stimme.

»Hat Gerd etwas von mir erzählt?«, wollte er als erstes wissen. Der Ausdruck in seinen Augen war hungrig. Lena schluckte. Was sollte sie ihm sagen? Die Wahrheit wohl kaum. Auch war nicht zu vermuten, dass er von ihrem Besuch bei Ghislaine Gardot erfahren wollte.

»Ich wusste, dass es Sie gibt. Allerdings hatte ich den Eindruck, dass Sie beide schon lange keine Verbindung mehr hatten.«

»Das stimmt«, sagte er mit einem überraschend traurigen Unterton. Er betrachtete kurz seine nikotingelben Finger, rollte geschickt eine Zigarette und sprach erst weiter, nachdem er sie in Brand gesteckt hatte. »Es gab keinen Grund für ihn, zu mir Kontakt aufzunehmen. Ich war ein sehr unguter Mensch.«

Das kann man wohl sagen.

Sie vermied es, eine wie auch immer geartete Gefühlsregung zu zeigen. »Und Sie? Haben Sie versucht, sich mit ihm in Verbindung zu setzen?«

Carlos schüttelte den Kopf. »Nein.«

Ein Schweigen entstand, das von Dolores unterbrochen wurde. Sie hatte ihren Mann und Lena alleine gelassen, kam nun aber mit einem Teller voller Melonenscheiben und einem zweiten mit Keksen auf die Terrasse. Sie stellte beides ab und kehrte ins Haus zurück.

»Gerd hatte allen Grund, auf mich wütend zu sein. Beinahe hätte ich sein Leben zerstört. Seines und das seiner Frau. Marie.« Er blickte prüfend zu ihr herüber.

»Ich weiß natürlich von Marie. Sie starb vor ein paar Jahren an Krebs. Lange, bevor ich Gerd kennenlernte«, stellte Lena klar.

»Gut«, sagte Carlos. »Also – nicht gut. Aber vorhin, als Sie sagten, sie sei gestorben, dachte ich zunächst ...« Seine Stimme brach, er fuhr sich mit einer Hand, die aussah wie Pergament, über das zerfurchte Gesicht. »Ich dachte, es sei etwas, das ich damals ausgelöst hatte. Damals habe ich nie zurückgeblickt. Frankfurt, mein Bruder, all das war für mich Vergangenheit. Niemals mehr wollte ich zurückkehren. Dazu kam, dass ich verschwinden musste.«

Lena griff nach dem Wasserglas vor ihr und trank. Sie sagte nichts, weil der Mann ihr gegenüber so viel zu sagen hatte.

»Eine Zeitlang lebte ich in Guatemala. Ein gefährliches Land. Selbst für Leute wie mich.« Er blickte sie mit einem listigen Ausdruck in den Augen an. »Hat Gerd erzählt, dass ich hochkriminell war?«

Lena nickte.

»Tja. Rückblickend würde ich sagen, ich war ein Scheißkerl.«

»Aber heute sind Sie das nicht mehr.« Lena wollte es nicht wie eine Frage klingen lassen. Als ob sie auch nur den Hauch einer Ahnung hatte! Noch hatte sich ihre Unsicherheit nicht gelegt.

»Nein. Heute bin ich das nicht mehr.« Sein Blick wanderte zur offenen Tür, in der sich ein Vorhang aus bodenlangen Perlenschnüren leicht im Wind bewegte. »Meine Frau. Sie hat mich da rausgeholt.«

Lena dachte an Ghislaine Gardot. Ob auch Dolores so viel Prügel hatte einstecken müssen? Die Spanierin wirkte nicht wie eine der Frauen, die sich alles gefallen ließen.

»Dolores und ich, wir haben uns in Leticia kennengelernt. Wissen Sie, wo das ist?«

»Nie gehört.«

»Dann kennen Sie vermutlich den Weg des Kokains nicht.«

Sie schüttelte den Kopf.

»Kolumbianische Bauern ernten die Koka-Blätter und verarbeiten sie zu Paste. Versetzen sie dabei mit einer Reihe von Stoffen, darunter Benzin und Abflussreiniger.« Er gluckste kurz auf bei den letzten Worten, als würde er sich darüber amüsieren, was Menschen sich so irgendwann einmal durch die Nase zogen. »Daraus entsteht eine harte Masse, die wiederum zu Kristallen vermahlen wird. Der Dreh- und Angelpunkt der weiteren Reise ist eine unübersichtliche Gegend in der Nähe von Leticia, auch Tres Fronteras genannt, einer Stadt mitten im Urwald, nur erreichbar übers Wasser oder durch die Luft. Es ist der äußerste Süden Kolumbiens. Der Teil am Amazonas, in dem Kolumbien, Peru und Brasilien aneinandergrenzen.« Sein Blick wanderte weg von ihr, an Orte, die sie nie kennenlernen wollen würde.

»Man schmuggelt das Zeug von Kolumbien aus nach Peru und von dort aus nach Brasilien. Meist mit kleinen Fischerbooten. Es gibt so gut wie keine Grenzkontrollen. Dennoch ist die Reise gefährlich. Der Amazonas ist unberechenbar, die Tierwelt dort auch. Und natürlich kommt es immer mal wieder zu Auseinandersetzungen zwischen rivalisierenden Gruppen. Oder mit Gesetzeshütern, die ein bisschen zu viel vom Kuchen abhaben wollen. Im Laufe der Reise nach Europa steigt der Preis der Ware dann in schier unvorstellbarer Weise. Kokablätter kosten in Kolumbien pro Kilo noch nicht einmal 10 Euro. In Frankfurt, London oder Paris bezahlen Sie inzwischen rund 70 Euro pro Gramm Kokain. Das meistens noch gestreckt ist mit Milchzucker oder Traubenzucker, um nur die gesündesten Varianten zu nennen. Jeder Zwischenhändler will natürlich so viel wie möglich verdienen.«

Eine solche Wertschöpfung rief natürlich Leute auf den Plan, mit denen nicht gut Kirschen essen war. Lena dachte an die ganzen Crack-Leichen, die sie häufig im Frankfurter Bahnhofsviertel gesehen hatte. Aber auch an diejenigen, die sich mit dem weißen Puder in der Nase für ihre 16-Stunden-Tage im Mainhattener Banken- oder Werberviertel pushten.

Carlos inhalierte tief den letzten Zug seiner Kippe und löschte sie sorgfältig, bevor er weitersprach. »Aus Gründen, die ich jetzt nicht näher erläutern möchte, war ich eine Weile gezwungen, mich in dieser abgelegenen Gegend zu verstecken. Damals habe ich nicht nur ein paar Schmuggler, sondern auch Dolores kennengelernt. Sie war ein Maultier. Wissen Sie, was das ist?«

»Das sind Frauen, die als Touristinnen getarnt Drogen schmuggeln.«

Und nicht selten vom Frankfurter Flughafen aus direkt nach Preungesheim wandern.

»Jepp. Dolores eignete sich besonders gut. Ihre Mutter ist Kolumbianerin, ihr Vater Spanier. Sie reist mit einem spanischen Pass, das macht es leichter. Immerhin werden nicht nur die Koffer untersucht. Inzwischen durchleuchten sie verdächtige Leute mittlerweile sogar an den Flughäfen, um Bodypacker aufzuspüren. Es ist gut bezahlt, aber auch verdammt gefährlich geworden. Ein europäischer Knast ist nicht so schlimm. Aber viele Routen führen nicht direkt nach Europa, sondern beispielsweise über Marokko. Dort sitzt man vermutlich nicht so gerne ein.« Ein flüchtiges Grinsen, dann wurde er wieder ernst. »Wissen Sie, als ich damals Gerd und Marie sah, bekam ich eine Ahnung davon, wie es sein könnte. Diese Mann-Frau-Geschichte. Die ich nie hingekriegt hatte. Lauter kaputte Beziehungen. Nie etwas, das Vertrauen geben konnte. Nie etwas, das zukunftsträchtig war. Tja.« Sein Lächeln berührte Lena auf eine schwer zu greifende Weise und ganz eindeutig gegen ihren Willen. Sie wollte diesen Kerl nicht mögen, noch nicht einmal wirklich akzeptieren.

»Als ich Dolores sah, wusste ich sofort, dass auch ich meinen Menschen gefunden hatte. Sie wollte mich zunächst nicht. Fand, dass ich keine Zukunft hätte. Vermutlich sowieso bald mit einer Kugel im Kopf enden würde. Blablabla!« Eine ausholende Handbewegung hätte fast das Glas vor ihm auf den Boden befördert. »Da musste ich mich anstrengen. Zum ersten Mal war mir etwas wichtig. Wir kamen zusammen und beschlossen, uns etwas aufzubauen. Dann passierte das hier.« Er zeigte mit dem Finger auf seine nutzlosen Beine. »Sao Paulo. Wir bereiteten die Ware für den Versand nach Europa vor. Dolores bekam ihren Koffer und fuhr los. Der Rest wurde in Container verladen. Alles lief normal. Ich war danach ebenfalls auf dem Weg zum Flughafen, als ein Vollidiot auf der Autobahn mein Taxi schnitt.«

»Das tut mir leid«, murmelte Lena.

»Den Fahrer traf es schlimmer. Der hat es nicht überlebt. Dolores kam nach ihrer Tour zurück. Für sie war mein Unfall ein Zeichen. Keine krummen Sachen mehr. Das war ihre Bedingung. Die einzige und gleichzeitig für mich die schwierigste.«

Lena dachte an das schwere silberne Kreuz, das Dolores um den Hals trug. Und dass die beiden vermutlich damals schon genügend Geld angespart gehabt hatten, um aussteigen zu können. Ein Glücksfall für das Paar.

»Ich musste es ihr schwören. Danach heirateten wir, ich nahm ihren Namen an und wir kauften dieses Haus hier. Weitab von Menschen und Dingen, die uns nicht guttun. Das war vor fünf Jahren. Sie sind die Erste, die uns ausfindig gemacht hat.«

»Falls Sie das beruhigt – ich werde ganz bestimmt niemandem erzählen, wo Sie zu finden sind.«

Es sei denn, du hast mit dem Anschlag auf Gerd etwas zu tun. Dann gnade dir Gott!

»Gut. Und jetzt erzählen Sie mir von meinem Bruder.«

Sie war bis spät in die Nacht hinein bei Carlos und Dolores da Silva gewesen. Zwischendurch hatte sie sich ein Hotelzimmer in Vega de San Mateo gebucht. Dass sie dort auch zu Abend aß, hatte Dolores nicht zugelassen.

»Sie bleiben. Es gibt Kaninchen und hausgemachte Maisnudeln.« Das Essen war köstlich gewesen. Beim Wein hatte sich Lena zurückgehalten. Doch nun lechzte sie nach einem weiteren Glas. Es war fast elf Uhr, dennoch war die kleine Bar in ihrem Hotel noch geöffnet. Sie bestellte ihren Wein und setzte sich damit in eine Ecke. Durch die weit aufgeschobenen Flügeltüren roch man die südliche Nacht, gesättigt vom Duft mediterraner Blüten. Grillen zirpten und untermalten Luz Casals *Un año de amor*, diese schwermütige Ballade, die Lena immer gemocht hatte. Noch immer schwirrte ihr der Kopf von all den Dingen, die Carlos ihr erzählt hatte. Irgendwann im Laufe des Abends hatte sie Tobias Grau eine Nachricht geschickt. »Bin im

Hotel, melde mich morgen.« Es wäre ihr nicht nur unhöflich, sondern auch ungeschickt vorgekommen, das Gespräch mit Carlos ständig für eine Nachricht an Grau zu unterbrechen.

»Melden Sie sich, bevor sie schlafen gehen«, hatte der zurückgetextet. Nun hielt Lena das Mobiltelefon in der Hand und überlegte. Wenn sie Grau von Carlos erzählte, was würde er dann tun? Es weitergeben? An wen? Noch immer hatte sie keine Ahnung davon, was Grau genau über die Geschehnisse damals wusste. Er wusste von Gerds Kontakt zu den BKA-Leuten, er hatte die Chronologie der Ereignisse im Blick gehabt und konnte eins und eins zusammenzählen. Gab es womöglich noch jemanden, der mit Gerds Bruder eine Rechnung offen hatte? Konnte Grau demjenigen sein Wissen verkaufen? Und wenn ja, würde er riskieren, dass das auch Gerd mit in den Strudel der Ereignisse riss, die schon über zwei Jahrzehnte zurücklagen?

Das ist der Haken. Ich muss Leuten vertrauen, die ich nicht einschätzen kann.

Sie beschloss, die Frage zu vertagen.

»Bin okay. Gehe schlafen. Melde mich morgen. Und bitte, lassen Sie den Privatdetektiv morgen frei! Sagen Sie ihm, er soll die Füße stillhalten, sein Auftrag sei erledigt. Dann bezahlen Sie ihm seine Auslagen plus einen Bonus. Sie bekommen das Geld von mir zurück.«

Danach schaltete sie ihr Gerät aus und starrte nachdenklich vor sich hin. Carlos wusste, woher sie seine Adresse hatte. Aber wenn der Detektiv sich ruhig verhielt, kämen wenigstens Grau und Marek nicht mit ins Spiel. Dass der Mann zur Polizei gehen würde, glaubte Lena nicht. »Berufsrisiko«, hatte Grau ihr lapidar erklärt. »Außerdem weiß er, dass das seinem Ruf nachhaltig schaden würde. Der versaut sich doch sein Geschäft nicht.«

Nun, da das erledigt war, rekapitulierte sie den Abend. Irgendwann hatte sich Dolores zu ihnen gesetzt und schweigend zugehört. Überhaupt strahlte die kleine Frau etwas ungemein Beruhigendes aus. Etwas, das im Gegensatz zu Carlos' permanenter Nervosität stand. Vermutlich auch das Geheimnis dieser Verbindung, die für Gerds Bruder wohl gerade noch zum rechten Zeitpunkt gekommen war.

Nach dem Essen und ein paar Gläsern Wein, die er wie Wasser kippte, war Carlos fast rührselig gewesen und Lena hatte begriffen, dass dieser Mann, trotz all dem, was sie über ihn wusste, ein tiefes Gefühl der Verbundenheit zu seinem Bruder spürte. Er habe, so Carlos, immer zu ihm aufgeblickt.

Und war immer noch enttäuscht darüber, den Kontakt verloren zu haben. Trotz aller logischen Erklärungen, die es dafür gab.

Auf das, was sie danach erfahren hatte, war sie allerdings nicht gefasst gewesen.

Ihr Glas war leer und obwohl sie normalerweise jetzt genug gehabt hätte und zu Bett gegangen wäre, bestellte sie noch ein weiteres. Zu sehr nagten die Worte an ihr. Zu sehr musste sie sich fragen, ob das, was damals geschehen war, bis heute nachwirkte. Vielleicht sogar der Grund war, warum jemand versucht hatte, Gerd umzubringen.

»Alle Beteiligten sind tot oder hätten schon lange die Möglichkeit gehabt, sich zu rächen.« Was, wenn Carlos sich täuschte?

Die Bedienung, eine grazile junge Frau, deren schwarzes Haar ihr über die rechte Schulter fiel, während es links zum Undercut geschnitten war, stellte das Glas vor Lena ab. »Algo màs?«, fragte sie. Ihr Blick lag interessiert auf ihrem späten und einzigen Gast.

»Nein, danke«, antwortete Lena. Früher, in einem anderen Leben, hätte sie der Frau durchaus einen weiteren Blick geschenkt. Heute war alles anders. Nicht genug damit. Heute war alles in Bewegung, was bis vor Kurzem noch stabil und ruhig gewirkt hatte. Und der Mann, auf den sich alles stützte, schien ein Fremder zu sein. Sie hob das Glas und trank es in einem Zug bis fast zur Hälfte aus. Denn wenn das, was Carlos ihr erzählt hatte, stimmte, war der Mann, den sie liebte und mit dem zusammen sie ein neues Leben hatte anfangen wollen, ein Mörder.

»Egal, was Gerd hinterher erzählt haben mag, es war ganz und gar nicht einfach, damals im Bahnhofsviertel Fuß zu fassen. Er war noch relativ jung, gerade mal Mitte zwanzig, als er das erste Haus dort kaufte. Mehr ein Zufallstreffer bei einer Zwangsversteigerung. Aber es stellte seinen Einstieg als Geschäftsmann ins Nachtleben dar. Und man kann sagen, was man will, er ging es zielstrebig an und wurde schnell erfolgreich.«

Nachdem Lena Carlos im Schnelldurchlauf von ihrer Beziehung zu Gerd, seinem Verkauf der Clubs und ihrem gemeinsamen Umzug nach Norddeich erzählt hatte, kamen in ihrem Gegenüber alte Erinnerungen hoch. Nicht unbedingt die angenehmsten.

»Es gab bald die ersten Schwierigkeiten. Ärger mit Rockern, Schlägereien, anonyme Anzeigen. Dann brannte einer von Gerds Clubs. Es war schnell klar, dass es sich um Brandstiftung handeln musste. Drei Frauen kamen ums Leben. Es handelte sich um die Geschäftsführerin und ihre Freundin, die ohne Gerds Wissen außerhalb der Öffnungszeit dort waren, sowie eine Putzfrau. Mein Bruder war wahnsinnig vor Zorn. Nicht so sehr wegen des Clubs. Wegen der toten Frauen. Damals merkte man schon, dass er ganz anders tickte als manch einer der übrigen Clubbetreiber. Jedenfalls hat er den Mann ausfindig gemacht. Jemanden aus dem ehemaligen Jugoslawien. Gerd selbst hat ihn in den Keller eines seiner Etablissements verfrachtet und die Information über die Hintermänner aus ihm herausgeprügelt.«

Lena lief ein kalter Schauer über den Rücken. Handelte es sich womöglich um den Kinky Club? Dort hatten Marek und Tobias Grau den Privatdetektiv *befragt*. Schon die Vorstellung allein genügte, um ihr Übelkeit zu bereiten. Es kam noch schlimmer.

»Wenn man weiß, wie die Balkan-Mafia so drauf ist, ahnt man schon, dass es äußerst schwierig war, die entsprechenden Informationen zu bekommen. Der Mann hat das nicht überlebt. Wobei ich denke, dass Gerd ihn gnadenhalber erschossen hat, nachdem er wusste, wer der Drahtzieher hinter dem Brandanschlag war. Wenige Wochen später kam es im Frankfurter Westend zu einem bis heute nicht aufgeklärten Verbrechen. Drei jugoslawische Zuhälter, wie man damals noch sagte, wurden in einem Privatbordell erschossen. Danach herrschte Ruhe. Gerd wurde nie wieder belästigt.«

Lenas Glas war leer. Sie bezahlte, gab ein großzügiges Trinkgeld und ging auf ihr Zimmer. Der Schlaf wollte lange nicht kommen und als sie endlich zur Ruhe kam, suchten sie schreckliche Träume heim, in denen blutig geschlagene Menschen durch brennende Ruinen stolperten und um Hilfe riefen, während Lenas Beine wie einbetoniert waren und sie immer mehr daran verzweifelte, niemandem helfen zu können.

Kapitel 14

»Ich will wissen, wer es auf meinen Bruder abgesehen hatte. Ich schicke dir jemanden, der dich bei der Suche nach den Tätern unterstützt«, hatte Carlos angekündigt. Im Laufe des Abends waren auch er und Lena zum Du übergegangen. Sie hatte es angenommen, obwohl es sich fremder anfühlte als bei Dolores. Dieses Angebot, das er ihr jetzt machte, lehnte Lena jedoch vehement ab. Auch mit dem Hinweis darauf, dass die Polizei ermittelte und irgendwelche Schnüffler womöglich eine Spur zu ihm, zu Carlos, legen würden. Das Letzte, was dieser wollte. Seinen sicheren Hafen zu verlieren, sich doch noch verantworten zu müssen für das, was in Marseille geschehen war? Sicher nicht. Lena hatte ihre eigenen Gründe. Zum einen wollte sie keine schlafenden Hunde wecken, die plötzlich in Gerds Vergangenheit herumstochern würden. Noch einen halbseidenen Ermittler in ihrer Nähe zu wissen, das wäre über ihre Kräfte gegangen. So, wie alles im Moment über ihre Kräfte zu gehen schien. Sie war fix und fertig. Nach den Erkenntnissen des Vorabends, einer weitgehend schlaflosen Nacht und einem Frühstück, das überwiegend aus Kaffee bestanden hatte, hockte Lena mit schmerzhaft übersäuertem Magen und flatternden Nerven wie ein Häuflein Elend im Flugzeug zurück nach Frankfurt. Alles, was sie über Gerd zu wissen geglaubt hatte, war in einem Nebel aus dunklen Geheimnissen und Gewalt verschwunden. Was, wenn die

Zuhälter-Morde nicht die einzigen waren? Es war so viel Zeit vergangen seither. Womöglich gab es Dinge, die selbst Carlos nicht wusste. Ein paar Mal hatte seine Stimme gestockt, als würde er sich an Dinge erinnern, die er nicht aussprechen konnte. Aber das, was er ihr gesagt hatte, reichte Lena schon. Inzwischen war sie der Überzeugung, dass Carlos nichts mit dem Anschlag auf Gerd zu tun hatte. Abgesehen davon, dass er selbst es unmöglich gewesen sein konnte, waren seine brüderliche Zuneigung und seine Bewunderung Gerd gegenüber fast greifbar gewesen. Wie ein Schwamm hatte er alles aufgesogen, was Lena ihm erzählt hatte. Seine Sorge um seinen Bruder war echt. Zudem hätte er wohl kaum einen Detektiv nach Frankfurt geschickt, hätte er gewusst, wo Gerd inzwischen lebte.

Vom Flughafen aus fuhr sie nach Bad Homburg. Die Haushälterin musste am Vortag da gewesen sein. Lena hatte der Frau eine Nachricht geschickt, so dass sie über ihre Anwesenheit im Haus Bescheid wusste. Nun lag ein Zettel auf dem Küchentisch. »Habe für Sie eingekauft. Kühlschrank ist voll. Wenn was ist, melden Sie sich, gell? Wie geht es Herrn Rohloff? Kann ich Blumen schicken?« Lenas Augen füllten sich mit Tränen, als sie die Worte las. Sie ließ sich auf den Küchenstuhl sinken, ihre Reisetasche plumpste zu Boden. Was jetzt? Paula May hatte auf ihre Anfrage geschrieben, sie sei ihre Ansprechpartnerin in der Sache, könne allerdings keine Auskunft über den Stand der Ermittlungen geben. Sie bat Lena, erreichbar zu bleiben.

Nachdem sie geduscht und sich umgezogen hatte, nachdem die Waschmaschine befüllt war und sie sich, obwohl sie keinen Hunger verspürte, ein paar Eier in die Pfanne geschlagen und dazu zwei weitere Tassen Kaffee getrunken hatte, fühlte Lena sich etwas stabiler auf den Beinen. Tobias Grau bombardierte sie mit Nachrichten, die sie allesamt unbeantwortet ließ. Nur die Tatsache, dass sie ihn womöglich noch brauchen würde, hielt sie davon ab, seine Nummer kommentarlos zu löschen. Zu unberechenbar, zu bedrohlich erschien ihr dieser Mann, der skrupellos einem anderen körperliche Qualen bereitet hatte.

Ohne die du Gerds Bruder niemals gefunden hättest!

Außerdem: Hast nicht auch du ihm etwas zu verdanken?

Ja, er war es, der sie einmal aus einer brenzligen Situation gerettet hatte. Vielleicht verdankte sie ihm sogar ihr Leben. Trotzdem hatten sie und Gerd sich danach so zerstritten, dass sie wochenlang keinen Kontakt zueinander gehabt hatten. Damals bereits hatte sie die Erkenntnis gestreift, dass sie den Mann, den sie liebte, nicht wirklich kannte. Unruhig ging sie im Haus herum. Ohne Ziel. Ohne Plan.

Bis ihr Blick auf den Umschlag fiel, den sie aus Gerds Postfach gezogen und achtlos auf die Anrichte in der Küche gelegt hatte. Eine Todesanzeige! Gänsehaut breitete sich an ihren Armen aus. Hoffentlich war das kein schlechtes Omen. Oder noch so ein schlechter Scherz wie die andere Karte, die sie entsorgt hatte. Wie gebannt starrte sie auf den Brief. Erst jetzt fiel ihr die österreichische Marke auf. Jemand war gestorben. Wartete vielleicht auf eine Antwort, eine Kondolenzkarte. Die Hinterbliebenen wussten nichts von Gerds Zustand. Lena griff nach dem Umschlag, holte ein Messer aus der Schublade und schlitzte ihn auf. Die Karte darin war einfach gestaltet. *Wir trauern um Danuta Golombeck*, stand da. *Deine Tochter Janica und alle, die dich liebten.* Das Todesdatum lag vier, der Termin des Begräbnisses über zwei Wochen zurück. Niemand hatte die Nachricht unterschrieben. Die Traueranschrift lautete auf eine Adresse in der Brockmanngasse in Graz. Aber wen kannte Gerd in Graz? Lena ließ den Brief sinken. Wer auch immer die Verstorbene gewesen war, die Art ihrer Beziehung zu Gerd blieb im Dunkeln. Auch die Suche im Internet ergab nichts. Eine Danuta Golombeck, zu der die anderen Daten passten, schien überhaupt nicht zu existieren. Ob Tobias Grau wusste, wer das war? Schon allein die Vorstellung, ihn anzurufen, war Lena unangenehm.

Wie kann es sein, dass ich jemandem, dem Gerd bedingungslos vertraut hat, nicht vertraue?

Weil du auch Gerd nicht mehr vertraust.

Nein. Das war unmöglich. Gerd und sie, das war doch etwas ganz Besonderes. Für ihn hatte sie ihr Leben komplett umgekrempelt. Aber nun befand sie sich in einem Dickicht, in dem sie sich nicht sicher sein konnte, überhaupt noch etwas erfahren zu wollen.

Noch einmal starrte sie auf die Karte. Dann schaltete sie ihr Handy wieder ein und bestellte einen Mietwagen für den kommenden Tag.

Kapitel 15

»Gerd, was hast du mir alles verschwiegen?«

Lena saß am Bett ihres Geliebten in der Klinik in Bad Reichenhall. Sie hatte auch an diesem Tag keinen Gedanken an die idyllische Umgebung verschwendet, in der sie sich befand. Ihr einziger Gedanke galt dem Mann, der stumm und unbeweglich vor ihr lag.

»Sprechen Sie mit ihm. Wir vermuten, dass Komapatienten wahrnehmen können, wenn ein nahestehender Mensch bei ihnen ist«, hatte die Schwester gesagt. Doch weder der Mann im Bett noch die Kurven auf den Apparaten, an denen er angeschlossen war, gaben Lena eine Antwort.

»Ich war bei deinem Bruder. Karl-Heinz. Er nennt sich jetzt Carlos und ist glücklich mit einer Frau, die ihn aus dem Sumpf gezogen hat.« Sie sprach einfach weiter, und das Erstaunliche an der Situation war, dass es sich anfühlte, als könne sie wirklich mit ihm reden. »Er macht sich große Sorgen um dich. So wie ich auch.« Ihre Hand lag auf seiner Linken. Die war kühl und trocken. Vorsichtig streifte sie ein paar helle Hautschüppchen ab, die sich auf seinem Handrücken gebildet hatten. Dann griff sie in ihre Handtasche, holte eine Tube Creme heraus und rieb die raue Stelle ein, dann auch die seiner Rechten, vorsichtig darauf bedacht, den Clip nicht zu berühren, der an Gerds Finger steckte. Leise piepste das Gerät neben dem Bett. Die Handcreme war eingezogen und Lenas Kopf wurde schwer wie Blei.

Noch immer konnte ihr niemand sagen, wie lange der Mann im Bett vor ihr noch im Koma liegen würde.

»Glauben Sie mir, es gibt keine wie auch immer geartete Blaupause. Jeder Patient, jede Situation ist anders.« Wie oft hatte sie das bereits gehört?

Lena hatte ein schlechtes Gewissen. Einerseits hätte sie sich am liebsten in der Stadt eingemietet, wäre jeden Tag in der Klinik gewesen. Andererseits drängte es sie noch mehr, all den Dingen auf den Grund zu gehen, die lange verborgen waren und plötzlich an der Oberfläche auftauchten.

»Wenn du es mir doch nur erklären könntest«, fuhr sie fort. »Was auch immer du in der Vergangenheit getan hast – ich würde besser damit umgehen können, wenn ich mit dir darüber reden könnte.«

Am Ende des Tages war sie erneut völlig erschöpft. Alles fühlte sich so hoffnungslos an. »Sie können kommen, wann immer Sie wollen«, sagte der Arzt am Ende eines kurzen Gesprächs, das keine neuen Erkenntnisse brachte.

Schon als sie die Klinik verließ, entschied sie sich jedoch, etwas anderes zu tun.

Kapitel 16

Lena klingelte bereits das dritte Mal. Vergeblich. Unter der in der Trauerkarte für Danuta Golombeck angegebenen Adresse in der Brockmanngasse schien niemand zu Hause zu sein. Dabei war sie inzwischen so ungeduldig, wollte am liebsten sofort wissen, welche Verbindung die Verstorbene zu Gerd gehabt hatte. Aus diesem Grund war sie von Bad Reichenhall aus weitergereist. In der Hoffnung, jemanden zu finden, der ihr mehr über Gerds Vergangenheit sagen konnte. Sie trat einen Schritt zurück und schaute an dem älteren, leicht heruntergekommenen vierstöckigen Gebäude hoch. Es war später Nachmittag. Sie hatte am Morgen den Zug von Bad Reichenhall aus nach Graz genommen, sich in einem Hotel in der Nähe eingemietet und war danach sofort hergekommen.

»Zu wem wollen Sie denn?« Die weißhaarige, leicht gebeugte Frau, die hinter Lena getreten war, sprach mit weichem steirischen Dialekt.

»Zu Frau Golombeck.«

»Ja mei. Die ist gestorben. Vier Wochen sind es jetzt her.« Die Frau sah Lena mitfühlend an. »Sind Sie eine Verwandte? Obwohl – die Danuta kam ja aus Kroatien.« Die Frau ging zur Haustür.

»Eine Bekannte«, umschrieb Lena großzügig.

»Ach ja.« Die Frau schaute einen Moment lang vor sich hin. »Die Leute haben ja heutzutage kaum noch Kontakt zueinander. Früher war das ganz anders.« Sie schob den Schlüssel ins Schloss. »Aber die Tochter von der Danuta, die müsste eigentlich da sein. Obwohl, die habe ich auch schon lange nicht mehr gesehen. Vielleicht ist sie auf dem Friedhof.« Es folgte eine längere und umständliche Beschreibung, wo der St. Peter Friedhof lag. »Ist nur eine Viertelstunde zu Fuß. Sie können ihn nicht verfehlen.«

Lena bedankte sich, es wäre ihr lieber gewesen, jemanden in der Wohnung anzutreffen, aber der Friedhof war natürlich auch eine Option.

»Schaun Sie dort mal nach. Sonst kommen's einfach am Abend noch einmal vorbei.« Die Tür fiel ins Schloss.

Ein Mann, dessen Einsamkeit auch auf die Entfernung zu spüren war, stand an einem noch nicht abgeräumten Grab. Lena näherte sich behutsam. Drei frische Gräber hatte sie schon inspiziert. Als sie nun näherkam, konnte sie den Namen auf dem Holzkreuz lesen. Sie war richtig. Eine Frau, die die Tochter der Verstorbenen hätte sein können, war nirgends zu sehen.

Der Mann schaute kurz auf, als sie neben ihn trat.

»Grüß Gott«, murmelte er und musterte sie verstohlen.

»Guten Tag«, erwiderte Lena. Sie hatte ein paar Blumen gekauft, Gerbera in verschiedenen Gelbtönen, die sie unschlüssig in Händen hielt.

»Kannten Sie die Danuta?«, fragte der Mann nach einer Weile und wandte ihr dabei ein längliches, graues und von Kummer gezeichnetes Gesicht zu.

»Entfernt«, murmelte Lena.

»Eine Deutsche? Danuta kannte niemanden in Deutschland.« Die Worte klangen unterschwellig aggressiv.

»Doch«, antwortete Lena. Sie holte die Traueranzeige aus der Tasche und zeigte sie dem Fremden. »Das habe ich leider zu spät erhalten.«

Er brummte etwas. Dann neigte er kurz den Kopf in Richtung des von zwei Kränzen und lediglich ein paar wenigen Blumen geschmückten Erdhügels. Alles dort verwelkte bereits, bis auf eine Handvoll roter Rosen, zu der sich gerade eine weitere gesellt hatte. Der Mann nickte Lena noch einmal kurz zu und ging davon. Es hatte etwas Zögerliches an sich. Das brachte sie dazu, ihm zu folgen, nachdem sie den Gerberastrauß abgelegt hatte.

»Warten Sie«, bat sie den Mann. »Vielleicht können Sie mir ja sagen, was geschehen ist.«

Er blieb abrupt stehen. »Wieso? Wenn Sie sie kannten, wissen Sie es doch sicherlich.«

Wissen? Was denn?

»Wenn Sie die Todesursache meinen – nein, darüber weiß ich nichts. Im Grunde war sowieso mein Lebensgefährte mir ihr bekannt. Aber er konnte krankheitsbedingt nicht kommen.«

Einen Moment lang standen sie so da, dann nickte er. »Lassen Sie uns einen Kaffee trinken gehen.«

Johann Golombeck war der Ex-Mann von Danuta. So eingefallen und traurig er aussah, war die Trennung nicht von ihm ausgegangen. Von der Nase zum Mund hatten sich zwei markante Falten eingegraben, die im Laufe des Gesprächs immer tiefer zu werden schienen.

»Danuta war meine Ex-Frau. Wir lernten uns in der Bäckerei kennen, in der sie damals arbeitete. Für mich war es Liebe auf den ersten Blick.«

Lena wunderte sich nicht darüber, dass er ihr das erzählte. Der Mann wollte reden. Vermutlich war es ihm dabei egal, mit wem.

»Danuta war eine stille Frau. Allerdings auch eine schwierige Persönlichkeit. Sie litt unter starken Stimmungsschwankungen. Wenn ich ehrlich bin, war unsere Ehe nur ein paar Jahre lang glücklich.« Er kippte den Marillenschnaps, den er sich zu seinem Kaffee bestellt hatte, und starrte eine Weile vor sich hin.

»Ihr Name stand nicht auf der Trauerkarte. Janica, ist das Ihre gemeinsame Tochter?«

»Ja«, erwiderte er leise. »Sie ist meine Tochter, obwohl sie nicht von mir ist. Danuta hat sie mit in die Ehe gebracht und ich habe sie immer geliebt, wie mein eigenes Kind.«

»Wo kann ich sie finden?«

»Was wollen Sie denn von ihr?«

»Wenn Sie es nicht waren, hat sie meinem Lebensgefährten die Traueranzeige geschickt. Oder fällt Ihnen noch jemand ein? Andere Verwandtschaft vielleicht?«

Golombeck schüttelte den Kopf und schob die Unterlippe vor. »Nein. Aber Janica befindet sich in einer Klinik. Sie hat den Selbstmord ihrer Mutter nicht verkraftet.«

»Ihre Ex-Frau hat sich das Leben genommen?« Lena zuckte schockiert zurück.

»Das pfeifen die Spatzen hier von den Dächern. Sie werden es sowieso erfahren. Wer ist Ihr Lebensgefährte?«

»Gerd, also genauer Gerhard, Rohloff.«

Johann Golombeck wiegte den Kopf. »Nie gehört.« Er rief mit einer Handbewegung den Kellner herbei und bestellte noch einen Schnaps.

»Wer soll das sein? Und was hat er mit Danuta zu tun?« Misstrauen schwang in seinen Worten mit.

»Gerd und ich, wir haben bis vor Kurzem in Frankfurt gewohnt.«

»Mir völlig unbekannt. Vielleicht hat sie ihn nach unserer Scheidung kennengelernt.« Der Schnaps wurde serviert und fand recht schnell den Weg durch Golombecks Kehle.

»Ich bin völlig fertig«, erklärte er Lena dann das Offensichtliche. »Auch wenn wir nicht zusammensein konnten, ich habe Danuta geliebt. Liebe sie noch immer.« Er fuhr sich mit der Hand übers Gesicht. Nestelte anschließend eine reichlich abgegriffene Brieftasche aus dem Sakko, das hinter ihm über der Stuhllehne hing. Holte ein Foto heraus. Ein völlig anderer Johann Golombeck sah Lena darauf an. Lebhaft lächelte er in die Kamera, in seinen Augen schienen kleine Funken zu tanzen. Sein Arm lag auf der schmalen Schulter einer dunkelhaarigen Frau mit hellen Augen, die weniger glücklich aussah. Etwas Betrübtes lag in ihrem Blick, wenngleich auch sie die Lippen zu einem Lächeln gehoben hatte.

»Das war auf unserer Hochzeitsreise. Lago Maggiore.« Sein Blick verlor sich in der Erinnerung. Dann steckte der das Foto fast abrupt wieder weg. »Eine schöne Zeit hatten wir damals. Fast normal. Aber ... das, was sie erlebt hatte, das konnte sie nie vergessen. Unsere Liebe stand immer unter einem schlechten Stern.«

Dann erhob er sich so abrupt, dass Lena erschrocken zusammenzuckte.

»Ich muss gehen«, erklärte er und griff nach seiner Jacke.

»Wo kann ich Sie finden? Für den Fall, dass ...«

Es schien ihn nicht zu interessieren, welchen Fall sie meinen könnte. Er unterbrach sie mitten im Satz. »Auf dem Friedhof. Da bin ich jeden Tag.« Mit diesen Worten ging er. Ein gebeugter grauer Mann ohne Zukunft.

Graz war eine Stadt, die Lena normalerweise gut gefallen hätte. Lebendig, interessant, voller Schwung. Doch sie war hier, um einer Verbindung zwischen einer Frau, die sich kürzlich das Leben genommen hatte, und Gerd nachzugehen. In der vagen Hoffnung, vielleicht etwas zu erfahren, das sie auf der Suche nach dem Warum des Mordanschlags weiterbrachte. Das machte es ihr unmöglich, die Unbeschwertheit um sie herum aufzunehmen, geschweige denn zu genießen. Sie lief ziellos durch die Straßen, durchquerte einen kleinen Park und ging weiter bis in die Innenstadt. Die barst schier vor Vitalität, besonders auf dem Hauptplatz, wo sich Massen von Einheimischen und Touristen tummelten und gefühlt alle paar Sekunden eine Straßenbahn lautstark bimmelnd ankam oder abfuhr und dabei jedes Mal Menschen entließ oder aufnahm, die alle ein Ziel hatten. Ihres lag noch im Dunkel. Sie hatte spontan entschieden, nach Graz zu kommen. Wollte wissen, was es mit der Verstorbenen auf sich gehabt hatte. Sie hätte sich gewünscht, jemanden zu treffen, der ihr etwas über Gerd erzählen konnte. Stattdessen schien auch diese vage Spur in seine Vergangenheit bereits jetzt im Nichts zu enden. Lena ging zurück in Richtung der Mur, trank in einem Café in der Nähe des Flusses ein Achtel gespritzten Weißwein und aß dazu ein Sandwich, bevor sie ins Hotel zurückkehrte.

Auf ihrem Zimmer buchte sie mit ihrem Smartphone für den nächsten Tag ein Zugticket zurück nach Reichenhall, dann warf sie sich aufs Bett und starrte an die Decke.

Golombeck hatte ihr den Namen der Klinik, in der sich seine Stieftochter befand, nicht nennen wollen. Oder können. Janica habe sich von ihm entfernt, den Kontakt völlig abgebrochen. »Sie hat mir die Schuld für Danutas Depressionen gegeben. Die wurden nach der Scheidung wieder schlimmer.« Unglücklich sah er in seine inzwischen leere Kaffeetasse. »Dabei war es gar nicht die Scheidung, die sie letztendlich aus dem Gleichgewicht brachte. Die Trennung wollte meine Frau ja selbst. Hat mich regelrecht aus ihrem Leben gedrängt.«

»Was ist dann geschehen?« Lena hatte sich nach vorn gebeugt und dem Mann kurz die Hand auf den Arm gelegt. Eine Geste, die ihn mehr zu verwirren als zu beruhigen schien. »Dann ... dann geschah das, was sie schon einmal erlebt hatte.« Was dieses Geschehnis gewesen war, erfuhr Lena nicht mehr. Golombecks Stimme war regelrecht gebrochen. Dabei hatte das Leid seinen Blick dunkel werden lassen.

Was auch immer Danuta geschehen war, es belastete den Mann ebenfalls. Irgendwann, dessen war sich Lena sicher, würde er darüber reden wollen. Nur jetzt noch nicht.

Aber vielleicht wollte Janica sprechen. Wenn sie zurück in ihrer Wohnung war. Lena erhob sich, ließ sich an der Rezeption Papier und Umschlag geben und schrieb einen Brief an Janica Golombeck.

»Liebe Janica, ich möchte Ihnen, auch im Namen von Gerhard Rohloff, mein tief empfundenes Beileid zum Tod Ihrer Mutter aussprechen. Bitte, rufen Sie mich an, wenn Sie wieder zuhause sind.« Sie schrieb ihren Namen und ihre Handynummer unter die Nachricht, steckte das Papier in ein Kuvert und klebte es zu. Danach ging sie erneut in die Brockmanngasse. Als sie den Brief einwerfen wollte, sah sie, dass der Briefkasten der Golombecks total verstopft war. Ein Umschlag, der nach Werbung aussah, hing sogar noch halb heraus. Keine Chance, ein vertrauliches Schreiben hierzulassen. Unschlüssig wiegte sie den Brief in der Hand. Ob es an der Wohnungstür noch einen Briefschlitz gab? Oder einen Spalt? Das Haus war schon älter. Lena betrachtete die Fensterläden, an denen die Farbe bereits abplatzte. Ja, sie würde es versuchen. Sie legte den Finger auf einen Klingelknopf im Erdgeschoss. Kurz darauf öffnete sich ein Fenster neben der Haustür. Der weiße Schopf der Frau vom Nachmittag erschien.

»Haben Sie sie nicht gefunden?«, wollte sie von Lena wissen. Die schüttelte den Kopf.

»Ich würde Janica Golombeck gerne eine Nachricht hinterlassen. Aber der Briefkasten quillt über. Gibt es eine Möglichkeit, einen Brief unter der Wohnungstür durchzuschieben?«

»Wir lassen keine Fremden ins Haus«, antwortete die Frau wie aus der Pistole geschossen. »Aber warten Sie mal.« Das Fenster wurde geschlossen, gleich darauf öffnete sich die Haustür. Lena trat einen Schritt zurück. »Ach herrje«, murmelte die Ältere. »Der ist ja schon länger nicht mehr geleert worden.« Sie schnippte gegen den großen heraushängenden Umschlag. Einen Moment lang sah es so aus, als wolle sie ihn herausziehen. Sie ließ es dann aber bleiben. Stattdessen wandte sie sich Lena zu. »Wenn Sie möchten, können Sie den Brief bei mir lassen. Ich gebe ihn dann weiter, sobald Danutas Tochter wieder da ist.«

Lena sah keine andere Möglichkeit, sie reichte der Frau den Brief.

»Eine Frage hätte ich noch. Am Grab von Frau Golombeck habe ich ihren Ex-Mann getroffen. Johann. Sie wissen nicht zufällig, wo ich ihn erreichen kann? Für den Fall, dass ich ihn später noch einmal sprechen möchte?«

Die Weißhaarige schaute Lena mit zusammengekniffenen Augen an. »Der Johann. Ja mei. Den hat das Unglück mit den beiden Frauen schwer getroffen. Danach war nichts mehr wie vorher. Dabei waren's ja bereits ein paar Jahre getrennt, die Danuta und er.«

Lena, die immer noch keine Ahnung hatte, von welchem Unglück die Frau sprach, nickte dennoch mit bekümmertem Gesicht. In der Hoffnung, mehr zu erfahren. Tatsächlich sprach die Nachbarin weiter. »Dabei wollte die Danuta nie verreisen. Hat es nur der Tochter zuliebe getan. Und dann das. In allen Zeitungen war es gestanden, natürlich nicht mit den vollen Namen. Aber wir hier im Haus, wir haben gleich gewusst, dass es um die beiden ging. Und dann ist ja auch alles ganz schnell gegangen.« Sie nickte noch einmal, wie um ihre eigenen Worte zu bestätigen, und legte die Hand auf den Türknauf der Haustür als Zeichen, dass dieses Gespräch jetzt beendet war.

»Und der Herr Golombeck?«, erinnerte Lena sie an ihre Frage.

»Der Johann, der wohnt jetzt in Metzelsdorf. Aber mehr weiß ich auch nicht.«

Nachdenklich kehrte Lena in ihr Hotel zurück.

Kapitel 17

Die darauf folgenden zwei Tage verbrachte Lena in Bad Reichenhall. Sie hatte es inzwischen zu schätzen gelernt, dass sie sich in einem Hotel der gehobenen Klasse befand. Von außen ähnelte es etwas der Art von Architektur, die Lena gerne »Zuckerbäcker-Stil« nannte. In der Lobby bestimmten schimmerndes, dunkles Holz, Kristallleuchten und hohe Bodenvasen voller frischer Blumen die Atmosphäre. Ihr Zimmer war ausreichend groß für zwei Personen. Die fröhlich gelben Tapeten, das grau-blaue Mobiliar und ein wunderschönes großes Bad voller Licht und Luft schafften es, dass sie sich trotz des tieftraurigen Grundes ihres Hierseins nicht vollends depressiv fühlte.

Sie stand jeden Morgen früh auf, joggte eine große Runde im nahe liegenden Waldstück und saß anschließend den ganzen Tag an Gerds Bett. Gelegentlich unterbrochen von einem Spaziergang durch die Fußgängerzone oder den Königlichen Kurgarten. Dort versuchte sie, auf einem der Liegestühle zu entspannen, um gestärkt zurückzukehren.

Sie redete mit ihm, erzählte ihm, was sie unternommen hatte. Immer wieder unterbrochen durch Ärzte oder Pflegepersonal, das sich um Gerd kümmerte. Oder von einer Pause um die Mittagszeit, in der sie frische Luft schnappte und irgendwo etwas aß. Gerd atmete, gelegentlich zuckten seine Finger, manchmal auch die Lider. Jedes Mal glaubte Lena, ihr Geliebter würde gleich aus seinem tiefen, geheimnisvollen Schlaf erwachen. Jedes Mal war sie enttäuscht, dass es nicht so war.

»Herrn Rohloffs Werte sind so, dass wir durchaus an eine Heilung glauben dürfen. Doch alles, was Sie im Moment sehen, sind lediglich Reflexe.«

Am Vormittag des zweiten Tages rief Paula May an.

»Frau Borowski, wo sind Sie?«

»In Bad Reichenhall.«

»Ich muss Sie bitten, nach Frankfurt zu kommen. Wir haben noch einige Fragen.«

Das hörte sich nicht nach einer heißen Spur an. Auf die diesbezügliche Frage von Lena erhielt sie die Standardantwort, die ihr Paula May auch schon in den vergangenen Tagen auf jeden Anruf hin stets gegeben hatte. »Zu laufenden Ermittlungen äußern wir uns nicht.«

»Können Sie mir Ihre Fragen nicht am Telefon stellen?«

Die Frau am anderen Ende zögerte, verneinte dann aber.

Seufzend beendete Lena das Gespräch, nachdem sie zugesagt hatte, am nächsten Tag ins Polizeipräsidium nach Frankfurt zu kommen.

Noch immer beschäftigte sie die Frage, was mit Danuta und ihrer Tochter geschehen war. Die Anhaltspunkte waren so vage, dass eine Suche bei den Online-Ausgaben der österreichischen Zeitungen bisher nichts ergeben hatte. Andererseits war die Frage, wo genau sich Janica gerade aufhielt, viel interessanter. Darum hatte Lena die Krankenhäuser in Graz abtelefoniert. Ohne Erfolg.

Sie kehrte am Abend noch einmal zu Gerd zurück.

»Ich muss nach Frankfurt. Aber ich komme wieder, so schnell ich kann.« Sie küsste den Reglosen auf die Wange und betrachtete ihn ein paar Augenblicke lang. Einerseits fehlte das Vertraute; es war, als betrachte sie einen Fremden. Andererseits sah Gerd so friedlich aus, entspannt, entrückt. Ein Ziehen in ihrer Brust trieb Lena die Tränen in die Augen. Sie wollte ihn bitten, aufzuwachen. Wieder aus seiner Zwischenwelt aufzutauchen. Zu ihr zurückzukommen. Fast schmerzhaft intensiv war dieser Wunsch. Doch er erfüllte sich nicht. Kein Wort tröstete sie. Als sie das Zimmer verließ, spürte sie, dass sie die Fäuste so heftig zusammengeballt hatte, dass sich ihr die Nägel ins Fleisch des Daumenballens gegraben und tiefe, dunkelrote Halbmonde hinterlassen hatten.

Kapitel 18

Es war nicht Paula May, die sie in Frankfurt erwartete. Zwei Kripobeamte, ein Mann und eine Frau, befragten Lena.

»Wir haben vermutlich den Wagen gefunden, mit dem die Personen – wir gehen von zwei aus – den Tatort verlassen haben.« Sie präsentierten ihr das Foto eines weißen Kleinwagens.

»Kennen Sie jemanden, der ein solches Auto besitzt?«

Lena starrte auf das Foto. Ging systematisch alle Personen durch, die sie kannte. Die beiden Beamten warteten geduldig, bis sie endlich den Kopf schüttelte. »Nein. Ich weiß natürlich nicht, wer in meiner weiteren Bekanntschaft welchen Wagen fährt. Aber dieses Modell hier sagt mir nichts.« Sie hob den Kopf. »Haben Sie Fingerabdrücke gefunden? Oder sonst etwas, das auf die Täter hinweist?«

Fast erwartete sie, schon wieder zu hören, darüber dürfe man keine Antwort geben. Doch die Beamtin seufzte leise und schüttelte den Kopf. »Das hier ist nur ein Vergleichsbild des Wagentyps. Das Auto selbst wurde angezündet und ist völlig ausgebrannt. Keine verwertbaren Spuren. Wir wissen lediglich, dass es in der Nacht des Mordanschlags in Großheide, einem nahe liegenden Ort, gestohlen wurde.«

Lena rieb sich die Arme, als sei ihr kalt. Und so war es irgendwie auch, trotz des milden Wetters war ihr in den vergangenen Tagen nie richtig warm geworden.

»Dann kann man davon ausgehen, dass der Anschlag tatsächlich geplant war?«

»So sieht es aus. Gab es in den Tagen davor irgendetwas Besonderes? Hat Ihr Lebensgefährte etwas erzählt über eine Bekanntschaft, eine Kontaktaufnahme, etwas, das ihn beunruhigte?«

»Nein. Definitiv nicht. Das habe ich aber auch alles schon zu Protokoll gegeben.«

»Manchmal fällt einem im Nachhinein noch etwas ein. Scheinbar belanglose Dinge.« Das war der Mann.

Lena schüttelte den Kopf. »Seit diesem schrecklichen Morgen bin ich immer wieder alles im Geist durchgegangen. Aber es ist, wie ich es schon Frau May erzählt habe – es gab einfach nichts Ungewöhnliches.«

»Auch keine Anrufe?« Die Frau saß auf der Kante des Tisches und beugte sich nun etwas zu Lena herüber.

»Anrufe?«

»Jemand, der sich nicht meldete, vielleicht?«

Lena starrte die Frau an. »Nicht, dass ich wüsste.«

»Ihr Lebensgefährte und sie, sie hätten darüber gesprochen?«

Gesprochen? Worüber? Dass sich jemand verwählt hatte? Lenas Gedanken überschlugen sich plötzlich. Die Atmosphäre im Raum hatte sich verändert. Zwei Augenpaare sahen sie an. Lauernd, wie sie fand. Auf einen Schlag fühlte sie sich unwohl. Sie hätte gerne nach einem Glas Wasser gefragt, befürchtete aber, dass man ihr das als Schwäche auslegen würde. Und wer weiß, was die beiden dann dachten.

»Das weiß ich nicht. Also, ich weiß nicht, ob Gerd mir erzählt hätte, wenn er einen anonymen Anruf erhalten hätte. Das ist es doch, worauf Sie hinauswollen.«

Ihre Stimme klang schärfer als beabsichtigt. Hätte Gerd ihr das erzählt?

Oder eher nicht, weil er es als Bedrohung empfand und sie nicht damit beunruhigen wollte?

»Die Kollegen in Norddeutschland haben das Mobiltelefon von Herrn Rohloff inzwischen auswerten lassen.« Das Gesicht des Beamten spiegelte wider, mit welchen Hürden dieser Prozess vermutlich verbunden gewesen war. »Es gab zwei anonyme Anrufe. Einen zwei Tage, einen direkt am Vortag des Anschlags. Prepaid-Handy, unterdrückte Nummer.«

»Ich dachte, das wäre nicht mehr möglich?«

»Was genau halten Sie nicht für möglich?« Die Frau hatte sich erhoben und stand mit verschränkten Armen neben ihrem am Schreibtisch sitzenden Kollegen.

»Prepaid-Karten zu kaufen, ohne seine Kontaktdaten zu hinterlassen.«

Die beiden Beamten sahen sich mit einem zur Grimasse verkommenen Lächeln kurz an, bevor der Mann antwortete. »Im Ausland schon. Waren Sie kürzlich im Ausland, Frau Borowski?«

»Ich?« Lena spürte regelrecht, wie Adrenalin durch ihre Adern strömte. »Sie verdächtigen mich, Gerd anonym angerufen zu haben? Was ist das denn für ein Blödsinn!« Wut kochte in ihr hoch.

»Noch verdächtigen wir niemanden. Wir befragen Sie. So, wie wir auch andere Personen befragen, die hier in Frankfurt mit Herrn Rohloff zu tun hatten.«

Lena atmete tief durch. »Und, haben Sie schon Erkenntnisse gewonnen?« Ein flüchtiges Lächeln der Frau und das Schweigen ihrer beider Gegenüber sagte alles.

»Also – um das klarzustellen: Ich besitze genau ein Mobiltelefon und keine ausländische oder sonstige Prepaid-Karte. Und ich habe Gerd selbstverständlich nicht anonym angerufen.«

»Gut«, sagte die Beamtin und wechselte einen kurzen Blick mit ihrem Kollegen. »Dann wäre da noch etwas.«

Was jetzt noch?

»Frau Borowski. Ist Ihnen bekannt, wen Herr Rohloff als Erben für sein Vermögen eingesetzt hat?«

Natürlich hätte sie diese Frage erwarten müssen. Schon seit dem Tag, an dem Dr. Gorg ihr in seiner Anwaltskanzlei Gerds Verfügungen mitgeteilt und sie später im Bad Homburger Safe eine Kopie der Lebensversicherung gefunden hatte. Dass es bei so viel vorausschauender Planung auch ein Testament geben musste, war klar. Nur, was darin stand, davon hatte Lena keine Ahnung.

»Nein«, antwortete sie auf die Frage also folgerichtig. »Ich kenne den Inhalt von Gerds Testament nicht.«

»Hm.« Der Beamte öffnete einen dünnen Aktendeckel und betrachtete den Inhalt, als sähe er ihn zum ersten Mal. Die Beamtin beobachtete Lena.

»Wären Sie sehr überrascht zu erfahren, dass Herr Rohloff erst kürzlich ein neues Testament hinterlegt hat? Genauer, kurz bevor Sie beide nach Norddeutschland gezogen sind?«

Lena wurde schwindelig. Sie griff automatisch nach dem Sitz des Stuhls, als müsse sie sich festhalten. »Was meinen Sie damit? Wie kommen Sie zu dieser Information?«

»Es gibt ein zentrales Register, in das wir Einsicht genommen haben.«

»Sie haben Einsicht in sein Testament?« Wie konnte das sein?

»Das nicht«, musste der Beamte zugeben. »Wir wissen nicht, was darin steht. Nur, dass es ein neues Testament gibt.«

»Was sollen dann Ihre Andeutungen?«

»Ist das nicht offensichtlich? Es steht doch außer Frage, dass Sie Ihren Lebensgefährten beerben werden. Wussten Sie das nicht?« Die Beamtin zog erstaunt die Brauen nach oben.

»Ich ... ich habe mir darüber keine Gedanken gemacht.« Hatte sie nicht. Genau das kam ihr selbst nun so unwahrscheinlich vor, dass sie tatsächlich verstehen konnte, wenn man ihr nicht glaubte.

»Wenn Herr Rohloff stirbt, könnten Sie mit einem Schlag eine steinreiche Frau sein.«

Die Wut, die in Lena aufkochte, ließ sie von ihrem Stuhl aufspringen. »Was fällt Ihnen ein! Kein Mensch kann wissen, was in Gerds Testament steht. Auch ich weiß es nicht und es interessiert mich momentan überhaupt nicht! Mein Lebensgefährte liegt im Koma. Ich habe seit Tagen nur einen Wunsch – dass er wieder daraus erwacht. Gesund wird. Wieder bei mir ist. Und Sie unterstellen mir – was?! Dass ich mir seinen Tod wünschen könnte, wegen des Geldes?«

»Beruhigen Sie sich.« Die Beamtin kam um den Tisch herum und bedeutete Lena mit einer Geste, sich wieder zu setzen.

»Wir unterstellen nichts. Wir untersuchen lediglich. Um den oder die Täter zu finden. Und eventuelle Hintermänner. Das muss auch in Ihrem Sinne sein.«

Lena ließ sich auf den Stuhl plumpsen.

Hintermänner. Oder Hinterfrau? Wurde sie verdächtigt, jemanden angeheuert zu haben?

»Wenn ich dahinterstecken würde, hätte ich bestimmt nicht sofort die Polizei und den Krankenwagen gerufen«, erwiderte sie lahm. Sie wusste selbst, dass solche Argumente nicht wirklich zählten. Aber sie musste sich wehren gegen derlei absurde Gedanken.

»Allerdings sollte ich Ihnen vielleicht auch noch sagen, dass Gerd eine Lebensversicherung zu meinen Gunsten abgeschlossen hat. Auch davon wusste ich übrigens bis vor ein paar Tagen nichts.« Warum nicht alle Karten auf den Tisch legen? Ob sie das weniger verdächtig machte, mochte sie nicht einschätzen.

Lena hatte zeit ihres Lebens nie besonders viel Geld besessen. Ihr Studium hatte sie sich mit zahlreichen Nebenjobs finanziert. Als Sozialarbeiterin nicht gerade ein üppiges Gehalt erhalten. Da sie nicht an materiellen Dingen hing, hatte sie das nie gestört. Gespart hatte sie bisher immer nur für kurzfristig geplante Ausgaben. Seit sie mit Gerd zusammen war, musste sie sich um Geld überhaupt keine Gedanken mehr machen. Daran war sie zwar immer noch nicht gewöhnt, aber sie ließ es inzwischen einfach zu, dass Gerd für sie da war, auch in finanziellem Sinn. Wie andere darüber denken mochten, das hatte sie nie gekümmert. Die Befragung bei der Kripo jedoch hatte einen schlechten Nachgeschmack bei ihr hinterlassen. Obwohl es nicht ausgesprochen worden war, meinte sie doch zu spüren, dass das Leben, das sie führte, nicht für jeden nachvollziehbar war. Das Leben an der Seite eines wesentlich älteren Mannes, eines wesentlich wohlhabenderen Mannes. Gerd hatte sie nie gebeten, ihren Beruf aufzugeben. Er hatte sie nur um Zeit dabei gebeten, sich zu entscheiden. Dass das nun so wirken musste, als habe sie es darauf abgesehen, kränkte sie. Entschuldigen wollte sie sich dafür aber nicht. Dafür gab es keinen Grund.

Paula May reagierte verhalten auf Lenas Anruf. »Ich kenne die Frankfurter Kollegen nicht, die uns bei den Ermittlungen unterstützen. Aber natürlich müssen diese Fragen gestellt werden. Entgegen der landläufigen Meinung gibt es nur sehr wenige Gründe, warum Menschen getötet werden. Darüber haben wir ja bereits einmal gesprochen. Ich muss Ihnen doch nicht sagen, dass Geld einer davon ist?« Die Stimme der Psychologin klang trotz ihrer loyalen Haltung zu den ihr fremden Kollegen beruhigend. »Aber, wenn Sie nicht wussten, dass es ein neues Testament gibt, Sie vermutlich als Erbin eingesetzt wurden, wussten es andere Personen vielleicht auch nicht? Herr Rohloff hat doch einen Bruder. Womöglich dachte der, er könne erben. Jetzt, nachdem Ihr Lebensgefährte all seine Clubs verkauft hat.«

Ja, das dachte ich auch. Aber nachdem ich ihn kennengelernt habe, schließe ich Kalle Rohloff als Täter aus.

Vielleicht war es ein Fehler. Immerhin handelte es sich um einen Schwerverbrecher, der mehr als einen Menschen auf dem Gewissen hatte. Doch Kalle, oder Carlos, wie er sich jetzt nannte, war heftig überrascht und schockiert gewesen von dem Mordanschlag. Dass er nicht sofort mit ihr gemeinsam nach Frankfurt gekommen war, um dort eigene Nachforschungen anzustellen, wie er sagte, war lediglich dem Umstand zu verdanken, dass er befürchten musste, dann wegen des Mordes in Marseille ins Visier der Justiz zu geraten. Der Umstand, dass Lena ihn aufgespürt hatte, war für ihn auch so schockierend genug gewesen. Alte Kontakte in Deutschland gab es auch keine mehr, zumindest hatte er ihr das so gesagt. Nein, Carlos war gezwungen, den Lauf der Dinge abzuwarten, so sehr ihn das auch störte, so ungeduldig er auch war. Für Lena bedeutete das, ihr Wissen erst einmal nicht preiszugeben.

»Soweit ich weiß, haben die beiden schon lange keinen Kontakt mehr«, beantwortete sie daher Paula Mays indirekt gestellte Frage. Die beließ es dabei. Vielleicht, weil es nicht wichtig war.

Tobias Grau war da weniger zimperlich. Er überfiel Lena regelrecht, kaum, dass sie in Bad Homburg ankam.

»Was soll das?«, lauteten seine ersten Worte, als sie ihm die Tür zu Gerds Villa öffnete. »Ich versuche seit Tagen, Sie zu erreichen.«

»Sie sind nicht mein Kindermädchen!«, blaffte Lena zurück.

»Gott behüte! Bei Ihnen vergeht es einem ja sowieso!«

Noch nie hatte sie den stets besonnen wirkenden Mann derartig aufgebracht gesehen.

»Weswegen wollen Sie mich denn so dringend sprechen?«, fragte sie, jetzt in ruhigerem Ton und ging voraus in die Küche. Doch Grau wollte sich nicht setzen, stiefelte auf und ab, während Lena den Kaffeeautomaten anwarf.

»Was hat Kalle Rohloff Ihnen erzählt?«

Lena, die mit dem Rücken zu ihrem ungebetenen Besucher stand, war es, als friere sie ein. Ganz langsam drehte sie sich zu Grau um.

»Was haben Sie gesagt?«

»Sie haben mich schon verstanden. Ich will wissen, was Kalle Ihnen erzählt hat.«

Sie starrten sich an. Langsam sickerte die Erkenntnis in Lenas Gehirn.

»Sie wissen, dass ich bei ihm war? Dass er es ist, der dort lebt? Dass er hinter dem Namen Dolores da Silva steckt?«

Grau rollte mit den Augen und ließ sich endlich auf einen der Küchenstühle fallen.

»Sagen Sie mal, halten Sie mich für blöd? Ich schicke Sie doch nicht einfach so durch die Gegend. Natürlich habe ich mich vorher vergewissert, wen Sie unter der Adresse in Gran Canaria antreffen werden. Ich lasse Sie doch nicht einfach blindlings in ein Messer laufen. Sie sind schließlich Gerds Freundin.«

Lenas Hand fiel herab. Die Espressomaschine zischte und spie zwei Tassen dunkles Gebräu aus. Sie nahm sie nicht. Sagte nichts. Starrte den Mann nur an. »Wozu dann das Ganze? Wozu? Sie hätten selbst hinfliegen können. Hätten mir sagen können, wer mich dort erwartet.«

»Wozu? Das verstehen Sie nicht? Kalle hätte mir oder einem anderen niemals etwas gesagt. Er hätte nicht einmal mit uns geredet. Sie sind Gerds Freundin. Ich wusste, dass es Ihnen leichter fallen würde, Zugang zu ihm zu bekommen.«

»Aber ... ich verstehe immer noch nicht. Warum diese Heimlichtuerei?«

Er sah sie mit einer fast schmerzhaften Intensität an und auf einmal glaubte sie, zu verstehen.

»Frau Borowski, Sie sind nicht die Einzige, die herausfinden will, was geschehen ist. Wer hinter dem Mordanschlag steckt.«

Seine Worte bestätigten ihre Vermutung. Grau verließ sich keineswegs auf sie allein.

»Sie hätten mir dennoch sagen können, wen ich antreffe.«

»Nein.«

»Nein?«

»Sie sind zu ehrlich. Hätten sich unbewusst verraten. Kalle mag inzwischen ein völlig bürgerliches Leben führen. Aber seine Instinkte hat er ganz sicher nicht verloren. Sobald er den Eindruck gehabt hätte, sie seien nicht ganz offen zu ihm, hätte er dichtgemacht. Wäre seinen eigenen Weg gegangen. Wer weiß, wohin der geführt hätte.«

Lena musste sich anlehnen. Der Kaffeeduft verursachte ihr Übelkeit.

»Er will genauso sehr wie ich, dass der Täter gefasst wird.«

»Das kann er uns überlassen.«

»Uns? Wen meinen Sie damit?«, fragte Lena alarmiert.

»Möglich, dass Sie mir das jetzt nicht glauben. Ich meine die Polizei und mich damit. Immerhin habe ich selbst mal zu dem Verein gehört. Darüber hinaus will ich, dass der Schuldige zur Rechenschaft gezogen wird. Wenn einer wie Kalle Rohloff da dazwischenfunkt, kommt nichts Gutes dabei raus. Der Kerl hat überall nur verbrannte Erde hinterlassen.«

Da steckt jemand sein Revier ab.

»Sagen Sie mir bitte, was Sie von ihm erfahren haben.«

»Ich weiß nicht, ob ich Ihnen noch trauen kann.«

»Können Sie. Aber das ist Ihre Entscheidung. Ich stand immer dort, wo Gerd Rohloff ist. Das tue ich heute noch. Meine Methoden mögen Ihnen nicht gefallen. Sie sind aber effizient.« Er erhob sich und kam auf Lena zu. Die drückte sich fester an die Küchenzeile hinter ihr. Grau streckte die Hand aus. Und griff nach einer der Tassen, die noch immer auf der Barista-Maschine standen. Jetzt waren sie sich ganz nah. Er sah sie unverwandt an, als er die Tasse zum Mund führte.

»Was hat er gesagt?«

Lena seufzte, fuhr sich durchs Haar. Auch sie griff nun nach ihrer Tasse, zwängte sich an Grau vorbei, umrundete die Küchentheke und setzte sich an den Tisch. Grau folgte ihr, blieb aber mit dem Rücken zum Küchenfenster stehen.

»Er war geschockt. Hatte keine Ahnung, dass Gerd nicht mehr in Frankfurt wohnt. Dass ... Marie ... dass sie nicht mehr lebt.« Sie starrte in ihre Tasse, ohne zu trinken.

»Glauben Sie ihm?«

»Ja.«

»Danke.«

»Wofür?«

»Das war ironisch gemeint.«

»Erklären Sie es?«

Er seufzte. »Mich kennen Sie schon eine ganze Weile. Wissen, für wen ich arbeite. Haben erlebt, dass ich Sie aus brenzligen Situationen geholt habe. Und dennoch scheinen Sie mir wesentlich weniger Vertrauen entgegenzubringen als einem mehrfachen Mörder, Schwerverbrecher und Frauenschläger. Da frage ich mich doch, warum das so ist.«

Lena richtete sich auf und sah ihn mit gerunzelter Stirn an. »Weil ich gesehen habe, was Sie mit dem Detektiv gemacht haben.«

»Ach das ...« Eine wegwerfende Handbewegung unterstrich die Worte. »Sah schlimmer aus, als es ist. Wir haben ihn nicht wirklich hart angepackt.« Seine Augen verengten sich. »Wir hatten keinen Grund dazu. Er hat recht schnell geredet. Hatte keine Ahnung, in was für ein Wespennest er mit seiner Schnüffelei gestoßen war. Ein Schreibtischtäter. Kalle muss sehr verzweifelt oder sehr in Eile oder beides gewesen sein, so jemanden zu engagieren.«

Grau trank seinen Kaffee in wenigen Schlucken aus und stellte die Tasse auf der Küchentheke ab. »Übrigens bin ich derselben Meinung wie Sie. Wenn er der Drahtzieher des Anschlags in Norddeutschland gewesen wäre, hätte er keinen Privatdetektiv nach Frankfurt geschickt.«

»Und jetzt?« Sie standen wieder ganz am Anfang.

»Ich würde Gerd gerne besuchen.«

Warum tun Sie es nicht?, hätte Lena beinahe gefragt.

»Verstehe«, murmelte sie stattdessen. »Man würde sie durchleuchten.« Niemand kam einfach so zu Gerd. Noch immer saß ein Beamter vor seiner Tür, weil nicht ausgeschlossen werden konnte, dass der Täter versuchte, sein tödliches Werk zu vollenden.

Sie erhob sich. »Ich fahre wieder zu ihm. Und ich werde ihn von Ihnen grüßen. Es ist ungewiss, ob er mich hören kann. Aber wenn ...« Auf einmal versagte ihr die Stimme. Sie senkte den Kopf und presste zwei Finger auf ihre Nasenwurzel.

»Gerd ist stark. Immer gewesen.«

Tobias Grau legte ihr beruhigend die Hand auf die Schulter. Fast hätte sie angefangen zu weinen. Aber das wollte sie nicht in Gegenwart eines ihr immer noch Fremden.

»Ja«, sagte sie stattdessen und schluckte. »Das denke ich auch.«

Als er gegangen war, spülte sie die Tassen und sah anschließend die Post durch. Überraschenderweise lagen nicht nur Werbeprospekte im Briefkasten, sondern auch zwei Schreiben einer Bank.

»Nicht nachsenden«, stand darüber. »Wenn Adressat unbekannt verzogen, bitte an Absender zurück.« Daher waren sie also nicht vom Nachsendeantrag erfasst worden. Als Lena die Schreiben näher betrachtete, durchzuckte sie ein merkwürdiges Gefühl. Beim Absender handelte es sich um eine steirische Bank mit Sitz in Graz! Schon wieder! Erst die merkwürdige Todesanzeige, nun das. Ein Kribbeln durchlief ihre Fingerspitzen. Durfte sie die Umschläge öffnen? Ihr fiel die Vollmacht ein, die Dr. Gorg ihr ausgehändigt hatte. Sie galt zwar nicht explizit für diese Bank, aber musste man das so eng sehen?

Welche Geheimnisse hat Gerd noch vor mir verborgen?

Kurz entschlossen riss sie den ersten Umschlag auf.

»Sehr geehrter Kunde«, stand da. »Wie angekündigt erhalten Sie heute Ihre neue kostenlose Bankkarte zu Ihrem Girokonto.« Danach wurden verschiedene Einsatzmöglichkeiten aufgezählt, vom Geldabheben bis zur mobilen Bezahlung per Pay App. Die Karte war auf Gerds Namen ausgestellt.

Lena zog die Unterlippe zwischen die Zähne. Wann immer Gerd in ihrer Gegenwart eine Karte gezückt hatte, war das entweder seine Kreditkarte oder eine EC-Karte einer deutschen Bank gewesen. Diese hier hatte sie noch nie gesehen. Ob sie neu war? Ein neues Konto? Aber warum sollte er kürzlich in Österreich ein Konto eingerichtet haben, wenn er doch mit ihr in Norddeutschland am Meer leben wollte?

Der zweite Umschlag brachte zumindest in einer Hinsicht Licht ins Dunkel. Er enthielt eine Übersicht der im Vorjahr getätigten Ein- und Auszahlungen. Es waren nicht viele. Lena tastete nach dem Stuhl und setzte sich. Jeden Monatsersten waren 3000 Euro von einem deutschen Konto auf das österreichische Konto geflossen. Dieser Betrag war am jeweils darauffolgenden Tag bar abgehoben worden. Es gab keinerlei sonstige Kontobewegungen.

Was war das für ein Konto? Gerd war, seit sie beide fest zusammen waren, nie in Österreich gewesen. Er konnte also zumindest die Abhebungen der letzten Wochen des Vorjahres nicht selbst getätigt haben. Was hatte das alles zu bedeuten? Es gab niemanden, den sie fragen konnte. Aber vielleicht lag die Antwort ja auch näher.

Erneut in Gerds Saferaum nach Unterlagen zu suchen, kam ihr an diesem Tag weit weniger merkwürdig vor als noch beim ersten Mal. Nun wusste sie, wonach sie suchte, und ging wesentlich gezielter vor. Sie nahm jeden einzelnen Ordner heraus, schlug ihn auf und blätterte die Seiten durch. Nachdem sie alles, was auf den ersten Blick privat wirkte, durchgesehen hatte, wandte sie sich den Unterlagen zu, die geschäftlich aussahen. Keiner der Ordner enthielt irgendetwas, das mit der österreichischen Bank in Verbindung stand. Erneut nahm sie sich den Karton vor, in dem sie die Zeitungsartikel über Kalle Rohloff und den Hinweis auf die beiden BKA-Beamten gefunden hatte, aus dem Regal. Doch auch hier verbarg sich nichts, was sie nicht schon gelesen hätte. Sie zog die Unterlippe zwischen die Zähne und sah sich erneut um. Wo konnten sich noch Unterlagen verstecken? Ihr Blick fiel auf den kleinen Safe, der unterhalb eines Regals in die Wand eingelassen war. Natürlich. Wo war der Zettel, den sie vorsorglich doch nicht vernichtet hatte? Wie lautete die zweite Zahlenkombination noch mal? Sie hatte beide auswendig gelernt, aber ihr Kopf streikte in letzter Zeit gelegentlich. Die Nervosität beeinträchtigte ihr Erinnerungsvermögen zusätzlich und es dauerte enervierende Minuten, bis es ihr wieder einfiel. Sie tippte die Zahlen ein und atmete auf, als sich die massive Stahltür öffnen ließ. Sie sah hinein. Ganz unten stand eine Stahlkassette. Sie enthielt Bargeld, geschätzt fünf- bis sechstausend Euro, sowie einen Schlüsselbund. Ersatzschlüssel für Haus, Garage, Gartenhütte. Im Fach darüber lag eine Metallbox, die eine Pistole enthielt. Lena schloss sie schnell wieder und wandte sich den anderen Dingen zu. Ein Schnellhefter enthielt Notarunterlagen zur Villa, ein weiterer Gerds Geburtsurkunde und Marie Rohloffs Sterbeurkunde. Im dritten schließlich fand sie die jährlichen Kontoauszüge der österreichischen Bank, die zehn Jahre zurückreichten. Der monatliche Betrag hatte sich seither zwei Mal um insgesamt 250 Euro erhöht. Lena blinzelte, als sie die Zahlen betrachtete. Das Konto bestand also bereits seit mindestens zehn Jahren. Ratlos blätterte sie durch die Seiten, die nichts verrieten außer den kargen Fakten. Einzahlungen einmal pro Monat, zeitnahe Abhebung des gesamten Betrages. Sie legte die Dokumente zurück und nahm den letzten Schnellhefter aus dem Safe. Es gab noch ein Fach über diesem, das sie gleich durchgesehen hatte. Aber schon ein erster Blick auf das, was sie in Händen hielt, genügte, um die Luft um sie herum schwer wie Sirup werden zu lassen, während gleichzeitig ihre Beine drohten, nachzugeben.

Kapitel 19

An Schlaf war nicht zu denken. Sie hatte es versucht, trotz allem. Jedes Mal, wenn Lena sich ins Bett legte und die Augen schloss, fingen ihre Gedanken an, wie Messer in ihre Seele zu schneiden. Es tat so weh! Wie hatte er sie so belügen können! Es gab doch gar keinen Grund dafür! Am liebsten wäre sie an sein Bett getreten, hätte ihn an den Schultern gepackt und geschüttelt.

Warum hast du es mir nicht erzählt?!

Und überhaupt. Nichts von alldem, was sie in den letzten zwei Wochen erfahren hatte, passte zusammen. Warum die Lebensversicherung, die Vollmachten? Das konnte doch alles nicht wahr sein!

Danuta Golombeck, das wusste Lena jetzt, war Gerds Geliebte gewesen. Zu einer Zeit, während der er bereits mit Marie verheiratet war. Mit seiner ersten ganz großen Liebe. Die Verklärung dieser Beziehung, sowohl durch Gerd selbst als auch durch Kalle und Tobias Grau, hatte niemals auch nur einen Zweifel daran gelassen, wie tief die Gefühle von Gerd für seine Ehefrau gewesen waren. Doch irgendetwas schien ihm gefehlt zu haben. Hatte er es bei Danuta gefunden? Es musste ja wohl so sein, denn sonst wäre es nicht zu einem gemeinsamen Kind gekommen. Ein Kind, das in Graz das Licht der Welt erblickt hatte. Janica war Gerds Tochter! Als Lena die Geburtsurkunde gesehen hatte, wäre sie vor Schreck fast in Ohnmacht gefallen. Aber noch schlimmer war das, was aus den Unterlagen noch hervorging. Denn Danuta Golombeck, geborene Kovacs, hieß gar nicht so. Ihr wahrer Name war in den älteren Dokumenten geschwärzt worden. Ihre neue Identität hatte sie vom BKA erhalten. Und das konnte nur eines bedeuten: Gerd hatte sein Wissen über den geplanten Waffendeal seines Bruders damals nicht umsonst hergegeben. Sondern seine Geliebte mitsamt dem, vermutlich nicht gewollten, Kind ins Ausland verfrachten lassen. Ihr jeden Monat Geld überwiesen. Denn dass es Danuta gewesen war, die dieses Geld bar am Geldautomaten abhob, stand außer Frage. Das Verfahren war ja einfach: Gerd bestückte das Konto monatlich mit einer Überweisung. Die EC-Karte mitsamt PIN schickte er an Danuta, die das Geld dann bar abhob. Es wirkte wie eine inoffizielle Alimentenzahlung für seine außereheliche Tochter. Das Kind trug zwar nicht Gerds Namen, aber er hatte immer für Janica gesorgt. Zwei Fotos der Kleinen hatten hinten in einer Lasche gesteckt. Einmal dürfte sie zwei, drei Jahre alt gewesen sein. Das zweite Foto zeigte sie bei der Einschulung. Wie sie heute aussah, wusste Lena nicht.

Es waren die Bilder, die sie in der Nacht immer wieder heimsuchten. Ein kleines Mädchen, dessen Vater sie nicht wollte, nie gewollt hatte. Sich von der Mutter trennte, als diese schwanger gewesen war. War Danuta aus diesem Grund so depressiv geworden? Johann Golombeck hatte sie so geschildert. Still, schwierig. Janica war sieben Jahre alt gewesen, als er und Danuta zusammenkamen. Getrennt hatten sie sich, da war Janica schon an der Schwelle zur Frau gestanden. Adoptiert hatte Johann sie nie, sie trug noch immer den – falschen – Mädchennamen ihrer Mutter. Janica Kovacs. Lena schoss der Gedanke durch den Kopf, dass das vielleicht der Grund dafür war, warum man ihre Frage in den Krankenhäusern von Graz verneint hatte. Weil auch in der Traueranzeige lediglich der Vorname stand, hatte sie immer nach einer Janica Golombeck gefragt. Ob sie es noch einmal versuchen sollte? Immerhin war sie Gerds Tochter. Die junge Frau hatte keine Ahnung, wie es ihm ging. Dabei sollte sie das doch wissen. Neben Carlos war sie Gerds einzige Blutsverwandte. Sie, Lena, hatte gar nicht das Recht, der jungen Frau das zu verschweigen. Vielmehr die Pflicht, es ihr zu sagen.

Lena warf sich im Bett herum. Die Fragen plagten sie seit Stunden. War ihr erster Besuch in Graz eher ein Stochern im Nebel gewesen, wusste sie jetzt, dass sie Janica kontaktieren musste. Es ihr ermöglichen, ihren Vater zu sehen. Bevor ... ja, was? Bevor es womöglich zu spät war. Noch so ein Gedanke, der ihre Ängste schürte und sie um den Schlaf brachte. Sie erhob sich, tappte in die Küche und trank ein Glas Wasser. Anschließend holte sie sich einen Whisky aus der Bar im Wohnzimmer. Setzte sich damit auf die Couch. Sie zog die Beine unter und starrte auf den geschlossenen Rollladen. Stand auf und zog ihn auf, weil es sie deprimierte, so eingeschlossen zu sein. Die Dunkelheit hatte den Garten eingehüllt und nahm den Pflanzen jede Farbe. So, wie die Hauswirtschafterin kam auch der Gärtner in regelmäßigen Abständen vorbei, um dort draußen nach dem Rechten zu sehen. Das Licht von Solarleuchten hing gelb über dem schwarzen Rasen. Lena trank und holte sich gleich noch einen zweiten Whisky. Warum sich nicht betrinken? Es gab durchaus Situationen, in denen es sinnvoll schien, nicht mehr alles im scharfen Licht der Wirklichkeit zu betrachten. Je länger sie saß und nachdachte, desto verzweifelter wurde sie. Kalle wusste nichts von Gerds außerehelich gezeugter Tochter, Tobias Grau offensichtlich auch nicht. Ein Geheimnis, das ihr Geliebter sehr gut gehütet hatte. Auch vor Marie? Oder war sie eingeweiht gewesen? Hatte sie gar verlangt, dass ihr Ehemann sich von der Geliebten trennte? Das Kind so weit weg wie möglich verfrachtete? Lena wusste nicht, ob Gerd und Marie sich Kinder gewünscht hatten. Vielleicht hatte Marie keine bekommen können und war doppelt verletzt worden. Nicht nur durch den Seitensprung, sondern auch dadurch, dass er mit einer anderen Frau das hatte, was sie ihm niemals geben konnte.

Die Gedanken in ihrem Kopf verwirrten sich zu einem Knäuel. Die Vergangenheit hatte Gerd eingeholt. Trotz ihrer Liebe zu ihm hatte Lena bereits entschieden, Janica über den Zustand ihres Vaters zu unterrichten. Doch dann fiel ihr etwas ein, das sie bisher unberücksichtigt gelassen hatte – was, wenn Janica keine Ahnung davon hatte, wer ihr richtiger Vater war? *Sie stammte aus einer früheren Beziehung Danutas zu einem kroatischen Landsmann*, hatte Johann Golombeck gesagt. Also wusste auch er nichts von Gerd. Sein Name hatte nichts bei Danutas Ex-Mann zum Klingeln gebracht. Dann fuhr Lena hoch. Es gab jemanden, der mehr wusste. Mehr als Kalle, als Grau, als Golombeck und mehr als sie. Dieser Jemand hatte zwar nicht mit ihr sprechen wollen, aber jetzt würde sie ihn zwingen. Und sie wusste auch schon genau, wie.

Kapitel 20

»Wenn Sie auflegen, stehe ich in zwei Stunden vor Ihrer Bürotür!« Lena stellte sich erst vor, nachdem sie Anton Hellmer diese klare Ansage gemacht hatte. Der BKA-Mann schwieg, vermutlich überrumpelt. »Ich will Sie treffen, egal wo. Aber nicht egal, wann. Denn ich habe es verdammt eilig. Muss es eilig haben. Und ich weiß etwas, das wohl besser im Verborgenen bleiben sollte. Wenn Sie mich also jetzt wieder abwimmeln, kann es unangenehm werden für Sie.«

Sie hatte keine Ahnung, ob der Schuss ins Schwarze treffen würde, aber offensichtlich war es so. Der Mann am anderen Ende atmete hörbar tief ein und wieder aus. »Wo?«, fragte er schließlich. Lena hatte sich darüber noch gar keine Gedanken gemacht. Aber auf keinen Fall wollte sie ihn im Haus haben. »Palmengarten, Haupteingang«, schlug sie vor. »In zwei Stunden.«

»Ja.«

»Wie erkenne ich Sie?«

»Ich erkenne Sie«, entgegnete er und legte auf.

Zwei Stunden später ging Lena nervös hinter dem Eingang des Palmengartens auf und ab und schielte dabei ständig auf ihre Uhr. Hatte sie sich zu weit aus der Deckung gewagt? Was, wenn Anton Hellmer nicht kam oder ihr jemand anderen schickte? Sie hatte keine Ahnung, wie der Mann aussah. Eine Nachricht kam auf ihrem Handy an. Ein Foto vom Palmenhaus. »Breiter

Treppenaufgang am Hauptweg, gegenüber dem kleinen Weiher. In 5 Minuten.« Kein weiterer Text. Sie machte sich auf den Weg. Am Treffpunkt angekommen, blickte sie sich suchend um. Eine Schulklasse, zwei Rentnerpaare, eine jüngere Frau, die eine Broschüre studierte.

»Frau Borowski?« Er war so lautlos neben sie getreten, dass sie zusammenzuckte. Er war groß und völlig unscheinbar. Ein Allerweltsgesicht mit blassblondem Haar und hellen Augen.

»Herr Hellmer?« Er nickte und holte sogar einen Dienstausweis aus der Jacke.

»Lassen Sie uns ein paar Schritte gehen.« Der Mann war zwar nur unwesentlich freundlicher als beim ersten Telefonat, aber er war höflich. Dennoch schien er sich in seiner Haut nicht wohl zu fühlen. Lena bemerkte einen leichten Schweißfilm auf seiner Stirn. Als sie einige Meter nebeneinander gegangen waren, ergriff Lena das Wort.

»Ich bin die Lebensgefährtin von Gerd Rohloff. Aber das wissen Sie ja bereits.«

Er nickte.

»Gerd wurde vor zwei Wochen angeschossen. Wir leben seit ein paar Monaten in Norddeutschland, vorher hat er all seine Clubs in Frankfurt verkauft. Wir beide wollten ein neues Leben beginnen«, begann sie das Gespräch.

Anton Hellmer schaute kurz zu ihr herüber. Aus seiner Miene war nicht zu lesen, was er dachte. Glaubte er daran, dass Gerd das konnte? Alles hinter sich lassen?

»Die Kriminalpolizei ermittelt, aber soweit ich das beurteilen kann, gibt es noch keine heiße Spur.«

Hellmer berührte leicht ihren Ellbogen und lenkte sie damit vom Hauptweg weg auf einen schmaleren Pfad. Jetzt waren sie abseits der anderen Besucher.

»Ich kann Ihnen sagen, was mir zu Ohren gekommen ist: Man hat den weißen Kleinwagen gefunden, ausgebrannt.«

Lena sagte nichts. Sie wusste nicht, ob er wusste, dass ihr das bereits bekannt war.

»Die Täter, es waren zwei Personen, haben das Auto gewechselt. Es gibt einen Hinweis darauf, dem gerade nachgegangen wird. Der zweite Wagen stand unweit der Stelle geparkt, an dem das Fluchtauto gestohlen wurde.« Er lächelte freudlos. »Manchmal ist es von Vorteil, wenn Menschen nichts anderes zu tun haben, als den ganzen Tag aus dem Fenster zu schauen. Ach ja, die Fahrt ging dann wohl Richtung Süden, auf welcher Route kann ich Ihnen nicht verraten, aber seien Sie gewiss, dass die Kripo schon wesentlich mehr weiß, als sie Ihnen sagt.«

Lena atmete tief aus. »Danke für die Info«, murmelte sie.

»Und jetzt Sie.«

»Ich will wissen, ob es jemanden gibt, der einen alten Groll gegen Gerd hegen könnte. Einen Groll, der sich über Jahrzehnte gehalten hat und sich jetzt entlädt.«

»An wen denken Sie da?«

Hatte sie wirklich erwartet, dass er seine Karten so schnell auf den Tisch legen würde?

»Eine Person, die aus einem geplatzten Waffengeschäft vor rund 25 Jahren als Verlierer rausgegangen ist.«

Der BKA-Mann zog die Brauen hoch. »Warum fragen Sie das ausgerechnet mich?«

Lena blickte sich um und senkte ihre Stimme. »Weil Gerd mir erzählt hat, dass Sie und ein weiterer Kollege damals den Tipp von ihm bekommen haben.«

Anton Hellmer sah sie ruhig an. »Das glaube ich nicht.«

Einen Moment lang fühlte es sich an, als ob der Boden unter ihren Füßen schwanken würde, dann hatte Lena sich wieder gefangen. Er fixierte sie mit seinem Blick. Eines seiner Lider zuckte nervös. Er war ganz und gar nicht so gelassen, wie er sich gerne gegeben hätte.

»Es stimmt«, behauptete sie daher mit fester Stimme. Nur, dass weder Gerd noch Tobias Grau ihr die Namen der beiden BKA-Beamten genannt hatte. Sie hatte lediglich aufgrund eines Vermerks über deren Beförderung ihre eigenen Schlussfolgerungen gezogen. Was, wenn sie damit falsch lag? Hellmers nächste Worte schienen genau das zu bestätigen.

»Nein, Frau Borowski. Sie sind auf dem Holzweg. Ich bin heute nur hier, weil ich wissen wollte, was Sie zu sagen haben. Gerhard Rohloff war kein Niemand in Frankfurt. Er war anders als viele andere, die im Rotlicht arbeiten. Mit seinen Etablissements hat es keinen größeren Ärger gegeben, soweit ich das weiß. Aber er war kein Heiliger. Den wollen Sie vermutlich in ihm sehen. Menschen, die in diesem Milieu arbeiten, sind das selten. Und er bildete keine Ausnahme.« Er hielt inne, weil sich ein junges Paar näherte. Erst, als die beiden vorüber waren, fuhr er fort. »Lassen Sie mich Ihnen einen guten Rat geben. Vertrauen Sie auf die Polizei. Sie wird den oder die Täter dingfest machen. Und Sie sollten nach Hause gehen und die Füße stillhalten. Das ist das Beste, was Sie tun können. Für Herrn Rohloff. Für sich selbst.« Bei den letzten Worten hatte sich ein Unterton, kalt und hart wie Stahl, in Hellmers Stimme geschlichen, der Lena frösteln ließ.

»Wenn Sie also keinerlei sachdienliche Hinweise haben, die zur Ergreifung derjenigen Person führen könnte, die auf Herrn Rohloff geschossen hat, ist unser Gespräch beendet. Und in diesem Fall bitte ich Sie, mich nicht noch einmal zu kontaktieren.« Jede Freundlichkeit war aus seiner Miene gewichen.

»Ich will wissen, warum Sie einer Frau namens Danuta damals eine falsche Identität gegeben haben.«

Anton Hellmers Gesicht verwandelte sich innerhalb von Sekundenbruchteilen. Selten hatte Lena einen Menschen so schnell erbleichen sehen.

»Was ...?« Er blickte um sich und dann wieder auf sie. »Was zum Teufel soll das?«

»Wissen Sie, wer diese Frau ist?«

Ihr Gegenüber sagte nichts. Sie konnte buchstäblich sehen, wie es hinter seiner Stirn arbeitete.

»Ich brauche Ihre Hilfe«, versuchte sie es erneut.

»Woher haben Sie diese Information?« Jetzt sprach er wieder ruhig. Aber mit der Gelassenheit war es vorbei, sie sah es am heftiger gewordenen Zucken seines Augenlids.

»Das kann ich Ihnen nicht sagen. Nur so viel: Von mir erfährt niemand davon. Es geht mir darum, ein paar Dinge zu verstehen.«

In Anton Hellmers Augen veränderte sich etwas. Im selben Moment wusste Lena, dass sie einen Fehler gemacht hatte.

Sie hätte sich selbst in den Hintern beißen können. Abgesehen von der Sache mit dem Auto hatte Hellmer ihr nichts, aber auch gar nichts verraten. Er hatte sie gelinkt. Jedenfalls kam es ihr so vor. Einen Moment lang dachte sie daran, Tobias Grau anzurufen. Er war es gewesen, der damals den Kontakt zwischen Gerd und den BKA-Leuten hergestellt hatte. Er würde wissen, ob sie an der richtigen Adresse gewesen war. Sie verwarf den Gedanken sogleich wieder. Anton Hellmer hatte mehr als deutlich gemacht, dass er sie als Bedrohung ansehen würde, sollte sie noch weiter in den alten Sachen herumbohren. Ihr war ganz kalt geworden. Was, wenn der Mann selbst etwas mit dem Mordanschlag auf Gerd zu tun hatte? Weil er, aus welchen

Gründen auch immer, fürchtete, seine Beteiligung bei der Vereitelung des Waffendeals und der falschen Identität Danuta Golombecks würde aufgedeckt. Hatte Gerd das vorgehabt? Und wenn ja, warum? Lena konnte es sich nicht vorstellen. Es ergab keinen Sinn. Gerd hatte mit allem abgeschlossen. Er wollte ein ruhigeres Leben führen. Zusammen mit ihr. Jetzt noch einmal ein Fass aufzumachen, das seit über zwanzig Jahren zu war, das wäre der reinste Widersinn.

»Diese Frau von damals, sie ist tot«, hatte sie Anton Hellmer gesagt und an seiner Reaktion gesehen, dass diese Information neu für ihn war. »Etwas ist geschehen, das sie in den Selbstmord getrieben hat. Wissen Sie, was das gewesen sein könnte?« Aber der Mann hatte nur mit dem Kopf geschüttelt und sie merkwürdig angesehen. Dann war er gegangen. Lena war es nach dieser Begegnung so unbehaglich gewesen, dass sie sich auf dem Weg zu ihrem Mietwagen ständig umgesehen hatte. Aber der BKA-Mann war nirgendwo mehr zu sehen gewesen, als sie den Palmengarten verließ. Jetzt hockte sie im Auto, unfähig loszufahren. Warum war Anton Hellmer so abweisend? Das konnte nur bedeuten, dass irgendetwas von damals ihm heute noch schaden könnte. Die Kooperation mit jemandem aus dem Rotlicht? Vermutlich gar nicht so selten. Die falsche Identität für Danuta Golombeck? Aber wieso? Es war ja bekannt, dass es Zeugenschutzprogramme gab. In einem solchen war die Kroatin verschwunden. Nur warum? Was hatte sie angeblich gesehen oder gehört und für wen war es gefährlich? Gerd steckte hinter der ganzen Sache. Aber das war auch das Einzige, was klar war. Das Warum verbarg sich immer noch. Je länger sie über diese Fragen nachdachte, desto verwirrender wurde die ganze Sache. Flüchtig überlegte sie, ob es stimmte, was Anton Hellmer behauptete: dass Gerd ihr die Unwahrheit gesagt hatte über die Geschehnisse damals. Lena horchte in sich hinein. Es gab so vieles, was sie nicht über Gerd gewusst hatte, niemals wissen würde. Aber war er ein Lügner, weil er ihr so vieles verschwieg? Nein. Sie glaubte ihm. Das, was Tobias Grau erzählt hatte, passte. Falls aber weder Anton Hellmer noch sein damaliger Kollege Frank Heimers an dem Verrat, den Gerd an seinem Bruder Kalle begangen hatte, beteiligt waren, warum hätte Gerd diese beiden Namen auf dem Aktenvermerk markieren sollen? Auf einem internen Schriftstück des BKA, das er in seinem Tresorraum verwahrte? Nein. Es mussten die beiden sein. Sie waren befördert worden, damals. Wie alt mochte Anton Hellmer jetzt sein? Er war in Gerds Alter. Zeit, noch einmal einen Karrieresprung zu machen. War das der Grund, aus dem er alles abstritt? War er unter Druck geraten? Vielleicht im Begriff, intern durchleuchtet zu werden? Stellte Gerd eine Bedrohung für ihn dar? War der Mann daher der Drahtzieher der Schüsse auf Gerd? Immerhin hätte er vermutlich die Möglichkeit gehabt, ihrer beider neuen Wohnsitz ohne Weiteres ausfindig zu machen.

Rohloff hat einen Persilschein.

Die Worte dröhnten in ihrem Kopf. Lena starrte stirnrunzelnd aus dem Wagen, ohne die Menschen oder Autos auf dem Bürgersteig oder der Straße um sie herum wahrzunehmen. Die Frau, die sie das vor wenigen Monaten hatte sagen hören, arbeitete ebenfalls beim BKA. Lena hatte in einer Entführungssache mit ihr zu tun gehabt. Wäre es eine gute oder eine sehr schlechte Idee, Bernadette Graf anzusprechen? Sie war nicht eingeweiht in die alte Geschichte und was Zeugenschutzprogramme betraf, gab es da nicht immer nur einen oder zwei Kontaktbeamte? Man ging sicher nicht herum und gab nicht-involvierten Kollegen und Kolleginnen neue Identitäten preis. Nein. Sie musste alleine weitermachen. Und das bedeutete, sie würde Janica Kovacs über den Zustand ihres Vaters unterrichten.

Kapitel 21

Johann Golombecks Nummer hatte sie aus dem Grazer Telefonbuch. Er zeigte sich bei Lenas Anruf ablehnend. Nein, er könne nicht sagen, wo genau sich Janica aufhalte. Lena glaubte ihm nicht und machte ihm die Dringlichkeit ihrer Kontaktaufnahme deutlich, indem sie klar sagte, dass es sich um Janicas leiblichen Vater handele. »Er ist schwer erkrankt. Sie sollte das wissen.«

Golombeck fragte nicht, woher ausgerechnet sie im Besitz dieser Information sein sollte. Er schwieg vielmehr so lange, dass Lena nachfragte, ob er noch dran sei.

»Ja«, antwortete er schleppend. Und dann, endlich, erklärte er sich bereit, sich nach Janicas Aufenthaltsort zu erkundigen.

»Ich rufe Sie wieder an«, damit beendete er das Gespräch. Lena legte ihr Handy auf den Tisch, öffnete die Balkontür ihres Hotelzimmers und trat hinaus. Der Himmel spannte sich in klarem Blau über den Bergen, die gestochen scharf wirkten an diesem Tag. Die Luft war klar, aber etwas machte ihr zu schaffen. Sie war am Vorabend zurück nach Bad Reichenhall gefahren und hatte den Vormittag bei Gerd in der Klinik verbracht. Nun spürte sie wieder diese große Müdigkeit, die sie in den letzten Tagen immer wieder einholte.

»Der Föhn«, sagte jemand. Lena fuhr zusammen. Sie hatte nicht mitbekommen, dass die Frau aus dem Hotelzimmer nebenan ebenfalls auf ihren Balkon getreten war.

»Föhn?«

»Ja. Diese warme Luft. Viele Menschen sind wetterfühlig. Diese Gegend hier ist bekannt dafür.« Die Unbekannte lächelte. Sie mochte um die Vierzig sein, aber tiefe Schatten unter ihren Augen und die nach innen gezogenen Wangen machten sie älter.

»Woher kommen Sie denn?«, fragte Lena. Dem Zungenschlag nach aus Schwaben, was sich sogleich bestätigte.

»Ulm. Anna Weber.« Sie streckte Lena über die Kluft zwischen den beiden Balkonen hinweg eine schmale Hand entgegen, die sich als sehr kühl erwies. Anna Webers Blick glitt über Lenas Schulter hinweg in Richtung Klinik. Von der sah man von ihrem Standpunkt aus lediglich das Dach. Dennoch war sie für Lena jedes Mal allgegenwärtig, wenn sie hier war.

»Mein Mann liegt dort unten«, fuhr Anna Weber fort.

»Seit wann?«

»Seit über einem Jahr.«

Lena schwieg, schockiert. Natürlich hatte sie gewusst, dass Komapatienten monatelang, sogar jahrelang, in ihrer Bewusstlosigkeit verbleiben konnten. Aber eine Frau zu treffen, die schon so lange Zeit darauf wartete, dass ihr Mann wieder erwachte, verursachte ihr eine diffuse Angst. Was, wenn Gerd auch in Monaten oder gar Jahren noch im Koma liegen würde?

»Er war ein begeisterter Sportler. Segeln, Tauchen, Tennis, Skifahren.« Anna Weber seufzte. »Immer wollte er Neues ausprobieren. Es geschah bei einem Paragliding-Flug. Er prallte gegen ein Felsmassiv. Bis die Rettungskräfte ihn fanden und bergen konnten, war schon wertvolle Zeit verloren gegangen. Bei all den Knochenbrüchen, Prellungen und sonstigen Wunden war es ein Wunder, dass er überhaupt überlebt hat. Das, wenigstens.«

Die Frau zog eine Packung Zigaretten aus ihrer Hosentasche und hielt sie Lena hin. »Wollen Sie eine mit mir rauchen?«

»Nein, danke. Ich rauche nicht.«

Obwohl es in den letzten Monaten genügend Situationen gegeben hatte, in denen ich damit hätte anfangen können.

»Ich will morgen mal mit der Bahn auf den Predigtstuhl hinauf. Haben Sie Lust, mitzukommen? Manchmal tut es gut, die Perspektive zu wechseln. Die Stadt von oben zu sehen, hilft mir dabei.«

Ein Feuerzeug schnappte auf und gleich darauf zog der Duft des frisch angezündeten Tabaks an Lenas Nase vorbei. Die Situation erinnerte sie an Gerd. Er rauchte selten, aber wenn, dann mit einer fast meditativen Ruhe. Sie hatte ihn schließlich genossen, diesen Duft einer frisch angesteckten Zigarette. Jetzt wandte sie sich ab. Tränen traten in ihre Augen.

»Vielleicht ein anderes Mal. Mein Lebensgefährte wurde vor zwei Wochen angeschossen. Er liegt auch dort.«

Anna Webers Blick war schockiert und mitfühlend. »Angeschossen? Meine Güte, das hört sich schlimm an. Wie sind seine Aussichten?«

»Die Ärzte bleiben vage. Aber ich habe das Gefühl, sie rechnen durchaus damit, dass er wieder erwacht.«

Sie schwiegen, jede in ihre Gedanken versunken. Nach einer Weile nahm Anna Weber einen Aschenbecher vom Tischchen hinter ihr und drückte ihre Zigarette darin aus. »Ich gehe nachher wieder runter. Ich komme her, sooft ich eben kann, und dann rede ich mit ihm. Habe seine Lieblingsmusik auf meinem Handy und spiele sie ihm vor. Lese die Zeitung laut vor.« Sie schaute mit merkwürdigem Blick den Hang hinab.

»Wissen Sie, was das Merkwürdige ist? Man gewöhnt sich daran. Es wird irgendwann zur Normalität. Alte Erinnerungen verblassen. Alles, was im vergangenen Jahr geschehen ist, schiebt sich davor. Manchmal muss ich mich daran erinnern, wie seine Stimme klang. Zunehmend fällt es mir schwer.« Sie lächelte. Ein trauriges Lächeln, das schnell wieder verschwand. »Irgendwann werde ich wohl eine Entscheidung treffen müssen.«

Eine Entscheidung? Lena zuckte zusammen. »Was meinen Sie damit?«, fragte sie leise. Obwohl sie es genau wusste.

Anna Weber runzelte die Stirn, als müsse sie nachdenken über etwas, das sie ganz bestimmt schon viele Monate lang beschäftigte. »Mein Mann wollte das nicht. So ein ... Leben. Noch haben die Ärzte Hoffnung. Doch wenn die schwindet oder es unmöglich erscheint, dass er wieder erwacht, liegt es an mir.«

Damit war alles gesagt. Lena legte die Arme um ihren Körper. Dr. Gorgs Stimme ertönte in ihrem Kopf.

Das Dokument bevollmächtigt Sie, jederzeit Einblick in die Krankenakte zu erhalten. Ebenso wie bestimmte Entscheidungen zu treffen.

»Wenn Sie mögen, können wir mal zusammen spazieren gehen. Oder am Abend ein Glas Wein trinken.« Anna Webers Stimme holte sie aus ihren Gedanken. Sie stockte, bevor sie weitersprach. Sehr leise sagte sie: »Man wird einsam. Viele meiner alten Freunde fühlen sich unbehaglich. Wissen nicht, was sie mit mir reden sollen. Fürchten sich vor der Frage, wie es meinem Mann geht. Oder vielleicht mehr noch, dass ich von ihm sprechen könnte, obwohl sie es nicht hören wollen.« Sie seufzte und straffte die Schultern. »Bis dann!«

Lena stand noch eine Weile draußen. Würde sie sich daran gewöhnen, dass Gerd ihr nicht mehr antworten konnte? Würde sie vergessen, wie seine Stimme klang?

Die Aussicht auf ein Leben, in dem ihre Gedanken nur noch darum kreisten, ob und wann er wieder gesund werden würde, verursachte ihr eine Gänsehaut.

Am frühen Nachmittag meldete sich Golombeck und nannte ihr Janicas Aufenthaltsort.

»Sie befindet sich immer noch in einer psychiatrischen Klinik.« Wie sich herausstellte, hatte sie einer Bekannten von dort geschrieben.

»Ich mache mir Sorgen um sie«, fuhr er fort. »Mich will sie ja nicht sehen. Aber wenn es Ihnen gelingt, zu ihr durchzudringen, dann lassen Sie mich wissen, wie es Janica geht.«

Lena versprach es. Die Aussicht, erneut in die Steiermark zu reisen, behagte ich gar nicht. So war sie erleichtert zu sehen, dass Gerds Tochter in einer Klinik in der Nähe von Salzburg lag. Die würde sie gut mit dem Wagen erreichen können. Auf die Gefahr hin, vor Ort von der jungen Frau abgewiesen zu werden, würde sie ohne telefonische Voranmeldung dorthin fahren. Das Gespräch mit Anna Weber lastete schwer auf Lenas Seele. Auf einmal erschien es ihr mehr als dringlich, Janica vom gesundheitlichen Zustand ihres Vaters zu unterrichten. So dringlich, dass sie beschloss, sie noch am selben Tag aufzusuchen.

Die psychiatrische Klinik lag eine gute Fahrtstunde entfernt auf einem Gelände mit mehreren Gebäudetrakten. Im Gegensatz zu dem Haus in Bad Reichenhall behandelte man hier ganz offensichtlich keine wohlhabenden Privatpatienten, sondern diejenigen, die bei einer gesetzlichen Kasse versichert waren. Der Garten rundherum war schön angelegt, aber weniger üppig ausgestattet. Die Fassade hätte einen neuen Anstrich gebrauchen können und bereits im Foyer wurde Lena mit einer Duftmischung aus kalten Essensgerüchen und scharfen Putzmitteln empfangen.

»Sind Sie eine Verwandte?« Der Mann am Empfang trug eine weiße Pflegeruniform und einen so kurzen Haarschnitt, dass man die gerötete Kopfhaut darunter sehen konnte. Vielleicht hatte er am Vortag zu lange in der Sonne gesessen.

»In gewisser Weise«, erklärte Lena. »Ich bin die Lebensgefährtin eines engen Verwandten.«

Der Mann wiegte mit leisem Bedauern den Kopf. »Sie hat uns erklärt, keinen Besuch zu wollen. Gar keinen, um genauer zu sein.«

»Es geht darum, dass ihr Vater schwer erkrankt ist und sie das wissen sollte.«

»Hm. Das kann ich ihr gerne ausrichten. Aber zu ihr vorlassen darf ich Sie nur, wenn die Patientin einwilligt.«

»Gut. Dann warte ich hier solange.«

Er sah nicht erfreut aus, hob aber das Telefon ab und während Lena sich ein paar Schritte entfernte, ein wenig herumging und sich fragte, wen Janica wohl erwartet hatte, den sie nicht sehen wollte. Ihre Mutter war tot, zu ihrem Stiefvater hielt sie keinen Kontakt und ob sie wusste, wer Gerd war, war fraglich. Der Mann sprach eine ganze Weile mit jemandem. Schließlich beendete er das Telefonat und winkte Lena zu sich.

»Wie ich schon sagte. Sie will niemanden sehen. Aber Sie können gerne ihre Telefonnummer hinterlassen und sie meldet sich dann. Oder auch nicht.« Er zuckte mit den Schultern. Lena nahm den Notizzettel, den er ihr zuschob, und schrieb ihren Namen und ihre Handynummer auf, dazu den Satz: Bitte rufen Sie mich an. Es geht um Ihren Vater.

»Ich dachte ja nur. Weil der Selbstmord ihrer Mutter ihr so zugesetzt hat, sollte sie doch wenigstens die Möglichkeit haben, ihren Vater zu sehen. Weil nicht abzusehen ist …« Sie unterbrach sich sofort, erschrocken von ihren eigenen Gedanken. Nein. Nein. Nein. Gerd würde nicht sterben. Er würde wieder zu Bewusstsein kommen, sie würden ihr altes Leben, das eigentlich ein neues Leben war, wieder aufnehmen. Sie würden all das tun, was er sich gewünscht hatte. Jeden Tag genießen. Lena schluckte schwer. Ihr Gegenüber betrachtete sie mitfühlend. »Das ist ja schlimm«, sagte er dann leise. »Dass sich ihre Mutter umgebracht hat.«

»Das ist doch der Grund, warum sie hier ist, oder?«

Der Mann hob die Hände und wehrte erschrocken ab. »Darüber darf ich nicht sprechen.« Dann wandte er sich demonstrativ einer weiteren Besucherin zu, die neben Lena getreten war. Die verließ das Gebäude nachdenklich. Auf dem Parkplatz stiegen gerade zwei Frauen aus dem Wagen neben ihrem. Sie waren ungefähr in ihrem Alter und erinnerten Lena aufgrund ihrer Kleidung und ihres Habitus an ihre frühere Klientel aus einem sozialen Brennpunkt. Während die beiden ihre Mitbringsel, einen Obstkorb und eine Pralinenschachtel, aus dem Fond des Wagens nahmen, unterhielten sie sich.

»Hoffentlich erwischen sie den Kerl«, sagte die Größere der beiden.

»Na – und dann? Lassen sie ihn wieder laufen, weil Aussage gegen Aussage steht. Ist doch immer so bei so was.«

Lena war stehen geblieben.

»Is was?«, blaffte die kleinere der beiden Frauen in ihre Richtung, eine mollige Rothaarige mit viel zu viel dunklem Kajal im blassen Gesicht.

»Entschuldigung. Ich wollte nicht lauschen. Eine Freundin von mir liegt auch hier.« Sie deutete auf die Klinik, obwohl es ja offensichtlich war, dass sie dort jemanden besucht hatte.

»Zum Kotzen ist das. Es gibt viel zu viele. Wenn du mich fragst. Und nur eine Lösung dafür.« Sie bewegte zwei Finger vor ihrem Gesicht in einer Scherenbewegung. Dann warf sie schwungvoll die Wagentür zu, die Lichter blinkten kurz auf und die beiden Frauen gingen davon.

Nachdenklich setzte Lena sich in ihren Wagen. Ganz offensichtlich war Janica nicht wegen des Selbstmords ihrer Mutter in eine seelische Schieflage geraten. Sondern etwas anderes war der Auslöser. Vergewaltigung? Missbrauch? War das der Grund, warum sie sich von Johann Golombeck abgewendet hatte? Andererseits hatte Lena aufgrund ihrer beruflichen Erfahrung ein gutes Gespür für Menschen entwickelt. Golombeck gehörte eher zu der defensiven Sorte, jemand, der sich den Schmerzen des Lebens eher beugte als aggressiv zu sein. Doch in Menschen hineinsehen konnte niemand. Sie startete den Wagen und fuhr zurück nach Bad Reichenhall.

»Eine uneheliche Tochter? Ist ja heutzutage nichts Besonderes mehr.« Anna Weber lehnte sich in ihrem Stuhl zurück und blies Zigarettenrauch in die Luft. »Gott sei Dank ist mir so etwas erspart geblieben. Obwohl, wer weiß? Manchmal kommen die Dinge erst ans Tageslicht, wenn es ans Erben geht.«

Nun, das zumindest konnte Lena ausschließen. Falls Gerd sie wirklich in seinem Testament bedacht hatte, sie womöglich als Alleinerbin eingesetzt hatte, wie die Kripo wohl mutmaßte und unabhängig davon, ob ihr das nun gefiel oder nicht, würde sie mit Janica keinesfalls über deren Anteil streiten. Gerds Tochter stand dessen Vermögen zu. Sicherlich eher als ihr. Aber warum hatte er erst kürzlich sein Testament neu aufgesetzt, wenn nicht wegen ihrer Beziehung? Und wenn alles ganz anders war? Er nach Danutas Tod Janica als Erbin eingesetzt hatte? Gleich korrigierte sie sich innerlich. Gerd hatte das Testament nach ihrem Umzug hinterlegt. Mehrere Wochen vor Danutas Tod. Was hatte ihn beschäftigt? Wenn sie ihn das alles doch nur fragen könnte!

Sie fühlte sich einsam. Nicht erst seit dem heutigen Tag, aber an diesem Abend ganz besonders. Darum hatte sie Anna Webers Einladung auf ein Glas Wein angenommen. Sie saßen auf der Terrasse vor dem Speisesaal des Hotels. Die meisten Gäste hatten den Raum schon längst wieder verlassen. Nur noch vereinzelt huschten Kellner in schwarzen Hosen und weißen Hemden herum, um Tische neu einzudecken oder den letzten Gästen noch einen Espresso oder etwas Hochprozentiges zu servieren. Die Luft war mild und es duftete nach den im Garten blühenden Sträuchern.

»Er hat mir nie von ihr erzählt«, setzte Lena das Gespräch fort. Ihr Gegenüber war eine Fremde, die sie sicherlich nie mehr wiedersehen würde. Dennoch, oder gerade deswegen, hatte sie das Gefühl, sich aussprechen zu können. »Ich bin daher unsicher gewesen, ob es richtig war, sie zu kontaktieren. Aber da sie mich nicht sehen will ...«, sie hob seufzend die Schultern, »kann ich wohl auch nicht mehr tun.«

»Beziehungen zwischen Kindern und Eltern sind mitunter schwierig. Was, wenn die Frau Ihren Lebensgefährten reingelegt hat? Das gibt es ja. Frauen, die glauben, einen Geliebten mit dem Kind erpressen zu können. Dazu, sich von ihrer Ehefrau zu trennen, dazu, sie zu heiraten. Dazu, sie zu lieben.«

Besonders Letzteres funktioniert nie.

Da Lena natürlich nicht über Danutas falsche Identität und die Geschehnisse, wie es dazu kam, sprechen konnte, entgegnete sie nichts darauf.

»Die Leidtragenden sind die Kinder. Wachsen auf und sagen vielleicht zum falschen Mann Papa. Mitunter ein Leben lang, was dann nicht schlimm ist. Schlimm ist nur, wenn sie erfahren, wer der leibliche Erzeuger war. Dass er die Mutter schwanger sitzenließ.«

Und sie mit seinen Verbindungen zum BKA in ein Zeugenschutzprogramm verfrachtete.

»Warum fühlen Sie sich der jungen Frau denn so verpflichtet?«

Warum? Sie konnte es nicht sagen. Vielleicht, weil sie sich überfordert fühlte, Gerds Wünsche bezüglich der *Entscheidungen* allein zu treffen.

»Es hat vielleicht mit meinem Beruf zu tun. Als Sozialarbeiterin ging es mir immer darum, Dinge wieder ins Lot zu bringen. Spannungen auszugleichen. Gerade in Familien. Und jetzt, wo es um meine eigene Beziehung geht, fühle ich mich hilflos.«

Anna Weber beugte sich vor und legte Lena die Hand auf den Arm. »Wissen Sie, ich bin sehr gläubig. Eine bekannte Persönlichkeit hat mal gesagt: Ich kann nie tiefer fallen als in Gottes Hand. Das rufe ich mir immer ins Gedächtnis, wenn mich das Leben wieder mal zu überrollen scheint, alles zu viel wird. Was dahinter steckt, ist ja auch der Glaube daran, dass uns das Schicksal nichts aufbürdet, was wir nicht tragen können. Wenn wir es denn annehmen. Wir beide kennen uns kaum, aber ich sehe eine sehr aufrechte, authentische Person vor mir. Vielleicht hilft Ihnen dieses Motto auch.«

»Danke«, sagte Lena mit vor Rührung leiser Stimme. Dass sie nicht an Gott glaubte, nicht an Schicksal und schon gleich gar nicht an eine Verbindung von beidem, sagte sie nicht.

In der Nacht schließlich fand Lena heraus, was geschehen war. All das konnte Danutas Selbstmord und Janicas Zustand erklären. Unfähig, Schlaf zu finden, lag sie mit ihrem Laptop im Bett und durchforstete erneut das weltweite Netz. Fütterte Suchmaschinen mit verschiedenen Begriffen, die sie aus Unterhaltungen und Erkenntnissen der letzten Tage klaubte.

Der Johann. Den hat das Unglück mit den beiden Frauen schwer getroffen. Danach war nichts mehr wie vorher, hatte die Nachbarin gesagt.

Dabei wollte die Danuta nie verreisen. Hat es nur der Tochter zuliebe getan. Und dann das. In allen Zeitungen war es gestanden, natürlich nicht mit den vollen Namen.

Als sie schließlich gezielter vorging, indem sie nach einem Verbrechen suchte, das an zwei österreichischen Touristinnen, Mutter und Tochter, verübt wurde, schließlich auch das Wort *Vergewaltigung* dazu eingab, wurde sie in einer älteren Online-Ausgabe einer deutschsprachigen Tageszeitung fündig, die über ein Verbrechen auf Mallorca berichtete.

Es war eine brutale Tat: Zwei Österreicherinnen wurden an einem etwas abgelegenen Strand der Baleareninsel von drei Männern angegriffen. Die Gruppe schlug zunächst brutal auf die beiden Touristinnen ein, es handelte sich um Mutter und Tochter, und vergewaltigten die Frauen. Mehrmals hintereinander. Dann raubten sie sie aus. Nun teilte die örtliche Polizei mit, dass alle Verdächtigen in Haft seien. Sie waren Wiederholungstäter. Denn ganz in der Nähe wurde wenig später eine weitere Touristin vergewaltigt. Sie identifizierte zwei der drei Täter zweifelsfrei. Der dritte konnte anhand deren Aussagen inzwischen ebenfalls festgenommen werden.

Entsetzt schloss sie den Laptop. Das war eine furchtbare Geschichte. Sie mochte sich nicht ausmalen, wie sich die beiden Frauen danach gefühlt haben mochten. Und Danuta hatte es nicht ausgehalten, damit weiterzuleben. Was hatte Johann Golombeck gesagt? *Dann geschah das, was sie schon einmal erlebt hatte.*

Was nur eines bedeuten konnte: Danuta war bereits schon einmal vergewaltigt worden. War das der Grund für ihre tiefe und lang anhaltende Traurigkeit? Die Stimmungsschwankungen, von denen Golombeck gesprochen hatte? Lena wusste, dass Vergewaltigungsopfer nach so einer grässlichen Tat mitunter nie mehr in der Lage waren, ein normales Leben zu führen. Geschah es ein weiteres Mal, wurde das Opfer re-traumatisiert. War es das, was Danuta in den Selbstmord getrieben hatte? Und wusste Janica, was ihrer Mutter früher schon einmal geschehen war?

Kapitel 22

Der nächste Morgen brachte eine handfeste Überraschung. Auf Lenas Handy ging ein Anruf von einer ihr unbekannten Nummer ein. Am anderen Ende war nicht Janica, was sie insgeheim gehofft hatte, sondern ein Mann.

»Hi. Was willst du von Janica?«

Unangenehm berührt von der Unhöflichkeit des Unbekannten, antwortete Lena mit einer Gegenfrage.

»Wer sind Sie?« Betonung auf dem letzten Wort.

»Tyron. Ein Freund.«

»Ein Freund? Von wem? Von Janica?«

»Sag ich doch.« Der Mann sprach keinen österreichischen Dialekt, dafür mit einem leichten Akzent, den Lena nicht zuordnen konnte.

»Woher haben Sie meine Nummer?«

»Hey. Ich kann auch auflegen. Dann wars das!«

»Wenn Sie mir nicht sagen, wer Sie sind und in welcher Beziehung Sie zu Janica stehen, lege *ich* auf!« Lenas Stimme war jetzt lauter geworden. Tyron – was für ein merkwürdiger Name – zog hörbar die Nase hoch, was ihn ihr nicht sympathischer machte.

»Janica und ich sind befreundet. Kapiert?«

»Dann sagen Sie ihr bitte, dass ich mit ihr sprechen möchte. Es geht um einen nahen Verwandten.«

»Verwandten? Sie hat niemanden mehr.« Die Stimme bekam auf einmal etwas Lauerndes.

»Ich erwarte Janicas Anruf. Guten Tag.« Lena beendete das Gespräch, das nicht informativer werden würde, und hoffte, dass diese Haltung dazu beitrug, Janica endlich dazu zu bringen, sie direkt zu kontaktieren. Zehn Minuten später war es dann soweit. Eine junge weibliche Stimme. Im Gegensatz zu Tyron sprach Janica sehr leise, ein wenig schleppend, was vielleicht an Medikamenten liegen mochte.

»Am Telefon kann ich Ihnen nichts Näheres sagen. Wir müssten uns treffen.« Dabei wurde Lena klar, dass sie gar nicht wusste, wie Gerds Tochter aussah. Die Kinderbilder, die sie in seinem Safe gefunden hatte, dürften da nicht weiterhelfen. Aber sie hatte bereits eine Idee, wie sie sich Janicas Identität bestätigen lassen konnte. Die schien sich immer noch nicht schlüssig darüber zu sein, ob sie Lena kennenlernen wollte oder nicht. »Es geht um Ihren Vater«, setzte sie dann noch hinzu, weil sie genug hatte von dem Eiertanz. Irgendwann musste Janica ja erfahren, dass nicht Danutas Jugendliebe, deren Namen sie nicht einmal kannte, ihr Erzeuger war. Die Frau am anderen Ende atmete scharf ein.

»Mein Vater ist tot. Schon lange.«

»Lassen Sie uns miteinander sprechen. Bitte. Ich kann in ungefähr einer Stunde bei Ihnen sein.«

Ein langes Schweigen folgte. Dann, endlich, sagte Janica zu, Lena zu treffen.

An diesem Tag stand eine ältere Frau am Empfang. Sie bat Lena, im Foyer Platz zu nehmen. Sie werde Janica Kovacs benachrichtigen. Es dauerte schier unendliche fünfzehn Minuten, bis sie endlich auftauchte. Gerds Tochter war klein, vermutlich gerade mal ein Meter sechzig groß, extrem schlank, was bei Lena sofort den Gedanken an Essstörungen auslöste. Ihr fahlblondes Haar fiel ihr kraftlos auf die Schultern und der

Blick ihrer hellen Augen, sie hatte die Augen ihrer Mutter, war unstet. Rutschte immer wieder weg. Lena bemerkte weißliche Ablagerungen in den Mundwinkeln der jungen Frau. Ein Hinweis auf Beruhigungsmittel, wie sie glaubte.

»Wollen wir in den Garten gehen?«, fragte sie Lena. Ohne auf die Antwort zu warten drehte sie sich um und ging voraus. Sie suchten sich einen Platz auf einer der Bänke, die überall verteilt standen. Es war ruhig, die Sonne hatte an dem Tag wenig Kraft, ein leichter Wind fuhr durch die Blätter des Baumes über Ihnen und brachte sie zum Rascheln.

»Zunächst einmal möchte ich Ihnen mein Beileid aussprechen zum Tod Ihrer Mutter«, begann Lena das Gespräch. Ihr Gegenüber starrte ins Nichts und knetete die Hände. »Und natürlich auch zu dem, was Ihnen geschehen ist.«

Ganz langsam wendete Janica Lena das Gesicht zu. »Was mir geschehen ist?«

»Weswegen Sie hier sind.«

Etwas flackerte auf im Blick der Jüngeren und verlosch sofort wieder.

»Darüber will ich nicht sprechen.«

»In Ordnung. Sagt Ihnen der Name Gerhard Rohloff etwas?«

Janica blickte sie unbewegt an. »Nie gehört. Wer soll das sein?«

Jetzt wurde es schwierig. Lena sah auf ihre Hände hinab und dann Gerds Tochter direkt in die Augen. »Ich habe Grund zu der Annahme, dass er Ihr Vater ist.«

Egal, was sie erwartet hatte. Janicas Reaktion sicher nicht. Sie verzog den Mund und dann lachte sie kurz auf. »Lady, was auch immer das hier soll. Sie sind auf dem Holzweg. Meinen Vater kannte ich nicht, aber ich weiß, wer er war. Und dieser ... Rudolf war es ganz bestimmt nicht.«

»Rohloff«, verbesserte Lena automatisch.

Janica erhob sich. »Aber nur mal so, spaßeshalber. Was wollten Sie mir denn sagen?«

Lena blieb sitzen. Für sie war das Gespräch noch lange nicht beendet. »Setzen Sie sich doch bitte wieder hin.«

Zögerlich kam Janica der Bitte nach.

»Sie wissen also nichts davon, dass Gerhard Rohloff in Ihrer Geburtsurkunde als Vater eingetragen ist?«

Jetzt sah sie ihr Gegenüber empört an. »Natürlich nicht. Der Name auf *meiner* Geburtsurkunde lautet Mirko Lazic.«

»Was?« Lena glaubte, sich verhört zu haben.

»Er war Mamas Jugendliebe, aber er wollte mich nicht. Habe ihn nie kennengelernt. Irgendwann sagte mir meine Mutter, er sei tot. Und wer war noch einmal der andere?«

Lena wusste nicht mehr, was sie sagen sollte. »Dann entschuldigen Sie bitte. Ich dachte, ich sollte Ihnen sagen, dass es dem Mann, den ich für Ihren Vater hielt, nicht gut geht.«

»Nicht gut?« Janicas Brauen hoben sich fragend.

»Ja. Aber da es sich wohl um einen Irrtum handelt, betrifft Sie das nicht.«

»Ist er krank?«

»Ja. Das ist er.«

Etwas in Janicas Blick veränderte sich. »Egal wie. Woher ist der Mann?«

»Eigentlich aus Frankfurt. Jetzt leben wir in Norddeutschland.«

»Und da machen Sie den weiten Weg hierher, um mir zu sagen, dass ein Mann, den ich nicht kenne, krank ist?«

»Er befindet sich in Bayern, in einer Privatklinik. Nicht so weit weg von hier.«

Janicas Gesicht zeigte Verblüffung. »Wie kommen Sie denn überhaupt darauf, dass ich etwas mit ihm zu tun habe? Oder er mit mir?«

»Er hatte eine Todesanzeige von Ihrer Mutter in seinem Postfach. Johann Golombeck, Ihr Stiefvater, hat sie ihm nicht geschickt. Also schlussfolgerte ich, dass Sie es waren.« Janica schien ratlos, ihr Blick verlor sich wieder irgendwo am Boden, wo Gänseblümchen aus dem Rasen wuchsen.

»Das muss eine Freundin meiner Mutter gewesen sein. Sie hat die Karten verschickt. Vermutlich ...« Sie brach ab und begann, an einem Daumennagel zu kauen. »Vermutlich anhand des Adressbuchs meiner Mutter. Nicht, dass da viel drinstand.« Janica lachte dumpf auf. »Mama hatte nicht viele Freunde.«

»Können Sie mir den Namen und die Telefonnummer dieser Freundin geben?«

»Ja. Ja, sicher. Ich muss aber nachsehen. Mein Kopf.« Janica hob die Finger an die Schläfe. »Die Medikamente. Sie machen das. Manchmal weiß ich nicht mehr, welcher Wochentag eigentlich ist.«

»Das geht mir manchmal in stressigen Zeiten genauso. Auch ohne Pillen.« Lenas Worte sollten beruhigend klingen. Tatsächlich wachte sie in letzter Zeit manchmal völlig orientierungslos auf, wusste nicht mehr, wo sie war und welche Aufgaben vor ihr lagen.

»Ich schicke Ihnen eine Nachricht. Okay?« Erneut erhob sich Janica und Lena tat es ihr dieses Mal nach.

»Danke. Ich soll Sie übrigens ganz herzlich von Johann Golombeck grüßen. Er würde sich sehr über eine Nachricht von Ihnen freuen.«

Golombecks Ziehtochter sah nicht aus, als würde sie der Bitte nachkommen wollen. Was war nur zwischen den beiden geschehen? Zwei Menschen, die sich in ihrer Einsamkeit nicht gegenseitig trösten konnten oder wollten.

»Und Tyron, ist das Ihr Freund?«

»Äh. Nein. Ich ...« Sie brach ab und starrte zu Boden.

Was für eine ungeschickte Frage. Sie wird noch lange brauchen, bis sie wieder eine Beziehung eingehen kann.

»Er passt auf.«

»Passt auf? Worauf? Auf Sie?«

Janica nickte. »Wir sind Kumpels. Mehr nicht.«

Zwei, die sich in der Psychiatrie gefunden haben.

Die Trostlosigkeit legte sich wie eine dunkle Decke über Lenas Gemüt.

Sie waren bereits fast schon wieder in dem Gebäude angekommen, als Janica sich zu Lena wandte. »Warum ist Ihnen das eigentlich so wichtig? Wer diese Karte geschickt hat?«

»Weil ich nach jemandem suche.«

Jemand, der Gerd länger kennt als ich. Der mir sagen kann, was es mit dieser ganzen Geschichte um Danuta und ihre Tochter auf sich hatte.

Doch die schien nicht wirklich interessiert daran, mehr zu erfahren. Denn sie fragte nicht nach und beide gingen ins Haus zurück.

Lena hatte heftiges Mitgefühl für Janica verspürt. Eine junge Frau, brutal vergewaltigt, die danach die Mutter verloren hatte. Kein Wunder, dass sie versuchte, sich von dieser Welt zurückzuziehen. Und dann kam sie und stellte Fragen nach einem Mann, den sie überhaupt nicht kannte. Dennoch. Gerd hatte Danuta jeden Monat Geld überwiesen. Er besaß Fotos von Janica als kleinem Mädchen. Sein Name stand auf der Geburtsurkunde. Wobei das Dokument in seinem Safe lediglich eine Kopie war. Heutzutage konnte man ja alles fälschen, also warum nicht auch so eine Urkunde? Nur wozu wäre die gut gewesen? Was hatte Gerd davon gehabt? Oder war es gar Danuta gewesen, die ihm mit diesem Trick immerhin über zwanzig Jahre lang Geld aus der Tasche gezogen hatte? Andererseits – Gerd war kein Mann, den man so schnell reinlegen konnte. Dieser Hellmer hätte ihr auf die Sprünge helfen können. Wollte aber nicht. Und seinen damaligen BKA-Kollegen Heimers hatte Lena bisher nicht ausmachen können. Der könnte überall sein. Ob sie Tobias Grau fragen sollte? Ja, wenn es gar nicht anders ging. Der würde den Mann ausfindig machen können. Doch insgeheim ahnte sie bereits, dass sie vermutlich nie herausfinden würde, was genau geschehen war. Der Gedanke, dass da draußen jemand herumlief, der Gerd hatte ermorden wollen, ihn vielleicht immer noch im Visier hatte, bereitete ihr seelische und körperliche Schmerzen. Denen versuchte sie jeden Morgen mit einer Joggingrunde und jeden Abend mit ein paar Bahnen im hoteleigenen Pool zu begegnen. Gelegentlich trank sie mehr als üblich. Aber häufig schlief sie einfach besser nach dem dritten Glas Wein. Sie wollte das nicht zur Gewohnheit werden lassen. Doch mit jedem Tag, der verging, verlor sie ein bisschen mehr den Halt, den ihr Leben ihr bisher gegeben hatte.

Paula May antwortete auch an diesem Tag sehr einsilbig auf Lenas Frage, ob es schon neue Spuren gab. Das, was Anton Hellmer Lena im Palmengarten anvertraut hatte, schien zu stimmen. Man wusste von dem zweiten Wagen. Der jedoch ebenfalls spurlos verschwunden zu sein schien. Mehr aber, so die Polizistin, könne sie Lena nicht sagen.

Sonja meldete sich ebenfalls alle paar Tage. Sie hatte, wie sie schrieb, *behutsam* in ihrem alten Bekanntenkreis herumgefragt. Ohne Ergebnis. Niemand hatte eine Ahnung, wer Gerd nach dem Leben trachten sollte. Sie selbst hätte ihn gerne besucht. Schickte dann aber, nachdem ihr Lena abriet, ein großes Blumenbukett. Genauso wie die Belegschaft von Gerds ehemaligen Clubs.

Darüber hinaus blieb Lenas Handy beunruhigend still. Auch Janica meldete sich nicht mit der versprochenen Information. Lena wollte ihr Zeit bis zum nächsten Tag geben. Inzwischen schickte sie Johann Golombeck eine Nachricht auf dessen Handy. Sie informierte ihn darüber, dass es Janica den Umständen entsprechend gut ging, und hängte ein Foto der jungen Frau an, das sie auf dem Rückweg ins Haus aufgenommen hatte. Man sah Janica lediglich im Halbprofil und von hinten. Aber Golombeck würde sie erkennen können und Lena damit die endgültige Bestätigung geben, mit der richtigen Person gesprochen zu haben. Dann fragte sie ihn nach Danutas Freundin. Er war schneller als seine Ziehtochter. »Da kommt nur eine infrage«, textete er umgehend zurück. Es folgten ein Name und eine Telefonnummer. Unter der sich erst einmal niemand meldete. Es gab auch keine Mailbox und so versuchte es Lena nach ihrem Besuch bei Gerd erneut. Dieses Mal hatte sie Glück.

Erika Pospischils weiche Stimme hörte sich an wie aus einer anderen Welt und wurde vom leisen Klang eines Windspiels untermalt. Beinahe meinte Lena, durch das Telefon den Duft von Räucherstäbchen wahrnehmen zu können.

So höflich Danuta Golombecks einzige Freundin klang, so bestimmt war sie in dem, was sie sagte. »Gespräche dieser Art führe ich nur direkt. Sie müssen sich also schon auf den Weg zu mir machen.«

Inzwischen war es bei Lena bereits fast zu einer Besessenheit geworden, herausfinden zu wollen, wer Gerd die Traueranzeige geschickt hatte. Und warum. Genauso wichtig wie die Frage, was genau in der Vergangenheit geschehen war. So machte sie sich schweren Herzens erneut auf nach Graz.

Kapitel 23

Sie stieg im selben Hotel ab wie bei ihrem ersten Besuch in der steirischen Hauptstadt. Von dort nahm sie sich ein Taxi, das sie zu der angegebenen Adresse etwas außerhalb, in der Nähe von Schloss Algersdorf, brachte. Eine Stichstraße, locker gesäumt von älteren Häusern. Viel Grün, SUVs oder Kleinwagen vor dem Haus, Schaukeln im Garten. An der angegebenen Hausnummer zeigte ein getöpfertes Schild, dass sie richtig war.

Danutas Freundin öffnete bereits nach dem ersten Klingeln. Sie war vermutlich Ende fünfzig, Anfang sechzig und hatte das Flair der Hippiezeit über die Jahrzehnte hinweg gerettet. Hennarotes Haar türmte sich zu einer vogelnestartigen Frisur, an den Ohren hingen bunte Perlen und sie trug ein wild gemustertes, knöchellanges Kleid mit weit schwingendem Rock, der in der Taille etwas zu eng am üppigen Leib saß.

»Willkommen«, begrüßte sie Lena und die stellte, kaum eingetreten, fest, dass sie in puncto Räucherstäbchen richtig gelegen hatte. Der Sandelholzduft vermischte sich mit dem von frisch gebrühtem Kaffee und Zimt.

»Wir duzen uns«, erklärte Erika gleich, »das *Sie* baut Mauern auf, die man hernach sonst doch wieder einreißen muss.« Sie bot Lena Platz auf einem der kniehohen Poufs an, die überall im Raum standen. Während ihre Gastgeberin, barfuß und mit dem geschmeidigen Gang einer Tänzerin, in die offene Küche ging, um dort lautstark mit Geschirr zu hantierten, blickte Lena sich um. Im gesamten Erdgeschoß hatte man die Mauern herausgenommen, sodass ein einziger großer Raum entstanden war. Einige Fachwerkbalken lagen frei und bildeten eine lockere Grenze zwischen den Bereichen. Auf dem abgetretenen Holzfußboden lagen vereinzelt Teppiche. Skulpturen, Wandbehänge, ein Zimmerbrunnen und die Titel der Bücher in den Regalen zeigten sehr genau, wo sie sich befand. Im Haus einer spirituellen Heilerin und Seherin. Denn genau so firmierte die Hausherrin. Die schwarze Katze, die Lena erst auf den zweiten Blick zwischen einem Berg bunter Kissen liegen sah, passte genau ins Bild. Das Tier musterte Lena aus hellen blauen Augen und kam dann wohl zu dem Schluss, sie sei nicht interessant genug, sich von seinem Platz auf dem Sofa zu erheben. Es gähnte ausgiebig, zeigte einen zartrosa Gaumen und scharfe Zähne und schlief dann einfach weiter. Erika kam zurück. In Händen hielt sie ein marokkanisches, rundes Tablett, auf dem sich eine geschwungene silberfarbene Kaffeekanne, Tassen, Untertassen, Milch und zwei Teller mit zimtduftendem Hefegebäck befanden.

»Zucker gibt es keinen, ich gestatte mir nur Stevia oder Ahornsirup«, erklärte sie sogleich und stellte alles auf ein niedriges Tischchen zwischen ihnen ab. »Ist viel gesünder. Aber leider habe ich eine Schwäche für Kaffee und Süßes.« Sie lächelte schelmisch, schenkte zwei Tassen ein und schob Lena einen Teller mit einem Hefestückchen zu.

»Und nun verrate mir bitte, was dich zu mir führt.«

Lena fühlte sich etwas eingelullt von der warmherzigen Atmosphäre, nahm aber besonders den Kaffee dankbar an.

»Es geht darum.« Sie zog die Traueranzeige für Danuta Golombeck aus ihrer Tasche und zeigte sie ihrem Gegenüber. »Jemand aus der Familie muss meinen

Lebensgefährten kennen, hat ihm diese Karte geschickt. Johann war es nicht. Janica ebenfalls nicht. Sie sagte mir aber, dass du es gewesen sein könntest. Kanntest du meinen Lebensgefährten?«

Erika betrachtete den Umschlag mit einem Stirnrunzeln. »Gerhard Rohloff«, murmelte sie. »Nie gehört. Steht auch kein Absender drauf.«

»Und sie ist nicht unterschrieben, kein persönliches Wort, anhand dessen ich sehen könnte, in welcher Beziehung die Person zu ihm stand.«

»Was sagt er denn, der Gerhard?«

»Er kann leider im Moment gar nichts sagen.« Kurz informierte sie ihr Gegenüber über Gerds Zustand.

»Das tut mir sehr leid. Im Koma, da ist er in einer anderen Sphäre«, antwortete Erika und schob sich eine aus der Frisur gefallene Locke hinters Ohr. »Wir können ihm gleich gemeinsam Energie schicken.«

Lena, die an derlei Hokuspokus nicht glaubte, quittierte die Ankündigung mit einem »Mhm«.

Erika lächelte. »Du glaubst nicht dran. Aber es gibt sie, diese morphologischen Felder, die uns alle verbinden. Energiebahnen, die im Guten wie im Bösen wirken können.« Dann betrachtete sie Lena lange und, wie die es empfand, liebevoll. Als beide ihre Teilchen gegessen und den Kaffee getrunken hatten, stellte Erika das Tischchen mitsamt dem Tablett zur Seite und rückte näher an ihren Gast heran.

»Ich habe es mir zur Gewohnheit gemacht, mit allen Menschen, mit denen ich persönliche Dinge austausche, vorab in eine seelische Verbindung zu treten. Gib mir bitte deine Hände und schließe die Augen.«

Erikas Hände waren sehr weich und sehr warm. Sie umschlossen Lenas Finger wie ein Ofen und ohne es zu wollen, musste die wieder an Gerd denken.

Seine Hände waren auch immer warm und haben mir Sicherheit vermittelt.

Sie schwiegen und Lena bemerkte, dass sich ihr Atem dem der anderen Frau anglich. Nach einer Weile sprach Erika. »Du bist in einer schwierigen Situation. Fühlst dich alleine gelassen.«

Na ja, nachdem ich erzählt habe, was geschehen ist, braucht es wohl nicht viel, um mir das zu sagen.

»Dein Leben hat sich gravierend verändert, seit du mit deinem jetzigen Freund zusammengekommen bist.«

Das stimmt. Aber mit ein bisschen Glück lässt sich sogar das herausfinden. Paula May hat es schließlich auch getan.

»Du zweifelst an ihm. Es gibt Dinge in seiner Vergangenheit, die dir Angst machen. Nur er könnte sie dir nehmen. Aber dafür musst du ihm vertrauen. Er spürt deine Unsicherheit da, wo er ist. Er wünschte, du würdest ihm vertrauen.«

Nun ließ Erika ihre Hände los und Lena öffnete die Augen. Sie fühlte sich verlegen, besonders wegen der letzten Sätze. Nicht, dass sie daran glaubte, Erika Pospischil könne wirklich in ihr Innerstes blicken. Oder gar wissen, was Gerd fühlte. Gleichzeitig spürte sie die bedingungslose Güte, die von dieser Frau ausging.

»Und nun zurück zu deiner Frage. Ich war es nicht, die diese Karte verschickt hat und ich weiß auch nicht, wer es gewesen sein könnte. Danuta hatte keine andere Freundin, ich war die Einzige. Und das auch nur, weil wir sozusagen aus beruflichen Gründen zusammengekommen sind.«

»Sie hat sich bei dir Rat geholt?«

»So kann man es sagen. Ja.« Erikas blassblaue Augen lagen auf Lenas Gesicht.

»Wegen ihrer Gemütsschwankungen?«

»Auch.«

»Und dem, was ihr und Janica im Urlaub geschehen ist?«

Erikas Gesicht nahm einen zutiefst betroffenen Ausdruck an. »Du weißt davon? Das war eine schreckliche Geschichte.«

»Hatte Danuta das bereits einmal erlebt?«

Erika nickte langsam. »Ja. Aber darüber kann ich nicht sprechen.«

»Sie ist tot. Und ich suche nach einer Erklärung für ihre Verbindung zu meinem Lebensgefährten.«

Erika erhob sich und ging zum Fenster. Sah lange Zeit schweigend hinaus.

»Danuta hatte schwere Schicksalsschläge erlitten. Offensichtlich mehr als ein einzelner Mensch ertragen kann. Als sie ertragen konnte. Ich hätte mir sehr gewünscht, dass sie Kraft findet, das alles zu überwinden, und nicht den Freitod wählt. Aber das hat sie getan und nun müssen wir sie ruhen und ihrer Seele Frieden lassen. Daher denke ich nicht, dass es Sinn macht, weiter in den Dingen herumzuwühlen, die sie zerbrochen haben.«

Verdammt, und dafür bin ich jetzt nach Graz gekommen?

»Mein Lebensgefährte wurde angegriffen und schwer verletzt. Ich suche nach Erklärungen. Auch solchen, die in die Vergangenheit hineinreichen. Darunter auch zu der Frage, welche Verbindung es zwischen ihm und Danuta gab. Irgendjemand muss diese Verbindung kennen.«

Erika war zurückgekehrt und saß Lena nun wieder gegenüber.

»Danuta war nicht ihr richtiger Name. Wusstest du das? Weißt du, wie sie wirklich hieß?«

Die Verblüffung auf Erikas Gesicht war echt. »Das wäre mir neu. Woher willst du das wissen?«

»Das wiederum kann ich nicht sagen. Es hat mit einer alten Geschichte zu tun. Und mit der Tatsache, dass ich annehmen muss, dass mein Lebensgefährte der Vater von Janica ist.«

Zu Erikas Verblüffung gesellte sich nun Zorn, der ihre Stirn in Falten legte. Die bisher so freundlichen Augen schienen nun Blitze zu schleudern. »Du solltest darum bitten, dass es nicht so ist«, sagte sie dennoch leise, dabei sehr nachdrücklich.

»Das tue ich, denn er hat mir nie etwas davon erzählt und ich frage mich die ganze Zeit, warum er mir so etwas Wichtiges verheimlicht hätte.«

»Die Frage kann ich dir beantworten«, sagte Erika. »Danuta hat als junge Frau in einer Bar gearbeitet. Rotlicht. Vielleicht auch mehr.«

Dieses Mehr bedeutet wohl, dass sie sich, zumindest gelegentlich, prostituiert hat.

»Bei Auseinandersetzungen im Loddelmilieu, es ging wohl um Revierstreitigkeiten, geriet Danuta zwischen die Fronten. Ihr wurde sehr schlimm zugesetzt. Das passiert leider häufig. Dass Frauen es ausbaden müssen. Sie werden nicht als Menschen betrachtet, sondern als Verhandlungsmasse.«

Erika blickte betreten auf ihre so bunt wie schwer beringten Finger, bevor sie fortfuhr. »Sie trug Narben davon, körperlich wie seelisch. Nachdem die Herren ihren Streit beigelegt hatten, gab man ihr ein bisschen Geld, Schweigegeld, wenn du mich fragst, und schickte sie nach Graz. Weit weg von alledem, wie man wohl hoffte.«

»Frankfurt ist weit genug entfernt«, murmelte Lena, vor deren innerem Auge sich gerade ein Abgrund auftat.

»Wieso Frankfurt? Danuta lebte in Wien, bevor sie herkam.«

»Wien?«, echote Lena, die genau wusste, dass das nicht sein konnte.

»Ja. So hat sie es mir erzählt.«

Eine Frau, die alle ihre Spuren verwischen wollte. Die nicht einmal ihrer einzigen Freundin gegenüber ehrlich war. Aus Angst?

»Und was ist mit Janicas Vater?«

Erika schüttelte bekümmert den Kopf. »Er war es. Der Kerl, der sie gefoltert hat. Er hat sie auch vergewaltigt und gedemütigt. Das war kein Mensch, wenn du mich fragst.«

Was hatte Carlos ihr erzählt über die Person, die den Brand in Gerds Etablissement gelegt hatte?

Es war jemand aus dem ehemaligen Jugoslawien. Gerd selbst hat ihn in den Keller eines seiner Etablissements verfrachtet und die Information über die Hintermänner aus ihm herausgeprügelt.

Was, wenn diese Person kein Mann, sondern eine Frau gewesen war? Danuta? War sie die Verbindung zu dem Drahtzieher damals gewesen? Der Schwindel, der Lena erfasste, warf sie regelrecht um. Sie spürte nicht, wie sie von der Sitzgelegenheit glitt. Sie kam erst, auf dem Boden liegend, wieder zu sich, als Erika ihr einen kalten Lappen auf die Stirn presste.

»Das ... das, was du erzählst, ist unmöglich«, stammelte sie, kaum, dass sie sich aufgesetzt hatte. »Gerd, er würde niemals ...« Sie brach mitten im Satz ab.

Was würde er niemals tun? Jemanden foltern? Jemanden umbringen? Was noch?

»Warum hat sie das Kind überhaupt bekommen? Sie hätte es doch abtreiben können?«

»Vielleicht hätte sie das gemacht. Aber sie war so übel zugerichtet, dass sie ihre Schwangerschaft erst bemerkte, als es zu spät für einen legalen Eingriff war.«

»Und dann wurde sie viele Jahre später erneut vergewaltigt. Im Urlaub, zusammen mit ihrer Tochter.« Lena fasste sich an die Stirn. Die arme Frau. Was für ein Schicksal.

Erika nickte. »Das hätte sie vielleicht doch noch gepackt. Aber als man bei Janica dann eine Schwangerschaft feststellte, drehte Danuta völlig durch. Sie, die normalerweise stumm litt, deren Wut sich stets nur nach innen und gegen sich selbst richtete, tobte regelrecht. Sie schleppte ihre Tochter sofort zu einem Arzt und sorgte dafür, dass die Sache, wie sie es nannte, geregelt wurde.«

Janica war schwanger gewesen? Durch eine Vergewaltigung! Lena brauchte einen Moment, bis sie die Dimension dieser Tatsache begriff.

»Der Tochter sollte es nicht so gehen wie der Mutter?«

»Genau. Nur, dass Janica erst in diesem Moment erfuhr, was ihrer Mutter geschehen war. Dass sie selbst das Ergebnis eines Übergriffs war. Sie glaubte dann auf einmal zu wissen, dass auch sie nicht hätte leben dürfen, wäre Danuta nur früher aufgefallen, was mit ihr los war.«

»Sie muss schockiert gewesen sein«, murmelte Lena.

»Schockiert ist kein Ausdruck. Janica hat ihre Mutter vergöttert. Sie hing an ihr. Danuta war überhaupt der einzige Mensch, der Janica etwas bedeutet hat. Ihr Tod hat das Mädchen völlig aus der Bahn geworfen.«

»Und seither ist sie in der Klinik?«

Erika nickte.

In Lenas Kopf verhedderten sich die Informationen zu einem undurchsichtigen Knäuel.

»Hast du sie dort mal besucht?«

In Erikas Miene veränderte sich etwas. Nur ganz minimal, aber Lena nahm es wahr, bevor ihr Gegenüber wieder so schaute wie vorher.

»Ich hatte kaum Kontakt zu ihr. Dazu muss man wissen, dass Danuta und ich keine Freundinnen im landläufigen Sinne waren. Ich half ihr, wenn die Dunkelheit ihre Seele umhüllte. Sie konnte immer zu mir kommen. Hier, in diesem Raum ...«, Erika machte eine allumfassende Handbewegung in der Luft, »... fühlte sie sich stets wohl und geborgen. Sie war oft hier.«

Lena konnte das durchaus verstehen.

»Aber ich war so gut wie nie in ihrer Wohnung. Sie wollte das nicht. Hat, soweit ich das beurteilen kann, nie jemanden eingeladen. Es war einfach so, dass sie sich überall ihre Schutzräume suchte, um sich vor der Welt zu verstecken, und ihre Wohnung war einer davon.«

»Arbeitete sie denn nicht mehr?« Golombeck hatte von einer Bäckerei gesprochen, in der sie sich kennengelernt hatten.

»Schon seit ein paar Jahren nicht mehr. Sie war auch früher schon immer lange Zeit krankgeschrieben gewesen. Verlor irgendwann dann einen Job nach dem anderen. Schließlich blieb sie ganz zu Hause.«

»Konnte sie sich das leisten?«

»Gute Frage.« Erika sah aus, als habe sie noch nie vorher über diese Frage nachgedacht. »Ich vermutete, Johann gebe ihr ein bisschen Geld. Obwohl der auch nicht gerade Reichtümer zu verteilen hat.«

Er nicht, aber Gerd schon.

»Danach war es immer schwieriger, sie aus ihrer Isolation zu locken. Ein einfacher Spaziergang in einem Park oder an der Mur entlang konnte sie überfordern. In die Innenstadt ging sie so gut wie nie. Sagte, sie könne die fremden Menschen um sich herum nicht ertragen.«

Erika zeichnete das Bild einer zutiefst verstörten Seele, die zwischen dem Wunsch, normal leben zu können, und der Angst davor, jemandem zu nahe zu kommen, zerrieben wurde. Dazu passte, was Johann Golombeck ihr über seine Ex-Frau erzählt hatte.

»Kennst du Johann Golombeck?«

»Ja, freilich«, antwortete Erika. »Mir schien, als tue ihr die Beziehung zu ihm gut. Er ist ein äußerst geduldiger

Mensch. Liebte Danuta. Hielt ihre Stimmungsschwankungen aus. Gab ihr so etwas wie Sicherheit. Wenn sie jemals in die Nähe von Glück gekommen war, dann am Anfang ihrer Ehe mit ihm.«

»Warum hat sie sich dann von ihm getrennt?«

Erikas Blick wich ihr aus, als sie antwortete. »Ich glaube, Danuta war einfach überfordert damit, jemanden ständig um sich zu haben.«

Möglich. Aber Lenas Intuition sagte ihr, dass das nicht alles war.

»Wie alt war Janica, als die beiden sich trennten?«

Erikas Gesicht sagte alles.

Im Grunde genommen gab es mit Johann Golombeck nicht mehr viel zu besprechen. Dennoch rief Lena ihn an, nachdem sie sich von Erika verabschiedet hatte.

»Ich bin in Graz. Hätten Sie später Zeit auf ein Glas Wein?«

Golombeck schlug vor, sich am Lendplatz in einem Weinlokal zu treffen. Er hörte sich müde an. Genau so sah er auch aus, als sie sich trafen. Inmitten all der lebhaften Menschen, die an bunten Marktständen Obst, Käse und steirisches Kernöl kauften, an Tischen im Freien gut gelaunt Kaffee oder Wein tranken, wirkte er wie ein Fremdkörper. Grau und niedergeschlagen. Lena hatte hin und her überlegt, wie sie das Thema anschneiden sollte. Es war selbstverständlich undenkbar, ihn direkt zu fragen, ob und welche Schwierigkeiten es mit Janica gegeben hatte. Doch schon die ersten Worte, die sie miteinander wechselten, machten es ihr leicht.

»Es geht ihr nicht gut«, sagte Lena und sah noch einmal auf das Foto. »Das ist ja auch kein Wunder nach all dem, was geschehen ist.«

Golombeck murmelte etwas Unverständliches.

»Hat man sie eigentlich gefasst?«

Sie wusste es zwar aus dem Zeitungsartikel, aber sie wollte ihr Gegenüber ins Gespräch kommen lassen. Golombeck sah stirnrunzelnd hoch. »Ja. Sie haben die Schweine bekommen. Es schien aber, als ob Danuta das gar nicht gepasst hatte, weil dann in der Presse noch einmal alles hochkam. Sie konnte das kaum aushalten. Es war schrecklich für sie, weil sie natürlich wusste, dass ihr Umfeld ahnte, um welche beiden Frauen es ging. Dabei konnten alle anderen aufatmen. Die Vergewaltiger, es waren drei, haben ja noch weitere Frauen überfallen. Daher war es mehr als gut, dass man die Täter erwischt hat.«

»Hat sie sich nach ihrer Rückkehr an Sie gewendet? Brauchte sie jemanden, der ihr Halt gab?«

Er schüttelte kaum wahrnehmbar den Kopf. »Nein. Danuta wollte, wie eigentlich immer, alles mit sich selbst ausmachen. Sie ließ nicht viele Menschen an sich heran. Mich, am Anfang unserer Ehe. Erika, die ihr guttat mit all diesem esoterischen Brimborium. Und Janica, als sie erwachsen wurde.«

»Sie beide standen sich ebenfalls sehr nahe, als Janica noch kleiner war.«

»Ja. Sie war ein freundliches Kind.«

Es klang, als wolle er dem noch etwas hinzufügen, zuckte dann aber lediglich die Schultern.

»Manchmal verändern sich die Verhältnisse zueinander, wenn aus Kindern Erwachsene werden«, setzte Lena das Gespräch fort. »Und auch harmonische Beziehungen können anstrengend werden.«

Sie sah Misstrauen in seinem Blick und setzte nach. »Ich bin Sozialarbeiterin. Habe lange im Jugendamt gearbeitet. Ich kenne so ziemlich alles, was in Familien vorkommen kann.«

»Meine Ziehtochter schien in mir plötzlich einen Fremden zu sehen. Wollte sich nichts mehr sagen lassen, hielt mir vor, ich sei nicht ihr richtiger Vater.«

»Was auch das Verhältnis zwischen Ihrer Frau und Ihnen schwieriger machte. Habe ich recht?«

Er nickte. »Janica hing sehr an ihrer Mutter. Oder, vielleicht sollte ich sagen, sie wollte sie für sich alleine haben.« Die Bitterkeit in seiner Stimme war nicht zu überhören.

»Dennoch wurde sie nach der Trennung nicht müde zu erklären, ich sei schuld daran, dass Danuta zunehmend wieder in Depressionen verfielt. Meine Ex-Frau vergrub sich tagelang zu Hause, konnte oder wollte nicht mehr arbeiten gehen. Zog sich noch mehr zurück als vorher.«

»Wie hat sie ihr Leben finanziert? Haben Sie ihr unter die Arme gegriffen?«

Er blickte erstaunt auf. »Nein. Das wollte sie gar nicht. Sie sagte mir ...« Er brach ab, als müsse er überlegen. »Also, ich dachte, sie bekäme Geld vom AMS.«

Der Arbeitsmarktservice war das österreichische Pendant zum deutschen Jobcenter.

»Also Arbeitslosengeld?«

»Vermutlich. Und Janica hatte ja einen Job.«

Lena fiel auf, dass sie gar nicht wusste, was die junge Frau beruflich tat.

»Sie ist Goldschmiedin«, klärte Golombeck sie auf.

Dann straffte er die Schultern, trank seinen Wein aus und sah Lena ganz direkt an. »Und was wollen Sie jetzt mit all Ihren Fragen eigentlich erreichen?«

»Die Wahrheit herausfinden. Ob mein Lebensgefährte Janicas leiblicher Vater ist oder nicht.«

Und noch ein paar Dinge mehr, über die ich mit dir nicht sprechen kann.

»Janicas leiblicher Vater ist tot«, erklärte Golombeck, sichtlich geschockt, mit derselben Vehemenz, wie es bereits Janica getan hatte. »Er war Danutas Jugendliebe.«

»Wie hieß er?«

»Mirko, den Familiennamen habe ich vergessen.«

Lena sah in ihr Glas. »Hat Ihre Ex-Frau jemals davon gesprochen, einige Jahre in Deutschland gelebt zu haben?«

»Nein!« Er wurde lauter. »Sie lebte in Wien, bevor sie nach Graz kam. Hat die Hauptstadt verlassen, nachdem ihr etwas Schlimmes zugestoßen ist.«

»Ich wollte Sie nicht aufregen. Ich versuche nur, zu verstehen, was vor rund fünfundzwanzig Jahren geschehen ist. Ob mein Partner etwas damit zu tun hat. Und wenn ja, was.«

»Wenn er etwas damit zu tun hat, sollten Sie sich schleunigst von ihm trennen.«

Golombeck stellte sein Glas so heftig auf den Tisch zurück, dass es zerbrach. Erschrocken schauten beide auf das Blut, das sogleich hellrot über seine Finger lief. Bis die Kellnerin mit einem nassen Handtuch kam und es ihm mit ein paar Worten, die zu aufgeregt waren, um beruhigend zu wirken, um die Hand band.

»Am besten, Sie gehen jetzt«, war das Letzte, was Johann Golombeck zu Lena sagte. Sie war sich sicher, dass er das nicht nur für diesen Tag meinte.

Nach dem Treffen mit Johann Golombeck hatte Lena mehrere Möglichkeiten durchgespielt: Danuta war Gerds Geliebte gewesen, er hatte sie abgeschoben, als sie schwanger wurde, und zahlte seither für sein Kind. Oder Danuta war von Mirko Lazic schwanger geworden, hatte Gerd das Kind mit einer gefälschten Geburtsurkunde untergeschoben, weil er zahlungskräftiger war als der Jugendfreund, der das Kind wohl auch nicht wollte. Oder Danuta war eine raffinierte Betrügerin, die inoffizielle Alimente für ihre Tochter von mehreren Männern kassierte, vielleicht gab es außer Lazic und Gerd ja noch andere. Allerdings schien sie nicht gerade auf großem Fuß gelebt zu haben, was zumindest von der Seite der anderen möglichen Kindsväter, nicht auf hohe oder regelmäßige Zahlungen schließen ließ. Möglicherweise waren die Zahlungen gleichzeitig auch der Grund, warum sie ihre Tochter nicht gleich nach der Geburt zur Adoption freigegeben hatte. Denn wenn kein Kind mehr da war, floss auch kein Geld. Blöd war nur, dass alles, was man ihr bisher über Danuta Golombeck erzählt hatte, weder auf eine raffinierte Betrügerin noch auf eine skrupellose Lügnerin schließen ließ. Vielmehr zeichneten die Menschen, mit denen Lena gesprochen hatte, das Bild einer verschüchterten, in sich gekehrten Person. Dass ihr Leidensdruck schließlich so groß war, um sich das Leben zu nehmen, passte in dieses Bild. Noch immer war aber nicht klar, wer Danuta Golombeck wirklich war. Genauso wenig war die Frage beantwortet, wer Gerd die Traueranzeige geschickt hatte. Gleichzeitig wurde Lena das Gefühl nicht los, dass der Mordanschlag auf ihn etwas mit den Vorgängen der Vergangenheit zu tun haben könnte.

Carlos schien ratlos, als sie ihn auf Facetime kontaktierte.

»Gerd eine Geliebte? Kann ich mir beim besten Willen nicht vorstellen. Er hat Marie geliebt. Er wäre nie die Gefahr eingegangen, sie zu verlieren. Andererseits – er war sehr jung damals. Ein Fehltritt genügt ja mitunter, um Vater zu werden.«

»Könnte es sich bei ihr um diejenige Person handeln, aus der er damals den Namen des Brandstifters herausgeholt hat?«

»Soweit ich weiß, war das ein Mann.« Carlos wirkte beunruhigt. »Du sagst, diese Person ist kürzlich verstorben?«

»Sie hat sich das Leben genommen.«

Er schwieg, sie konnte trotz des leicht verschwommenen Bildes sehen, wie es in seinem Gesicht arbeitete. Im Hintergrund gackerten Hühner, eines flog auf und kam kurz in ihr Sichtfeld. Ebenso wie Dolores, die mit einem Korb Tomaten durchs Bild lief.

»Mein Bruder ist kein Heiliger«, fuhr Carlos mit leicht schleppender Stimme fort. »Aber eine Frau foltern, das passt nicht zu ihm.«

Nein, passte es nicht. Aber so viel anderes passt auch nicht zu dem Mann, den ich liebe. Oder geliebt habe.

Lena erschrak über ihre eigenen Gedanken. Aber konnte man das überhaupt, jemanden lieben, den man offensichtlich überhaupt nicht kannte?

»Nein«, fuhr Gerds Bruder jetzt fort, »das glaube ich nicht. Eher glaube ich daran, dass es ein einmaliger Seitensprung war. Vielleicht im Suff, was weiß denn ich.« Er fuhr sich mit der Hand übers Gesicht. »Weiß man schon mehr darüber, wer es gewesen sein könnte? Der Schütze?«

»Die Polizei lässt sich nicht in die Karten schauen. Es gibt Hinweise auf das Fluchtauto.«

Und auf die Waffe. Aber ob Paula May nur das Kaliber gemeint hatte oder ob sie mehr wusste, vielleicht sogar, ob bereits einmal mit dieser Pistole jemand angeschossen oder gar ermordet wurde, hatte die Kommissarin natürlich nicht erzählt. Sowieso musste Lena ihr ständig jegliche Information regelrecht aus der Nase ziehen.

»Das ist mir zu wenig«, knurrte Carlos nun. In seinen Augen loderte Wut, der Mund wurde zu einem harten Strich. Mit einem Mal sah Lena den gefährlichen Mann vor sich, der er einmal gewesen war.

»Bleib in Deckung«, riet sie ihm. Warum eigentlich? Carlos ging sie überhaupt nichts an. Er hatte sie überrascht mit seinem neuen Leben. Sie hatte jemand anderen erwartet. Ein Wrack, vielleicht. Einen üblen Kriminellen. Stattdessen hatte sie ihn reflektiert erlebt. Bemüht, sich ein anderes Leben aufzubauen mit einer Frau, die er ganz offensichtlich nicht verlieren wollte.

Wie sein Bruder auch!

Sie hatten viel geredet, an diesem Tag auf Gran Canaria. Einen Nachmittag und einen Abend lang. Aber – was bedeutete das schon? Sie selbst wusste doch genau, wie sehr sich Menschen verstellen konnten, wenn sie nicht wollten, dass ihnen jemand hinter die Fassade blickte. Dennoch wollte sie auf keinen Fall, dass sich Gerds Bruder jetzt einmischte. Vielleicht falsche Fährten legte.

Oder Dinge ans Tageslicht befördert, die Gerd belasten. Ihn weiterhin gefährden.

Es gab bestimmt einen besseren Weg.

Kapitel 24

Es war schon ein paar Monate her, seit sie sich das letzte Mal gesehen hatten. Doch Lena erkannte Bernadette Graf schon von Weitem. Eine große, schlanke Frau, das weißblonde Haar war kürzer als noch vor ein paar Monaten, lediglich eine etwas längere Strähne, in der Mitte dunkelblau eingefärbt, fiel ihr in die Stirn. Sie trug einen grauen, leichten Hosenanzug und ein einfaches pinkfarbenes Seiden-T-Shirt.

»Frau Borowski. Ich war sehr überrascht über Ihren Anruf.« Sie reichten sich zur Begrüßung die Hand und ließen sich dann einander gegenüber nieder. Lena kannte sich in Wiesbaden nicht besonders gut aus, sie hatte als Treffpunkt ein italienisches Café in der Fußgängerzone vorgeschlagen. Jetzt, um die Mittagszeit, war es sehr voll, Italo-Pop aus den Achtzigern untermalte die Geräuschkulisse aus Gesprächsfetzen, vereinzeltem Kinderlachen und dem Klirren von Gläsern und Porzellan. Sie wünschte jetzt, sie hätte einen anderen Treffpunkt gewählt. Einen Ort ausgesucht, an dem man sich in Ruhe unterhalten konnte. Ihr Gegenüber hingegen schien sich an der Umgebung nicht zu stören. Sie hatte die Beine übereinandergeschlagen, die Hände lagen gefaltet im Schoß und sie betrachtete Lena interessiert.

»Es geht um Gerhard Rohloff. Er wurde vor über zwei Wochen angeschossen«, begann Lena das Gespräch. Bernadette Graf nickte. »Das ist uns nicht entgangen. Er war eine bekannte Größe im Frankfurter Rotlichtviertel. Allerdings haben wir ermittlungstechnisch nichts mit dem Fall zu tun.«

»Ja, ich weiß. Meine Kontaktperson ist bei der Kripo, sie heißt Paula May. Aber ich erfahre nicht wirklich viel über die Ermittlungen.«

»Das ist wohl normal.«

Ein schlanker, dunkelhaariger Kellner servierte ihre Bestellung. Wasser und Cappuccino für Lena sowie einen Espresso für ihren Gast. Als er sich entfernt hatte, setzte Lena das Gespräch fort. »Ich habe mich gefragt, ob der Mordanschlag etwas mit Gerds Vergangenheit zu tun haben könnte.« Sie zog mit ihrem Löffel Bahnen im Milchschaum, um ihre Nervosität in Zaum zu halten. »Dabei bin ich auf etwas gestoßen. Eine Verbindung zum BKA.« Sie legte den Löffel weg und sah Bernadette Graf nun ganz direkt an.

»Hm. Dazu kann ich nichts sagen. Unsere Behörde ist riesig.« Sie hatte nichts von ihrer Ruhe verloren, beugte sich nun aber vor, um Zucker in ihren Espresso zu geben.

»Sie wissen etwas, das mir helfen könnte.«

»Das bezweifle ich, Frau Borowski. Es tut mir sehr leid, was Herrn Rohloff geschehen ist, und ich hoffe, dass er bald wieder gesund wird. Aber mein erster und einziger Kontakt zu ihm ist Ihnen bekannt.«

Dieser Kontakt hatte vor einigen Monaten stattgefunden. Die Entführung eines Kindes hatte sie drei zusammengebracht.

»Ich habe damals etwas mitgehört. Ein Gespräch zwischen Ihnen und einer Kollegin.«

Nun legte Bernadette Graf ihren Löffel ab und wirkte hoch konzentriert.

»Sie sagten damals, sinngemäß, dass mein Lebensgefährte einen Persilschein habe.«

»Das war nicht für Ihre Ohren bestimmt. Sie sollten es gleich wieder vergessen.«

»Kann ich nicht. Weil ich glaube, dass vor vielen Jahren etwas in Gang gekommen ist, das sich bis heute auswirkt.«

Sie sahen sich eine Weile an und Lena schien es, als ob ihr Gegenüber krampfhaft überlegen würde. Was auch immer.

»Was ist geschehen?«

Lena schilderte nun vom Moment der Entdeckung der Traueranzeige bis zum letzten Gespräch mit Johann Golombeck alles, was sie wusste. Jedoch ohne die Namen der Beteiligten zu nennen. Carlos ließ sie ebenfalls außen vor.

»Es geht um eine Frau, die ein Kind von Ihrem Lebensgefährten bekommen hat?« Die Skepsis in der Stimme der BKA-Beamtin war nicht zu überhören.

»Genau. Diese Frau wurde, als sie schwanger war, in ein Zeugenschutzprogramm gebracht. Sie lebte unter falschem Namen.«

Bernadette Graf schwieg nachdrücklich.

»Ich habe in Gerds Unterlagen etwas entdeckt, das vermutlich damit zusammenhängt.« Sie holte eine Kopie des internen Aktenvermerks aus ihrer Tasche und schob es der anderen über den Tisch hinweg zu. »Voraus ging die Vereitelung eines groß angelegten Waffendeals und die Festnahme aller Beteiligten. Kurze Zeit später die Beförderung von drei BKA-Beamten, zwei Namen hier sind unterstrichen. Anton Hellmer und Frank Heimers.«

Bernadette Grafs Brauen zuckten. »Ich verstehe leider überhaupt nicht, worauf Sie hinauswollen.«

»Einer der Festgenommenen war Karl-Heinz Rohloff, Gerds jüngerer Bruder. Und die Frau, von der ich gesprochen habe, wurde kurz nach der Geschichte außer Landes gebracht und erhielt eine neue Identität.«

Bernadette Graf starrte mit gerunzelter Stirn auf den internen Aktenvermerk, sagte aber nichts.

»Zeugenschutz, das bekommt man doch nur, wenn man jemanden ans Messer liefert, oder?«

Endlich blickte die BKA-Beamtin auf. Sie reichte Lena das Blatt zurück und sah auf einmal ganz und gar nicht mehr so unbeteiligt aus wie noch Minuten zuvor.

»Zunächst einmal wundere ich mich doch sehr darüber, dass ein interner Vermerk aus unserer Behörde in private Hände geraten ist.« Sie sah nicht glücklich drein. »Was den Zeugenschutz betrifft – es ist ein bisschen kompliziert und wir halten uns extrem zurück, was Informationen an die Öffentlichkeit betrifft. Das versteht sich von selbst. Aber ja, wenn jemand im Rahmen einer Kronzeugenregelung aussagt und damit das eigene Leib und Leben riskiert, gibt es diese Möglichkeit. Eine neue Identität.«

»Wie viele Beamte wissen davon? Also – wie viele Personen kennen diese neue Identität?«

»Sehr wenige. Je mehr Menschen von der neuen Identität wissen, desto gefährdeter ist die Person. Oder die Personen, manchmal müssen ja Paare oder ganze Familien abtauchen.«

»Ich glaube, dass Ihre Kollegen Hellmer und Heimers damals für diesen Zeugenschutz gesorgt haben. Die Frau, um die es geht, hat sich kürzlich umgebracht. Könnte damals etwas nicht mit rechten Dingen zugegangen sein?«

»Sie denken, dass der Selbstmord vorgetäuscht war? Dass die Frau ermordet wurde?«

Nein. Daran hatte Lena noch überhaupt nicht gedacht. Doch nun, da es ausgesprochen worden war, kam ihr diese Überlegung gar nicht mal so weit hergeholt vor. Auf einmal fror sie, trotz der milden Temperatur.

»Es gibt keinen Hinweis auf Fremdverschulden«, entgegnete sie. Aber sie wusste nicht einmal, wie Danuta sich das Leben genommen hatte. Johann Golombeck anzurufen verbat sich von selbst. Er hatte ihr deutlich klar gemacht, nichts mehr sagen zu wollen. Vermutlich bereute er bereits seine Redseligkeit ihr gegenüber. Janica? Auf keinen Fall wollte sie die Tochter erneut traumatisieren und sei es auch nur, indem sie sie an das erinnerte, was vorgefallen war. Blieb Erika Pospischil. Sie würde sicherlich wissen, welchen Weg ihre Freundin gewählt hatte.

»Reden Sie mit dem Kollegen Hellmer«, durchbrach Bernadette Graf Lenas Gedankengänge. »Wenn jemand etwas dazu sagen kann, dann vielleicht er.«

»Habe ich versucht. Er hat mich abblitzen lassen. Auf eine Weise, die mir nicht wirklich gefallen hat. Es hatte etwas Bedrohliches. Daher dachte daran, dass eventuell durch den Tod dieser Frau etwas ans Tageslicht gekommen ist. Jemanden gefährdet.«

»Sie verstehen doch aber, dass ich nichts zu Dingen sagen kann, die in einer komplett anderen Abteilung gelaufen sind. Dazu noch intern. Streng geheim.« Tiefe Falten hatten sich in die Stirn der BKA-Frau eingegraben.

»Aber Sie wussten, dass Gerd dem BKA Ermittlungen erleichtert hat mit Insiderwissen. Ich habe Gerd darauf angesprochen und er hat mir zumindest erzählt, wie das Ganze damals anfing. Mit dem vom BKA vereitelten Waffengeschäft. Sie verraten mir also nichts, was ich nicht schon weiß.«

»Ich habe keine Ahnung, was Sie glauben zu wissen.«

»Gerd weiß, wer Ihren Kollegen damals den Tipp gegeben hat.«

Ich kann dir leider nicht erzählen, dass er selbst es war. Denn wenn du das noch nicht weißt, gefährdet es Gerds Leben vermutlich weiterhin.

Sie glaubte zwar nicht, dass Carlos sich rächen würde, käme die Wahrheit heute ans Licht. Insbesondere nicht, weil sie, Lena, seinen Aufenthaltsort niemandem genannt hatte und er dadurch auch in ihrer Schuld stand. Doch möglicherweise waren doch noch andere Beteiligte auf Rache aus. Jemand, den sie noch überhaupt nicht auf dem Schirm gehabt hatten.

»Ich habe auch versucht, Herrn Heimers ausfindig zu machen. Aber er arbeitet nicht mehr beim BKA.«

Bernadette Grafs Blick richtete sich in die Ferne. Sie schob die Unterlippe nach vorn und saß eine ganze Weile so da. Gedankenversunken und still. Dann klopfte sie mit zwei Fingern auf den Tisch, als wolle sie gleich eine Rede halten.

»Gut. Ich muss das mal sacken lassen. Ich rufe Sie an.« Mit diesen Worten erhob sie sich, hob die Hand zu einem kurzen Gruß und ging davon. Lena sah ihr nach, bis sie aus ihrem Gesichtsfeld verschwunden war.

Sonja freute sich aufrichtig, Lena zu sehen.

»Mach dir keine Gedanken. Inzwischen bin ich nicht mehr jeden Tag in meinem Betrieb. Ich habe eine sehr kompetente und ehrgeizige Assistentin eingestellt. Sie schmeißt den Laden inzwischen fast alleine.«

Statt also zum Kaiserlei zu fahren, wo sich ihr Büro befand, lud sie Lena zum Essen ein. »Nichts Edles«, bat die. »Mir ist gerade mehr nach diesen kuscheligen Pizzerien, in denen wir zu unseren Studienzeiten gesessen haben.«

Sonja schnippte mit dem Finger. »Da fällt mir was ein.«

Eine halbe Stunde später saßen sie in einem italienischen Restaurant im Nordend, das mit seiner wurstigen Gemütlichkeit, dem gedämpften Licht und der scheinbar unverwüstlichen guten Laune der italienischen Belegschaft genau Lenas Vorstellungen entsprach.

»Man könnte glauben, wir seien noch jung und unbeschwert«, kommentierte sie die Umgebung und das Gefühl, das sie in ihr auslöste.

Sonja lachte kurz auf, dann wurde sie wieder ernst. »Noch keine Veränderung bei Gerd?«

Lena schüttelte bekümmert den Kopf. »Inzwischen habe ich mich in das Thema eingelesen. Es gibt so viele unterschiedliche Verläufe. Niemand kann wirklich sagen, was im Kopf eines Komapatienten vor sich geht. Ich hoffe so sehr, dass Gerd mich hören kann, meine Anwesenheit spürt, wenn ich in der Klinik bin. Gleichzeitig möchte ich mehr erfahren darüber, wer oder wie er wirklich war. Auf einmal kommt mir alles so düster vor. So, als ob ich nur einen Teil von ihm kannte. Den dunklen, geheimnisvollen und vielleicht auch gefährlichen Teil jedoch nicht.«

Sonja sah eine Weile vor sich hin. »Lena, du weißt, dass ich Gerd schon lange kenne, wenngleich auch nicht wirklich gut. Er hat mir damals geholfen, mein Business zu finanzieren. Er war immer offen und fair zu mir. Aber ich habe auch pünktlich bezahlt und keinen Ärger gemacht. Ich weiß also nicht, wie er sich verhält, wenn ihm jemand ein Bein stellen oder ihn über den Tisch ziehen will. Aber eines weiß ich genau, und dafür lege ich meine Hand ins Feuer: Er ist auf eine Art redlich, wie es sie heute kaum noch gibt. Klare Kante, das schon. Wenn es sein muss, zeigt er Härte. Keinesfalls ist er einer dieser Rotlichtgrößen, die nur den Verdienst sehen, für die Menschen Nebensache sind. Glaube mir, ich kenne etliche davon ebenfalls zur Genüge. Mit keinem von denen hätte ich mich auch nur eine Sekunde eingelassen. Und du, meine Liebe, ebenfalls nicht.«

»Das heißt?«

Sonja beugte sich vor und legte ihre Hand auf Lenas. »Das heißt, dass du deinem Gefühl vertrauen kannst. Deiner Intuition.«

»Das bringt mich nicht weiter.«

»Doch. Das tut es. Wenn du verstehst, dass du vielleicht in verständlicher Ratlosigkeit an den falschen Stellen suchst.«

Lena zuckte fragend mit den Schultern.

Sonja seufzte. »Wenn er was verbockt hätte, hätte er die Dinge nicht einfach so stehen lassen. Verstehst du?«

»Du meinst, er hätte die Dinge wieder geradegebogen?«

»Exakt!« Sonja ließ sich in ihren Stuhl zurücksinken und hob den Blick zum Kellner, der gerade mit ihren Getränken kam.

Als er Wein und Wasser vor ihnen abgestellt hatte, sprachen sie weiter.

»Mit Geld?«, ging Lena auf die letzte Bemerkung ihrer Freundin ein, während sie beide ihre Gläser hoben, um sich stumm zuzuprosten.

»Geld? Geht es etwas genauer?«

Lena seufzte. »Es geht um eine junge Frau. Sie ist vielleicht Gerds Tochter. Die Mutter hat er, so wirkt es jedenfalls auf mich momentan, damals abgeschoben. Vielleicht ein Fehltritt, durch den er seine Ehe nicht gefährden wollte. Auf jeden Fall bezahlt er für das Kind, schickt jeden Monat Geld.«

Sonja sah sie sprachlos an. »Oha«, sagte sie dann und versank für einige Momente in Gedanken. »Also, wenn du mich fragst – ich kann es mir nicht vorstellen. Gerd soll fremdgegangen sein in seiner Ehe? Vielleicht war es ein Ausrutscher.« Sie wirkte ratlos.

»Verstehst du jetzt, warum ich so durcheinander bin? Er hat das nie mit einem Wort erwähnt.«

»Ich verstehe, wie dir zumute ist. Aber ich glaube, dass die Lösung woanders liegt. Nicht da, wo Gerd vielleicht einmal vor langer Zeit einen Fehler gemacht hat. Das hat er, so sicher wie das Amen in der Kirche kommt, so sicher, wie wir alle Fehler machen. Was sagt denn dein Bauchgefühl? Willst du ihn überhaupt wieder zurück?«

Lena hob erstaunt den Kopf. »Ja«, antwortete sie einfach.

»Dann bleib in deinem Vertrauen zu ihm.«

»Vielleicht hast du recht«, murmelte Lena.

»Lass das alles mal sacken. Genieße den Abend mit mir. Tanke ein bisschen Kraft, zumindest hoffe ich, dass ich dir die geben kann. Morgen siehst du die Dinge dann hoffentlich wieder mit einem ganz anderen Blick.«

Kapitel 25

Der Anruf kam früher, als erwartet. Schon am nächsten Tag meldete sich Bernadette Graf bei Lena. »Herr Heimers ist bereit, heute Nachmittag mit Ihnen zu sprechen. Ich schicke Ihnen gleich die Information zur Anfahrt auf Ihr Handy.« Wie sich herausstellte, erwartete sie der frühere BKA-Beamte irgendwo hinter Darmstadt und dem Odenwald. Graf hatte keine Telefonnummer angegeben. »Sie können ihn nicht erreichen. Er hat sich komplett zurückgezogen«, antwortete sie auf Lenas diesbezügliche Frage. Und dann: »Ich wünsche Ihnen viel Glück. Machen Sie es gut.« Ein klarer Abschiedsgruß, in dem mitschwang, dass dies das Äußerste an Gefälligkeiten war, die Bernadette Graf bereit war, Lena zu erweisen. Gleichzeitig war darin deutlich der Wunsch verpackt, nichts mehr von Lena zu hören.

Es hatte den Tag über immer wieder geregnet und sie kannte sich in der Gegend nicht aus. Daher fuhr sie vor dem vereinbarten Zeitpunkt zeitig los. »Sie müssen den Wagen am Anfang des Weges abstellen und den Rest zu Fuß gehen«, hatte Bernadette Graf noch geschrieben. Nun ja, dachte Lena, dann komme ich wenigstens heute zu meinem Spaziergang. Sie fühlte sich verspannt, was zum einen der vielen Herumreiserei und zum anderen natürlich auch der Unsicherheit, Gerds Zustand betreffend, geschuldet war. Von Bad Homburg aus fuhr sie auf die A 661, an Frankfurt und Darmstadt vorbei in Richtung Bad König weiter. Eine knappe Stunde nachdem sie Bad Homburg verlassen hatte, bog sie mitten in einem Waldstück ab. Nach rund 50 Metern erreichte sie eine Schranke. Davor seitlich vom Weg befand sich ein kleiner Platz mit festgetretener Erde, auf dem sie ihren Wagen abstellte. Sie stieg aus. Ruhe umgab sie, wenn man einmal von gelegentlichen Vogelstimmen absah. Inzwischen war es später Nachmittag, der Himmel bildete ein samtigblaues Dach über den hohen Wipfeln der Bäume. Lena holte ihr Handy heraus und las sich noch einmal die Instruktionen durch. Hinter der Schranke mit der Aufschrift »Privatweg. Durchfahrt verboten!« führte ein schmaler, schattiger Fußpfad in den Wald hinein. Es sah nicht so aus, als würde er häufig benutzt. Ratlos blickte Lena sich um. Nirgendwo war jemand zu sehen. Nur gelegentlich fuhren Autos auf der Landstraße, die sie hergekommen war, vorbei. Sie hoffte, dass sie hier richtig war. Sie griff ins Innere des Wagens, schnappte sich den Lederbeutel, der ihr als Tasche diente, und verschloss die Autotüren. Dann machte sie sich auf den Weg. »Rund zwanzig Minuten«, las sie vom Display ihres Handys ab. Sie hätte joggen können, aber sie hatte reichlich Zeit, war über eine Viertelstunde zu früh dran. Während sie voranschritt, inhalierte sie tief den Duft nach feuchter Erde, Moos und harzigem Holz. Ein Schmetterling tanzte vor ihr in der Luft, ein Specht hämmerte irgendwo hoch oben, einmal knackte es ganz in ihrer Nähe, als würde ein kleines Tier im Unterholz unterwegs sein. Sonst blieb es fast beängstigend still. Schon nach wenigen Metern fühlte sie sich, als habe der Wald sie verschluckt. Sie mochte es, in der Natur zu sein, und hatte früher, als sie noch in Offenbach wohnte, auch gerne Spaziergänge unternommen. Doch nun sehnte sie sich mit einem Schlag nach dem Geruch des Meeres, dem hellen Licht ihrer neuen Heimat. Nach der Weite, die dem Auge stets auch Sicherheit vermittelt hatte, weil es weniger verborgene Ecken zu geben schien als in diesem Wald. Oder einer Großstadt. Einer Sicherheit, die so trügerisch gewesen war. In Frankfurt, das als so viel gefährlicher galt, insbesondere, wenn jemand im Rotlichtmilieu tätig war, war Gerd nie etwas zugestoßen. Ausgerechnet dort, wo er hatte zur Ruhe kommen wollen, wo sie beide in ein anderes Leben hatten starten wollen, hatte ihm jemand seines nehmen wollen. Ob der ehemalige BKA-Beamte Heimers ihr etwas dazu sagen konnte? Oder war er nur neugierig gewesen auf die neue Frau an Gerds Seite? Würde er sie mit ein paar nichtssagenden Worten abspeisen, um fortan seine Ruhe vor ihr zu haben? Mitten in ihre Gedanken hinein tauchte ein Schatten schräg vor ihr zwischen den Bäumen auf. Es dauerte einen Moment, bis sie den Mann erkannte, der so unvermittelt aus dem Unterholz hervorgetreten war.

»Herr Hellmer!«, rief sie aus. Mehr überrascht als erschrocken. Was tat er hier? Wollte er zu dem Treffen mit seinem ehemaligen Kollegen dazukommen?

»Habe ich Ihnen nicht gesagt, Sie sollen die alten Geschichten ruhen lassen?« Seine Stimme klang leise und sehr gefährlich. Lena trat einen Schritt zurück. Ihr Herz schlug auf einmal heftig und schmerzhaft.

»Was wollen Sie?«, fragte sie mit so viel Stabilität in der Stimme, wie sie eben aufbringen konnte.

»Sie sollten umkehren.« Er stand jetzt mitten auf dem Weg, höchstens drei Armlängen von ihr entfernt.

»Ich bin verabredet und ich habe vor, diese Verabredung einzuhalten.«

Er warf einen halben Blick über die Schulter. Dann lächelte er kaum wahrnehmbar.

»Niemand erwartet Sie hier. Nur ich.«

Lena runzelte die Stirn. Hatte Bernadette Graf sie reingelegt? Nein, das war unwahrscheinlich. Viel wahrscheinlicher war, dass Anton Hellmer etwas von ihrem Vorhaben mitbekommen hatte.

»Woher wissen Sie überhaupt, dass ich hier bin? Es ist ja wohl kaum ein Zufall, dass wir uns auf diesem Waldweg begegnen.«

Er antwortete nicht, fixierte sie auf eine schwer auszuhaltende Weise.

»Sie sind zu früh«, sagte er dann unvermittelt.

»Zu früh?«

Ohne hinzusehen, tippte er auf seine Armbanduhr.

In Lenas Kopf überschlugen sich die Gedanken. Wie war er hergekommen? War er ihr gefolgt? Warum? Was sollte dieses Gebaren überhaupt? Selbst, wenn sie jetzt zurück zu ihrem Wagen ging, sie konnte jederzeit wiederkommen, um mit Heimers zu sprechen.

Es sei denn ...

Ihr Blick scannte den Mann vor ihr. Er trug einen Anzug mit einem weiten Jackett.

Er hat eine Waffe dabei.

Ihr Hals wurde trocken.

Mach dir nicht ins Hemd. So etwas passiert nicht. Nicht in Wirklichkeit. Der Mann ist beim BKA. Der tut dir nichts. Der gehört zu den Guten.

Warum nur sagte ihr Gefühl etwas völlig anderes?

»Los, hauen Sie ab!« Er war laut geworden, seine Rechte kroch langsam unter seine Jacke. *Wo tragen Beamte in Zivil ihre Waffe? Man glaubt ja, alles Mögliche zu wissen. Dennoch fällt es einem in solchen Situationen nicht ein.*

Genau das war es, was ihr durch den Kopf schoss. Gleichzeitig wusste sie, dass sie keinen Moment länger hierbleiben konnte. Aber würde er sie wirklich gehen lassen?

Sie ahnte bereits, worum es hier wirklich ging, und wollte es nicht drauf ankommen lassen. Der Mann war Mitte fünfzig, ein Schreibtischtäter, er war nicht übergewichtig, sah aber auch nicht aus wie jemand, der regelmäßig Sport trieb. Er trug einfache Halbschuhe. Sie Sneakers. Das alles registrierte sie in Bruchteilen von Sekunden. Dann handelte sie, ohne groß weiter darüber nachzudenken. Lena warf ihre Tasche in seine Richtung und sprintete los. Die Augenblicke, die Hellmer verwirrt war, die Tasche abwehren musste, reichten ihr aus, um die ersten Bäume zu erreichen.

»Bleib stehen, du dumme Gans!«, schrie er. Doch sie rannte weiter. Seltsam, er schoss gar nicht auf sie. Dabei hätte sie schwören können aus den Augenwinkeln heraus gesehen zu haben, wie er seine Waffe zog. Äste peitschten ihr ins Gesicht, sie knickte mit dem rechten Fuß um, als sie in eine Vertiefung trat, und sie hatte keine Ahnung, in welche Richtung sie lief. Aber sie hielt nicht an. Hinter ihr hörte sie ihren Verfolger fluchen. Er setzte ihr nach. Das Geräusch brechender Zweige schien immer schneller näher zu kommen. Anton Hellmer war besser in Form, als sie gedacht hatte. Sie lief im Zickzack, versuchte immer, in Deckung der Bäume zu bleiben. Ihr Keuchen dröhnte ihr in den Ohren, als vor ihr eine Amsel unter einem Busch hervor aufflog, erschreckte sie sich heftig. Weiter, immer weiter, dachte sie. Auf einmal lichtete sich der eben noch dichte Wald, vor ihr lag eine Schonung, bepflanzt mit noch niedrigen, kaum kniehohen Bäumen. Sie war zu groß, um sie zu umrunden, und Lena blieb nur die Möglichkeit, quer darüber hinweg zu rennen, wollte sie nicht riskieren, ihren Vorsprung zu gefährden. Ein Blick über die Schulter zeigte ihr, dass ihr Verfolger momentan nicht zu sehen war. Sie musste es wagen. Sie rannte mitten in die Schonung hinein, die kaum Deckung bot, und war schneller durch, als sie gedacht hatte. Dann, sie sah bereits die borkige Rinde eines hohen Nadelbaums am anderen Ende vor sich, krachte ein Schuss. Holzsplitter flogen umher, ein großer Vogel flog kreischend auf und Lenas erster Impuls war, sich fallenzulassen. Doch dann hätte er sie gehabt. Sie gab sich einen Ruck, tauchte zwischen den Bäumen unter und änderte sogleich ihre Laufrichtung, indem sie nach links abbog. Sie betete im Stillen, dass Anton Hellmer sie jetzt nicht mehr sehen konnte. Gleichzeitig war sie froh darüber, Jeans und ein dunkles Shirt zu tragen. Wäre es pinkfarben oder gar gelb gewesen, hätte sie sich kaum verstecken können. Auf dieser Seite des Waldes standen wesentlich mehr Nadelbäume und Lenas Schritte wurden durch ein Bett aus trockenen Nadeln gedämpft. Sie rannte unvermindert schnell, ohne sich umzusehen. An einem dornigen Strauch riss sie sich die Haut ihres Armes auf, aber sie achtete nicht darauf. Dachte auch nicht darüber nach, wohin sie ihre Flucht eigentlich führen würde. Es gab nur eines, was sie fürchtete: dass der Mann hinter ihr eine bessere Kondition haben könnte als sie. Schon eine ganze Weile hörte sie nichts mehr. Ob er noch da war? Sie drehte den Kopf und blickte über die Schulter zurück. Hinter ihr war nichts zu sehen und zu hören. Sie atmete auf. Doch nur kurz, denn just in diesem Moment stolperte sie über einen am Boden liegenden Ast. Sie fiel und ein scharfer Schmerz durchzog ihre Schulter. Verdammt! Mühsam richtete sie sich wieder auf. Der Knöchel war blutig, aber wie sie hoffte, nicht allzu sehr verletzt. Zur Not musste sie humpeln. Doch sie kam nicht mehr dazu, auszuprobieren, wie belastbar der Fuß noch war. Denn noch im Aufstehen hielt sie inne, als sie eine Waffe hinter sich klicken hörte.

Er keuchte, sein Gesicht war gerötet und vermutlich hätte er nicht mehr lange durchgehalten. Doch Lenas Sturz hatte ihren Vorsprung verringert, sodass er es letztendlich doch geschafft hatte, sie einzuholen. Panisch drehte Lena sich um. Er befand sich nur wenige

Meter entfernt, kam langsam näher. Die Waffe hielt er auf sie gerichtet.

»Was wollen Sie von mir?«, keuchte sie. »Ich habe Ihnen nichts getan.«

»Sie hätten sich einfach raushalten sollen«, knurrte er.

»Haben Sie Gerd angeschossen?«

»Was spielt das jetzt noch für eine Rolle? Sie werden gleich die Englein im Himmel singen hören.«

»Es wissen Leute, dass ich hier bin«, sagte sie matt. Er war inzwischen so nah an sie herangekommen, dass der leichte Wind den Geruch seines Schweißes zu ihr herübertrug. Noch atmete er schwer, sein Arm und damit auch die Pistole bewegten sich leicht mit. Doch das alles nützte ihr nicht viel. Sobald er nahe genug an sie herangetreten war, würde er sie erschießen. Wenn es sein musste, mit mehreren Kugeln. Nur, dass sie immer noch nicht verstand, welchem Umstand sie es zu verdanken hatte, hier auf diesem Waldboden ihr Leben aushauchen zu müssen.

»Leute«, griff er ihren letzten Satz auf. »Diese Leute werden keine Gelegenheit mehr haben, ihr Wissen weiterzutragen. Oder vielleicht doch? Vielleicht hat ja mein ehemaliger Kollege Sie erschossen, weil Sie unbefugt in sein Haus eingedrungen sind? Und sich danach selbst das Leben genommen? Wer weiß schon, was in Menschen vor sich geht, die sich seit Jahren im Wald vergraben und jeden Kontakt mit anderen vermeiden?« Er kam näher. Sein Blick war unverwandt auf sie gerichtet, er sah aus wie jemand, der kurz davor war durchzudrehen. Dann stand er so nah, dass sie genau in den Lauf seiner Waffe blicken konnte. Leider nicht nah genug, um ihn mit einem Schlag ihres Beins zu erreichen.

Sie konnte bereits sehen, wie sich der Finger krümmte, und schloss in einer instinktiven Regung die Augen.

Was ich nicht sehe, existiert nicht.

Als der Schuss krachte, wartete sie auf den Schmerz. Der nicht kam. Jemand ächzte. Lena riss die Augen auf. Anton Hellmer lag auf den Knien, einen überraschten Ausdruck im Gesicht. Auf seiner Stirn breitete sich ein dunkles blutiges Loch aus. Dann kippte er nach vorn und blieb reglos liegen. Erschrocken schrie Lena auf. Sie robbte zurück, weg von dem Mann, der sich nicht mehr rührte. Ganz langsam drehte sie sich dann um. Ein Mann trat ein Stück hinter ihr zwischen zwei Baumstämmen hervor und kam langsam näher. Er trug feste Stiefel, einen langen dunklen Trenchcoat und das Gesicht war unter einem breitkrempigen Hut verborgen. Nicht verborgen war das Gewehr, das er in Händen hielt und dessen Mündung genau auf Lena zeigte.

»Ich glaube, wir sind verabredet«, lauteten die ersten Worte des Fremden. Er nahm das Gewehr herunter und trat neben Lena. Reichte ihr eine raue, schwielige Hand und zog sie nach oben. Dann erst warf er einen Blick auf den leblosen Anton Hellmer. Ging zu ihm hinüber, tippte ihn mit der Stiefelspitze an. Er rührte sich nicht mehr. Lena starrte auf den Toten. Ohne zu begreifen, was da gerade geschehen war.

»Er war darauf aus, uns beide zu töten«, sagte der Mann mit dem Gewehr. Dann erst wandte er sich Lena zu. Sehr helle Augen unter sandfarbenen Brauen. Das von Falten durchzogene Gesicht eines Menschen, der viel Zeit im Freien verbringt. Dennoch schätzte sie ihn nicht auf älter als Ende fünfzig.

»Frank Heimers«, stellte er sich vor, als seien sie auf einer Cocktailparty und nicht am Schauplatz eines gewaltsamen Todes. »Wir lassen ihn hier liegen.« Er griff nach Lenas Arm. Die begann auf einmal, unkontrolliert zu zittern.

»Was war das? Warum wollte er mich töten?« Sie entzog sich Heimers und starrte auf den Toten am Waldboden.

»Das erkläre ich Ihnen gleich. Wir müssen zurück in mein Domizil. Haben Sie ein Mobiltelefon bei sich?«

Lena nickte, bis ihr einfiel, dass ihre Tasche irgendwo auf dem Waldweg lag. »Wir holen sie. Dann melden wir, was geschehen ist, und bis die Kollegen von der Kripo hier sind, unterhalten wir uns.«

»Wir können ihn doch nicht einfach hier liegenlassen«, murmelte Lena. Noch selten in ihrem Leben hatte sie sich so verwirrt und verängstigt gefühlt.

»Wir müssen es sogar. Spurensicherung. Und wohin sollten wir ihn auch bringen? Jetzt kommen Sie, sonst läuft uns die Zeit davon.«

Widerwillig ließ sie sich mitziehen. Bis zum Weg war es kürzer als gedacht. Irgendwie war sie auf ihrer Flucht mit einem Linksdrall im Halbkreis durch den Wald gelaufen. Die Tasche lag noch am Boden. Sie hob sie mit heftig zitternden Fingern auf und klopfte sie in einer mechanischen Reaktion ab.

»Ich kann mich jetzt nicht mit Ihnen unterhalten«, murmelte sie in Heimers' Richtung. »Nicht nach dem, was gerade geschehen ist.«

»Gut. Dann rufen Sie die Polizei. Ich habe zwar in Nothilfe gehandelt, aber sie werden mich vermutlich dennoch erst einmal in Untersuchungshaft nehmen. Wenn Ihr Anliegen Zeit hat, bis ich wieder draußen bin, bitte.« Er wandte sich ab und ging mit festen Schritten den Weg entlang in Richtung ihres ursprünglichen Zieles.

Wie lange würde man ihn festhalten? Sie konnte nicht auf unabsehbare Zeit warten.

»Bleiben Sie stehen!«, rief sie ihm hinterher. Er ging einfach weiter.

Sie lief, so schnell es ihr schmerzender Knöchel zuließ, hinter ihm her.

»So warten Sie doch. Ich komme mit Ihnen.«

Ungefähr zehn Minuten später öffnete sich der Weg auf eine weitläufige Lichtung und sie gelangten an ein mannshohes Holztor, das in einen noch etwas höheren Holzzaun eingelassen war. Anton Hellmer stieß das Tor auf und sie betraten das Grundstück. Hier, mitten im Wald, hatte er sich ein Domizil erschaffen, das ihn offensichtlich weitgehend autark leben ließ. Lena erkannte in dem als Obst- und Gemüsegarten angelegten Teil einen altertümlichen Brunnen mit Pumpvorrichtung. Auf dem Dach befanden sich Solarpaneele. Ein paar Hühner gackerten in einem eingezäunten Bereich, bewacht von einem schwarz-weiß gefleckten Hund, der beim Anblick seines Herrchens aufsprang und schwanzwedelnd näherkam. Frank Heimers beugte sich zum ihm hinab und kraulte ihn zwischen den Ohren. Dann bat er Lena ins Innere des ebenerdigen Hauses.

»Eine ehemalige Forststation. Habe ich günstig bekommen.« Es gab keine Diele, man betrat sofort den niedrigen, aber weitläufigen Wohnraum. Heimers legte das Gewehr ab, entledigte sich seines Trenchcoats und hängte den Hut an ein Hirschgeweih, das ihm als Garderobenhaken diente.

»Setzen Sie sich. Ich koche uns einen Tee. Normalerweise würde ich Ihnen Schokolade geben, aber das habe ich nicht.«

»Schokolade?« Lena ließ sich in einen Sessel fallen. Zum wiederholten Mal blickte sie auf ihr Handy. Kein Empfang.

»Gegen den Schock. Sie wurden um ein Haar ermordet und mussten mitansehen, wie ein Mensch vor Ihren Augen erschossen wurde.«

Das Zittern kam nun tief aus ihrem Bauch heraus. So, als habe der Fußmarsch hierher die ganze Zeit nur einen Puffer gebildet zwischen dem, was sie erlebt hatte, und dieser absurd wirkenden Situation.

»Sie müssen die Polizei rufen. Mein Handy hat keinen Empfang.«

Er antwortete nicht, hantierte hinter einer etwas antiquiert wirkenden Küchenzeile herum. Schließlich durchzog der Duft nach Pfefferminze den Raum. Frank Heimers kam mit einem Tablett, auf dem zwei Tassen und eine Kanne standen. Ein paar Stücke Würfelzucker lagen auf einem flachen Teller. Sie sahen etwas mitgenommen aus. Dennoch ließ Lena drei davon in ihre Tasse fallen, nachdem der Tee gezogen hatte.

»Es gibt hier kein Telefon. Keinen Computer oder ähnliches Zeug. Nicht einmal Empfang, wie Sie bereits mitbekommen haben.« Er nippte an seinem Getränk, ohne die Augen von ihr zu lassen. Sie saßen sich an einem niedrigen hölzernen Tisch in ziemlich ramponierten Ledersesseln gegenüber.

»Ich habe mich schon vor längerer Zeit zurückgezogen. Nachdem ich meinen Dienst quittiert hatte.«

»Aber Frau Graf hat Sie gefunden?«

»Bernadette? Ja. Sie ist eine der Wenigen, die immer wussten, wo ich bin. Ich war damals ihr Chef und eine Art Mentor für sie.«

Lena fragte sich, ob die beiden ein Verhältnis hatten, oder gehabt hatten. Wenn ja – hätte Anton Hellmer auch sie umgelegt?

»Mein ehemaliger Kollege hätte auch sie umgebracht, wenn sie mehr gewusst hätte als meinen Aufenthaltsort, was aber nicht der Fall ist«, beantwortete Heimers ihre unausgesprochene Frage. Dann seufzte er tief und lehnte sich zurück. »Manchmal nützt es nichts, davonzulaufen. Die Dinge, die wir in der Vergangenheit getan haben, laufen immer mit. Manchmal holen sie uns ein, und dann ist es vorbei mit der scheinbaren Ruhe. Ganze Leben stürzen ein wie ein Kartenhaus, wenn sie auf Sand gebaut wurden.«

Ob auch Gerds Leben ein solches Kartenhaus war?

Der Tee tat gut, er wärmte und der Zucker milderte Lenas Nervosität.

»Woher wusste Herr Hellmer, dass ich hier bin? Dass wir verabredet waren?«

Wenn nicht von Ihnen oder Frau Graf, setzte sie in Gedanken hinzu.

»Gute Frage. Meine Vermutung: Er hat Ihnen ein Spionageprogramm auf Ihr Handy geschickt. Konnte mitlesen, was sie an Nachrichten erhalten und schreiben. Für einen BKA-Mann keine große Sache. Hat er Ihnen etwas geschickt? Ein Foto oder so? Da wird das gerne versteckt.«

»Ja«, antwortete Lena leise. Das Treffen im Palmengarten! »Hat er.«

»Dann sollten Sie das schnellstens entfernen lassen. Ich kann Ihnen da leider nicht helfen.«

Sie steckte das Mobiltelefon in ihre Tasche. Sie würde sich später darum kümmern.

»Sie sind auf der Suche nach Antworten. Einige kann ich Ihnen geben, andere nicht. Bernadette kam gleich nach ihrem Gespräch mit Ihnen her. Sie fürchtete, dass im Zusammenhang mit dem Mordanschlag auf Herrn Rohloff Dinge ans Tageslicht kommen würden, die mir schaden könnten. Soweit ich es beurteilen kann, wird das nicht der Fall sein. Ich bin ja bereits freiwillig aus dem Laden ausgestiegen. Dennoch wurde durch Ihre Nachforschungen so viel Staub aufgewirbelt, dass es meinen ehemaligen Kollegen in Panik versetzt und ihm dabei wohl die Sicht vernebelt hat.«

»Was ist es, das ihn so weit treibt, Menschen zu töten?«

»Eine alte, eine sehr alte Geschichte. Aber sie kommt zur falschen Zeit wieder hoch. Hellmer stand gerade kurz vor einer Beförderung. Ganz nach oben.« Heimers Finger zeigte in Richtung Decke. »Der Mordanschlag auf Gerhard Rohloff hat bei meinem ehemaligen Partner Befürchtungen ausgelöst, dass es zu dieser Beförderung nicht mehr kommen könnte. Schlimmer noch, dass er sich für etwas verantworten müsste, dass im schlimmsten Fall mit einem Ausscheiden aus dem Dienst geahndet wird. Womöglich nicht nur Verlust der Reputation, sondern auch der Beamtenpension. Das träfe im Übrigen auch auf mich zu, wenn ich nicht schon vor Jahren meinen eigenen Weg gegangen wäre.« Er zuckte mit den Schultern. »Egal, was geschieht, ich muss keine Angst mehr haben. Mein damaliger Partner aber schon.«

»Und Ihr Weg hat etwas mit dem zu tun, was vor rund fünfundzwanzig Jahren geschehen ist?«

Heimers schüttelte den Kopf. »Nein. Mein Entschluss ist viel später gefallen. Sagen wir mal so – ich konnte viele Dinge nicht mehr ertragen, mit denen ich es in meinem Beruf zu tun hatte. Dinge, die Menschen anderen Menschen antun. Irgendwann einmal hatte ich genug von verstümmelten Leichen, dem Leid von Angehörigen, wenn wieder einmal jemand spurlos verschwunden war, oder der Großspurigkeit mancher Schwerkrimineller, wenn sie von ihren teuren und skrupellosen Anwälten herausgehauen wurden. Von diesem ewigen Kampf gegen Windmühlenflügel. Zerrieben werden zwischen den hohlen Phrasen der Politik und den Niederungen der Tagesarbeit, bei der einem viel zu häufig die Hände gebunden waren. Wir befanden uns damals mehr als einmal mit einem halben Bein selbst im Knast, weil es manchmal einfach nicht anders ging.« Er seufzte. »Ich hatte gerade begonnen, mir über meine Zukunft Gedanken zu machen, als mein Vater starb und mir ein höchst profitables Wertpapierdepot hinterließ. Ich nahm ein Sabbatjahr, reiste einmal quer durch den Himalaya. Indien, Nepal. Ich kam verändert zurück. Waren Sie schon einmal in Bhutan?«

Lena, die sich fragte, wohin das alles führen würde, schüttelte den Kopf.

»Dort leben die Menschen ein für unsere Begriffe sehr einfaches, karges Leben. Aber sie sind glücklich. Weil es diese unermessliche Gier, diese Geißel der Menschheit, dorthin noch nicht geschafft hat. Weil es dort so etwas wie staatlich garantiertes Glück gibt. Jede politische Entscheidung wird darauf hin abgewogen, ob sie den Bürgern langfristig nützt oder schadet.« Er stellte die Teetasse ab und sah eine Weile durch eines der gardinenlosen Fenster hinaus. »Als ich zurückkam, erschien mir hier alles viel zu laut, zu hektisch, zu oberflächlich. Da entdeckte ich die Annonce für dieses aufgegebene Forsthaus. Das Ergebnis sehen Sie.«

Sein Blick war immer noch so ruhig, dass sich Lena unwillkürlich fragte, ob sie den Tod von Hellmer vielleicht nur geträumt hatte.

»Und jetzt zu Ihnen. Vielmehr zu Herrn Rohloff. Wir schließen einen Deal. Ich sage Ihnen, was Sie wissen wollen. Danach müssen Sie gehen und genau das tun, was ich Ihnen sage. Ich verlasse mich auf Sie.«

Lena nickte beklommen.

Frank Heimers begleitete sie zurück zum Wagen. Erst dort zeigte Lenas Handy wieder Empfang an. Sie wählte den Notruf und als sie das getan hatte, setzte sie sich in den Wagen, den Kopf auf die über dem Lenkrad gekreuzten Arme gelegt, während ihr Begleiter ein Stück entfernt auf einem Baumstumpf sitzend wartete. Er wirkte komplett ruhig.

Frank Heimers hatte ihr eine Geschichte erzählt, die so schlüssig wie unglaublich wirkte. Jedenfalls wenn man davon ausging, dass es nur Schwarz oder Weiß gab. In Wirklichkeit, und wer wüsste das besser als sie selbst, war das Leben eine Aneinanderreihung von Grautönen, mal heller, mal dunkler, wie die Charaktere der Menschen, mit denen man es zu tun hatte.

»Wir waren an einem Fall dran, an dem sich andere Kollegen bereits die Zähne ausgebissen hatten. Mehrfachmord im Umfeld der OK, der organisierten Kriminalität. Mehrere Zuhälter aus Osteuropa, erschossen in einem privaten Edelbordell. Keine Zeugen. Keine Spuren. Keine Hinweise. Als wir den Faden wieder aufnahmen, fanden wir eine vage Spur. Sie führte zu Gerhard Rohloff, der damals bereits im Frankfurter Bahnhofsviertel etabliert war. Wir kontaktierten ihn, klopften ein bisschen auf den Busch. Hätten ihn gerne als Informanten gewonnen.«

»Aber das wollte er nicht.« Lena war sich sicher, dass Gerd auf dieses Angebot nicht eingegangen war.

»Sie haben recht. Er war höflich, aber sehr bestimmt. Nun ja, die Spur war viel zu vage, um sie weiterzuverfolgen, zumal es noch andere Ermittlungsansätze gab. Umso erstaunter waren wir, als Rohloff ungefähr zwei Jahre danach von sich aus den Kontakt zu uns suchte. Das BKA war damals schon eine ganze Weile an einer Waffenschieberbande aus Osteuropa dran, bislang erfolglos. Wir hatten sogar versucht, jemanden einzuschleusen. Vergeblich. Rohloff gab uns einen Tipp, wir konnten die Akteure hochnehmen. Im Gegenzug säuberten wir die alte Akte. Für alle Fälle. Mord verjährt ja bekanntlich nie und wer weiß schon, wer sie nach uns in die Hände genommen und die Rohloff-Spur erneut verfolgt hätte.«

»Eine Win-Win-Situation«, sagte Lena mit leicht bitterem Unterton. Kalle ging in den Knast, Gerd hatte eine weiße Weste. War es so einfach? Und wie war es zu Danutas neuer Identität gekommen?

»Nicht ganz. Die Sache hatte einen Haken. Wir hatten das Fußvolk. Was uns noch fehlte, war der Kopf der Bande. Jetzt kam Rohloff erneut ins Spiel. Er kannte jemanden, der uns helfen konnte. Und wollte. Unter der Bedingung, dass diese Frau eine neue Identität bekam.«

»Sie hat als Kronzeugin ausgesagt?«

»Nein.« Frank Heimers blickte auf seine Hände, denen man die körperliche Arbeit der letzten Jahre ansah. Er schien sich zu fragen, wie er es so viele Jahre an einem Schreibtisch ausgehalten hatte. Auf Lenas Frage schüttelte er den Kopf. »Die Vereinbarung war, dass die Person uns alles sagte, was wir wissen mussten. Das tat sie auch. Wir trafen uns in Rohloffs Stundenhotel in der Nähe des Bahnhofs. Als wir die Frau sahen, mussten wir nicht mehr fragen, warum sie ihren Lebensgefährten ans Messer liefern wollte.« Er schüttelte leicht den Kopf, als könne er immer noch nicht fassen, was damals geschehen war. »Sie war brutal misshandelt worden. Grün und Blau geschlagen. Hatte schwerste Verletzungen. Sie redete wie ein Roboter. Erzählte die ganze Geschichte. Kannte mehrere Alias-Namen des Gesuchten. Wusste, wo in seiner Wohnung Waffen, Munition, Schwarzgeld und falsche Papiere gebunkert waren. Rohloff bestand darauf, sie sofort nach dem Gespräch wegzubringen. Das haben wir dann auch gemacht, denn die wichtigste Information, die Adresse, sollten wir erst bekommen, wenn die Frau in Sicherheit war.«

»Wie ging das vor sich, wenn sie gar nicht offiziell in Erscheinung trat?«

Heimers sah aus dem Fenster. »Es gab und gibt keinen offiziellen Zeugenschutz für die Frau. Aber wir haben natürlich unsere Möglichkeiten gehabt, ihr eine entsprechende Geschichte zu verleihen, einen neuen Namen, gültige Papiere.«

»Wir sprechen von Danuta Golombeck?«

Heimers zuckte mit den Achseln. »Frau Borowski, das ist mehr als zwanzig Jahre her. Ich habe danach so viele Fälle bearbeitet, ich weiß wirklich nicht mehr, welchen neuen Namen die Frau angenommen hat.«

»Aber das Land ...«

»Österreich. Steiermark.«

»Ja, das ist sie. Wussten Sie, dass sie zu dem Zeitpunkt damals schwanger war?«

Heimers schüttelte erstaunt den Kopf. »Wenn, dann ist ihr Kind als Halbwaise aufgewachsen. Rohloff hat Wort gehalten und uns die Adresse gegeben. Hochhaus. Sozialer Brennpunkt. Die Bande des Mannes hatte eine ganze Etage gemietet, geheime Verbindungstüren eingebaut. Ein Rattennest voller Waffen, Drogen, Geld und jeder Menge Fluchtmöglichkeiten. Es war alles so, wie die Frau gesagt hatte. Jede Menge Gründe, jemanden für den Rest seines Lebens hinter Gitter zu bringen. Wir haben den Kerl gefunden, hinter dem wir her waren. Es gab einen Schusswechsel. Am Ende waren zwei Kollegen verletzt und der Gesuchte war tot. Aus die Maus.«

»Aber Sie haben ihrer Informantin die Chance auf ein neues Leben gelassen.«

»Natürlich. Wir wussten, dass wir, würde man uns erwischen, unsere Jobs los wären. Stattdessen wurden wir befördert. Rohloff und die Frau waren ja die einzigen Personen, die mehr über die Hintergründe wussten. Bei beiden waren wir sicher, dass nichts davon nach draußen dringen würde.«

»Und jetzt ist die Frau tot und Gerd angeschossen«, murmelte Lena. Heimers fuhr sich mit der Hand übers Gesicht.

»Ich kann mir darauf keinen Reim machen. Die Frau ging mit einem kleinen Koffer und neuen Papieren. Wir hatten eine Wohnung für sie angemietet und ihr einen plausiblen Lebenslauf verpasst. Warum hätte sie ihre Deckung aufgeben sollen? Zumal es keinerlei Verbindung zu ihrem alten Leben mehr gab?«

»Hieß der Mann Lazic?«

»Lazic? Nein. Der hieß ganz anders. Jedenfalls auf jedem der rund ein Dutzend gefälschten Pässe, die wir bei ihm gefunden haben. Wer er wirklich war, wissen wir, also das BKA, vermutlich bis heute nicht.«

Anton Hellmer, das war jetzt klar, hatte sie im Palmengarten eiskalt belogen. Ihr weismachen wollen, Gerd habe ihr über die damaligen Geschehnisse nicht die Wahrheit gesagt. Sie damit verunsichert. Sie hatte den Mann unsympathisch gefunden, vor wenigen Stunden Todesangst ausgestanden im Angesicht der auf sie gerichteten Waffe. Aber den Tod hatte sie ihm trotz allem nicht gewünscht.

Als sie die Sirenen hörte, nahm Lena den Kopf vom Lenkrad. Sie war so müde, dass sie sich nicht vorstellen konnte, ein Gespräch mit Polizisten zu führen. Sie rief sich noch einmal ins Gedächtnis, was sie mit Frank Heimers besprochen hatte. Der hatte sich ebenfalls erhoben. Er würde die Polizei zu der Stelle führen, an der sein ehemaliger Partner lag. Sie nickten sich beide in stummer Verständigung zu, dann stieg Lena im selben Moment aus, in dem ein jüngerer Polizist den Streifenwagen verließ.

»Er wollte sie töten?« Paula Mays Stimme war anzuhören, wie absurd sie Lenas Aussage fand. Die hatte bereits alles zu Protokoll gegeben, eine stundenlange Befragung hinter sich gebracht, in der sie mantraartig immer wieder dieselben Dinge sagte. Wie mit Frank Heimers vereinbart.

»Mitten im Wald?«, drang Mays Stimme an ihr Ohr.

»Er wollte verhindern, dass ich mit Frank Heimers spreche.«

»Es gibt überhaupt keinen Grund, warum Herr Hellmer Ihnen nach dem Leben trachten sollte.«

»Er wirkte – verstört.«

»Mein Kollege Hellmer nahm damals schon Aufputschmittel. War eine Zeitlang ein Wochenend-Junkie. Heroin. Er hat ganz bestimmt nicht damit aufgehört. Ich bin mir sicher, dass man in seinem Blut etwas finden wird. Sagen Sie, dass er verwirrt gewirkt hat. Sie mit einem anderen Namen anredete.«

»Er hat mich nicht erkannt. Schrie mich plötzlich an. Da bekam ich Angst und lief davon. Er hat dann auf mich geschossen. Habe ich alles schon Ihren Kollegen von der hiesigen Polizei erzählt.«

»Wenn jemand Verdacht schöpft, wenn sie anfangen zu graben, dann finden sie auch etwas. Etwas, das mit Gerd Rohloff zusammenhängt. Besser, sie schlucken eine einfachere Version der Geschehnisse. Die Sie überzeugend präsentieren müssen. Kriegen Sie das hin?«

Lena hatte genickt, obwohl sie gewettet hätte, dass das nicht hinhauen würde. Sie und Hellmer im Wald, zufällig getroffen. Das glaubte doch kein Mensch.

»Ich werde aussagen, dass auch er sich bei mir angekündigt hatte. Dass er mich gelegentlich besuchte. Als er nicht zum vereinbarten Zeitpunkt kam und ich Schüsse hörte, bin ich in den Wald gelaufen. Habe ihn gesehen, mit der Waffe in der Hand. Bereit, Sie zu töten.«

Ab diesem Moment stimmten die Schilderungen mit den Ereignissen überein. Frank Heimers hatte zwar keine Ahnung gehabt, dass es sein ehemaliger Partner war, der geschossen hatte und sich im Wald aufhielt, aber er hatte Hellmers Worte zu Lena gehört und daraus dieselben Schlüsse gezogen wie sie.

»Vielleicht hat ja mein ehemaliger Kollege Sie erschossen, weil Sie unbefugt in sein Haus eingedrungen sind? Und sich danach selbst das Leben genommen? Wer weiß schon, was in Menschen vor sich geht, die sich seit Jahren im Wald vergraben und jeden Kontakt mit anderen vermeiden?« Lena überbekam noch immer das große Zittern, wenn sie nur daran dachte, was Hellmer zu ihr gesagt hatte.

»Der Rest war Nothilfe. Sie lagen wehrlos am Boden. Er hat direkt auf Sie gezielt. Hellmer war ein sehr guter Schütze. Er hätte Sie nicht verfehlt.«

»Was wollten Sie überhaupt von Frank Heimers?« Paula Mays Stimme klang immer noch höchst alarmiert.

»Ihn fragen, ob er eine Ahnung hat, wer Gerd nach dem Leben trachten könnte. Schließlich war er viele Jahre lang in Frankfurt mit der OK befasst.«

Eine Erklärung, die niemand widerlegen konnte, auch wenn sie noch so dünn war.

»Der Mann ist schon vor Jahren aus dem Dienst ausgeschieden. Er wird nicht zur Wahrheitsfindung beitragen können«, erklärte Paula May. Und dass es eine Untersuchung geben würde und sie, Lena, würde aussagen müssen.

Nach dem Telefonat saß Lena lange mit dem Handy in der Hand in der Küche und starrte vor sich hin. Es schien, als ob sie nie erfahren würde, wer Danuta Golombeck wirklich gewesen war, wie sie vor ihrer Übersiedlung nach Graz hieß und woher genau sie stammte. Heimers hatte gesagt, dass es ihr Lebensgefährte war, gegen den sie ausgesagt hatte. War Gerd ihr Geliebter gewesen? Hatte er sie überredet, sich vom Milieu loszusagen? Oder hatte er Angst um sie gehabt? Weil ihr Lover sie misshandelte? Neben all den schrecklichen Dingen, die ans Tageslicht gekommen waren, war Lena dennoch erleichtert. Es sah nicht so aus, als ob Gerd derjenige gewesen wäre, der Danuta so übel zugerichtet hatte. Dennoch – eine Affäre mit einer verängstigten und geschlagenen Frau, die mit einem Verbrecher zusammenlebte, das passte genauso wenig zu ihm. Der andere Mann war tot, kam also als Täter nicht infrage. Weder beim Anschlag auf Gerd, noch bei einem möglichen inszenierten Selbstmord von Danuta. Das Gespräch mit Bernadette Graf hatte diesbezüglich Zweifel in Lena geweckt. War der Selbstmord inszeniert? Sie rief Erika Pospischils Telefonnummer auf.

»Danuta hat sich die Pulsadern aufgeschnitten«, informierte sie Lena. »Sie war ja schon lange depressiv und nach der Vergewaltigung wurde es schlimmer.«

Aber das Schlimmste war, dass Janica ihre Mutter gefunden hatte.

»Stell dir vor, sie machte die Badezimmertür auf und da lag Danuta in der Wanne. Bekleidet mit einem weißen Unterrock, der Kopf halb unter Wasser. Das arme Mädchen. Selbst für sie war das ein Schock.«

Dann, Lena hatte kaum verdaut, was sie gerade gehört hatte, fiel Erika noch etwas ein. »Hat der Johann sich bei dir gemeldet?«

»Nein. Ich glaube, er hat die Nase voll von meinen Fragen. Es wühlt vermutlich immer wieder etwas auf.«

»Ja, schon. Aber ...« Erika hielt zögernd inne. »Es geht um die Post.«

»Die Post?«

»Der Briefkasten von der Danuta. Der war komplett überfüllt. Die Nachbarin hat ihn dann angerufen. Er hat ja noch einen Schlüssel für die Wohnung und so gehabt. Für alle Fälle. Also da hat er in der Post eine Rechnung gefunden. Und eine Mahnung gleich dazu.«

Lena verstand nur Bahnhof. »Ja, und?«

»Es ging um die Erbschaft.«

»Erika, ich habe keine Ahnung, wovon du sprichst.«

Ein Seufzen antwortete ihr. »Ich weiß nicht, ob ich dir das sagen darf. Bitte, ruf doch den Johann an. Es hat etwas zu tun mit dem Mann, den du erwähnt hast.«

»Mit Gerd?«

»Ich finde, du solltest es wissen.«

Aber was genau, wollte sie ihr nicht verraten.

Nach dem fünften Versuch, Johann Golombeck zu erreichen, gab Lena erst einmal auf. Der Mann wollte nicht mit ihr reden, das musste sie jetzt erst einmal hinnehmen.

Stattdessen rief sie Carlos über Facetime an.

»Hola, gibt es etwas Neues?«, wollte er wissen. Er wirkte nervös. Vermutlich stank es ihm gewaltig, auf seiner Insel fernab der Ermittlungen zu sitzen und nicht eingreifen zu können. Er wirkte wie ein Windhund, kurz vor dem Start zu einem Rennen. Noch in der Box, aber die Nase hatte bereits Witterung aufgenommen.

»Ich schicke dir ein Foto. Bitte sage mir, ob du die Frau kennst.«

Carlos' dunkle Augen klebten regelrecht auf dem Bildschirm, als Lena ihm das Foto schickte. Sie hatte es von Erika Pospischil. Es zeigte die beiden Frauen hinter Erikas Haus auf einer Bank im Garten sitzend. Lena hatte das Foto so zugeschnitten, dass nur noch Danuta zu sehen war.

»Wer soll das sein?« In Carlos' Gesicht rührte sich nichts.

»Das ist die Frau, mit der Gerd angeblich ein Verhältnis gehabt haben soll.«

Ihr Gegenüber wandte kurz den Kopf. Wie, um sich zu vergewissern, dass er allein auf seiner Terrasse war.

»Bullshit. Gerd und diese Frau hatten nichts miteinander.«

»Aber sie hat ein Kind. Eine Tochter. Und es gibt Hinweise, dass sie von Gerd ist.«

Carlos hatte auf diese Eröffnung erst einmal nichts gesagt. Weiterhin das Foto angestarrt. In seinem Gesicht zuckte unkontrolliert ein Muskel. »Hast du ein Bild von der Tochter?«, fragte er schließlich.

»Sie ist viel zu jung, als dass du sie kennen könntest. Und diese ganze Familienbeziehung ist total verworren.«

»Egal wie. Die beiden waren kein Paar.«

»Warum bist du dir da so sicher?«

Er zuckte mit den Schultern und sah endlich von dem kleinen Ausschnitt mit dem Foto hoch und Lena genau in die Augen. »Sie ist einfach nicht sein Typ.«

Was für eine merkwürdige Antwort. Und Carlos hatte dem nichts mehr hinzugefügt. Lediglich wissen wollen, wie die Frau hieß. Lena befürchtete seine Einmischung und sagte daher, sie kenne nur den Vornamen. Danuta. Das war unverfänglich genug. Als Carlos dann weiter bohren wollte, verabschiedete sie sich mit dem Hinweis auf einen Anruf, den sie erwartete. »Melde dich, wenn du mehr weißt«, verlangte er mit Nachdruck in der Stimme. Es klang weniger wie eine Bitte als wie eine Forderung.

So oder so, für diesen Tag war es genug. Sie durfte vor allem nicht an die Situation im Wald denken. Lena war mit einem Schlag so müde, dass sie noch nicht einmal mehr etwas essen wollte. Nach einer Katzenwäsche und einem Glas Wein fiel sie aufs Bett und war innerhalb von Sekunden eingeschlafen.

Kapitel 26

Gerd kam auf sie zu. Er trug ein kleines Holzstückchen in der Hand, wie sie manchmal an den Strand gespült wurden. Lena hatte ihn oft mit dem herrenlosen Hund dort spielen sehen. Stöckchen werfen. Gerd lachte. Doch mit einem Mal verzog sich sein Mund zu einer Maske und das Stück Holz in seiner Hand zu einer Waffe, mit der er auf sie zielte.

Schweißgebadet fuhr Lena hoch. Ihr Herz klopfte wie wild. Ihr Mund war trocken und sie tastete nach dem Schalter ihrer Nachttischlampe, als sie ein Geräusch hörte. Ein leises Schaben. Sie hielt mitten in der Bewegung inne. Ihr Herz trommelte nun in einem noch schnelleren Rhythmus. Hatte sie die Alarmanlage eingeschaltet? Sie hatte es vergessen! Mit einem Schlag war sie hellwach. Adrenalin schoss durch ihre Adern und sie sprang aus dem Bett. Woher kam das Geräusch? Nicht von der Haustür. Lena tappte leise in die Küche und zog eine Fleischgabel aus dem Messerblock dort. Damit schlich sie in den Wohnraum. Hier war das Schaben lauter zu hören. Sie näherte sich dem bodentiefen Terrassenfenster. Der Rollladen dort war heruntergelassen und versperrte die Sicht auf den Garten. Jetzt war es ganz still. Hatte man sie gehört? Lena legte die Gabel ab und war mit wenigen Schritten am Fenster, drückte auf einen Knopf und sofort schob sich der Rollladen surrend nach oben. Nach ungefähr einem halben Meter stoppte sie, kniete sich auf den Boden und blickte in den Garten hinaus. Niemand stand dort, niemand lief über den Rasen davon. Mit Ausnahme eines Igels, der im fahlen Licht des Vollmonds neben der Terrasse hockte und die dunkle Nase in die Luft hob, als sei er selbst erschrocken über die Furcht, die er einem Menschen hatte einjagen können.

Kapitel 27

Gleich am nächsten Morgen versuchte Lena erneut, Johann Golombeck zu erreichen. Wieder ergebnislos. Sie war schon darauf gefasst, nie zu erfahren, was es mit der seltsamen Geschichte auf sich hatte. Doch zu ihrer Überraschung rief er ungefähr eine halbe Stunde später zurück.

»Die Erika hat mich darum gebeten«, knurrte er. »Vielleicht können Sie mir auch sagen, was das Ganze soll.«

Wie sich herausstellte, hatte Danuta einen Nachforschungsauftrag erteilt. »Jemand sollte einen Erben ausfindig machen. Der Name lautete Gerhard Rohloff.«

»Was?!« Wenn Lena nicht gesessen hätte, dann wäre sie vermutlich in diesem Moment auf den Stuhl geplumpst.

»Die Firma, die eigentlich eine Detektei ist, hat den Auftrag erfüllt. Aber wohl noch kein Geld erhalten. Die Rechnung lag im Briefkasten zuunterst, inzwischen gibt es eine Mahnung.«

»Wer hat denn den Auftrag erteilt?«

»Angeblich Danuta selbst. Aber das kann nicht sein. Denn zu diesem Zeitpunkt war sie bereits nicht mehr am Leben.«

Ganz abgesehen davon, dass das alles absolut keinen Sinn ergab, kam nur eine Person infrage. »Janica muss diese Nachforschung in Auftrag gegeben haben.« Nur warum? Angeblich kannte sie Gerd überhaupt nicht.

»Janica war in der Klinik«, erinnerte Johann sie.

»Auch von dort aus kann man per E-Mail eine Agentur beauftragen.«

Der Mann am anderen Ende war ganz offensichtlich genauso ratlos wie Lena selbst.

»Was hat die Ermittlung denn gebracht?«

Golombeck legte das Handy weg. Den Geräuschen nach stand er auf, ging durch den Raum. Lena hörte, wie eine Schublade geöffnet und wieder geschlossen wurde, danach ein Knistern, als lege jemand ein Blatt Papier auf den Tisch und streiche es glatt.

»Gerhard Rohloff«, las Johann Golombeck gleich darauf vor. Die Adresse des Hauses in Bad Homburg. Die Telefonnummer des Festnetzanschlusses.

»Merkwürdig«, murmelte Lena. Jemand hatte die alte Anschrift von Gerd gesucht und gefunden. Nur wozu?

»Haben Sie es bei Janica versucht?«, wollte Lena von ihm wissen.

»Ich schicke ihr eine Nachricht. Aber ich versichere Ihnen, sie war das nicht.«

Sollte sich jemand einen Scherz mit der jungen Frau erlauben? Wenn ja, war der mehr als geschmacklos.

»Vielleicht war es Janicas Freund. Dieser Tyron.«

»Wer?« Golombeck hatte den Namen offensichtlich nie gehört. »Wird ja immer merkwürdiger«, murmelte er.

»Gab es denn ein Testament?«

»Nicht, dass ich wüsste. Für mich war immer klar, dass das Bisschen, was Danuta hatte, an ihre Tochter gehen wird. Jemand anderen ausfindig zu machen, einen angeblichen weiteren Erben, erschließt sich mir nicht.«

Da waren sie beide einmal ausnahmsweise derselben Meinung.

Nach dem Telefonat besuchte Lena die Seite der Firma im Netz. Eine Detektei, die Angehörige aufspürte. Neben den üblichen Aufträgen, der Aufspürung von Schuldnern, Zeugen oder verschollenen Personen sowie Personenfahndungen bei Stalking, bot das Unternehmen auch Verwandtensuche und Suche nach Erben an.

Sollten Sie vermuten, dass Ihre Verwandtschaft größer als angenommen ist, können wir Sie dabei unterstützen, diese bis dato nicht bekannten Verwandten und ihren Aufenthaltsort aufzuspüren. Es folgte eine Auflistung der entsprechenden Rechtsgrundlagen und sogar ein Siegel mit dem Begriff *Berufsdetektiv – Staatlich geprüft* prangte auf der Webseite.

Mit Golombeck hatte sie vereinbart, dass er direkt Kontakt mit der Detektei aufnahm, da sie selbst keinerlei Handhabe hatte. Doch bevor er zurückrief, erhielt Lena am späten Nachmittag einen anderen Anruf. Es war Paula May und im ersten Moment befürchtete Lena, sie wolle sie erneut nach der schrecklichen Geschichte mit Hellmer befragen. Doch sie hatte ein anderes Anliegen.

»Wir haben endlich den Bruder von Gerhard Rohloff ausfindig gemacht«, erklärte die Polizistin ihr.

Warum erzählt sie mir das?

»Ich schicke Ihnen gleich ein Foto und bitte Sie, mir mitzuteilen, ob Sie diesen Mann schon einmal gesehen haben. Vielleicht an einem der Tage vor dem Anschlag auf Ihren Lebensgefährten.«

Das erste Foto zeigte einen wesentlich jüngeren Kalle Rohloff.

Vermutlich aus der Verbrecherkartei.

Lena hegte schon die Hoffnung, dass es sich einfach um eine Verwechslung handeln könnte. Doch das zweite Bild, etwas verwaschener, unschärfer, war aktuell. Sie starrte auf Carlos' dunkel umrandete Augen, die eingefallene Wangenpartie. Er war unrasiert, trug eine Baseballkappe, Jeans, über den Bund hing ein T-Shirt mit dem Aufdruck »Hard Rock Café«. Und er stand vor einem Supermarkt, gerade im Begriff, sich eine Zigarette anzuzünden. Es dauerte einen Moment, bis Lena begriff, was sie da sah. Der Carlos, den sie kennengelernt hatte, saß in einem Rollstuhl. Dieser hier stand auf seinen Beinen. Vor einem EDEKA-Markt. Auf der Glastür hinter ihm stand »Eingang«. Ein in der Nähe geparkter Wagen trug ein Münchner Nummernschild.

Lenas Kopf fuhr Karussell. Was hatte das denn nun wieder zu bedeuten?

»Frau Borowski! Sind Sie noch da?« Lena krächzte »Ja« und verstummte gleich wieder. Was nun? Sie hatte Carlos ihr Wort gegeben. Er hatte sie belogen.

»Sie wollten wissen, ob ich diesen Mann an unserem Haus in Norddeich gesehen habe? Nein. Ganz sicher nicht.« Das war nicht gelogen, beruhigte sie sich. Sie brauchte Zeit. Die Kripo würde sie irgendwann dafür grillen. Vielleicht wussten sie ja bereits, dass sie selbst in Gran Canaria bei den da Silvas aufgeschlagen war. Hatten sie im Visier. Hielten sie für schuldig oder mitschuldig. Sie schüttelte den Kopf, um ihre Gedanken zu sortieren. Es gelang ihr nicht.

Ein Paukenschlag hätte keine größere Wirkung auf Lena haben können als Paula Mays Worte. Kalle alias Carlos war in Deutschland? Er hatte ihr gegenüber das mit keinem Wort erwähnt. Und was bedeutete das? Hatte er sie angelogen? Noch eine Viertelstunde nachdem das Telefonat beendet gewesen war, hockte sie auf einem Stuhl in der Küche, das Telefon in der Hand. Hatte sie sich getäuscht? War aus Kalle womöglich doch kein anderer Mensch geworden?

»Spuren? Glaube ich nicht.« Tobias Grau war sofort gekommen. Nicht nur wegen Paula Mays Anruf. Auch wegen des Trojaners. Den er mit einem eigens mitgebrachten Programm unschädlich machte. Während er Lenas Handy mit einem anderen Gerät zusammenschloss, wollte er wissen, ob sie sich bei ihrem Ausflug nach Gran Canaria an seine Vorgaben gehalten hatte.

»Sie haben doch nicht Ihre eigenen Karten benutzt? Nur die, die ich für Sie aufgeladen habe?«

»Ja, klar. Aber ich stehe natürlich auf der Passagierliste der beiden Flieger. Hin und zurück.«

»Na und? Solange gegen Sie kein begründeter Verdacht besteht, wird das niemanden interessieren. Es dürfte noch nicht einmal Nachforschungen geben. In Deutschland wird der Datenschutz immer noch sehr großgeschrieben. Die Justiz weiß ein Lied davon zu singen.« Er verzog den Mund zu einer Grimasse. »Und selbst wenn. Gran Canaria ist ein beliebtes Reiseziel. Da sind Sie eben mal hingeflogen, um ein bisschen Abstand zu gewinnen. Und gleich wieder zurück, weil die Sorge um Gerd sie umtrieb und nicht zuließ, dass sie ein paar Tage dort wieder Kräfte auftankten.«

Hörte sich immer alles so einfach an. Leider war es so, dass sie sich inzwischen regelrecht eingewoben fühlte in ein Gespinst aus Lügen, Halbwahrheiten und Dingen, die sie verschwieg. Oberstes Ziel dabei war es immer, Gerd zu schützen. Doch sollte sie selbst erst einmal in die Mühlen der Justiz geraten – wer würde ihr da noch Glauben schenken?

»Ich weiß einfach nicht, ob ich ihm noch glauben kann.« Sie legte die Finger an die Stirn, hinter der ein Schmerz tobte, den sie bisher nicht gekannt hatte.

»Da kann ich Ihnen nicht helfen. Habe nichts mit ihm zu tun gehabt. Und die Fakten sprechen nach wie vor dagegen. Hätte er gewusst, wo Gerd zu finden ist, hätte er doch keinen Detektiv beauftragt.«

»Vielleicht ein Missverständnis?«

»Wüsste nicht, welches.«

Sie schwiegen, jeder in die eigenen Gedanken versunken.

Sie war froh, dass er da war. »Anton Hellmer ist tot«, sagte sie in die Stille hinein. »Wussten Sie, dass er Drogen nahm?«

Grau hob die Brauen, schüttelte den Kopf. »War mir nicht bekannt. Würde mich aber auch nicht wundern. War einer von der hyperaktiven Sorte. Wie ist er ums Leben gekommen?«

Sie erzählte es ihm und seine Augen wurden immer größer.

»Frau Borowski. Sind Sie wahnsinnig geworden? Warum machen Sie so etwas? Einfach auf eigene Faust ermitteln wollen. Das können Sie nicht. Das ist gefährlich. Wenn Ihnen was zustößt, das verzeiht mir der Chef, t'schuldigung, Herr Rohloff nie!«

Wie gut, dass er nichts von ihren Ausflügen nach Österreich wusste. Er würde sich womöglich an ihre Fersen heften wie eine Zecke. Oder sie hier sofort festbinden.

»Fangen Sie nicht wieder damit an. Ich lasse nicht zu, dass Sie mich *beschützen«,* entgegnete sie. Es klang nicht mehr ganz so abweisend wie früher.

»Wir sind nicht untätig. Glauben Sie denn, wir überlassen die Aufklärung des Falles der Polizei?«

»Wir?«

»Ich und ein paar andere Leute, die Rohloff nahestanden.«

»Aber Sie selbst haben mir doch geraten ...«

»Sich zurückzuhalten. Genau. Sie sind den Leuten gar nicht gewachsen, mit denen Rohloff und wir es in den vergangenen Jahren, ach was, Jahrzehnten, zu tun hatten.«

Sie glaubte ihm aufs Wort. Doch selbst wenn er und seine *Kumpane* denjenigen finden würden, der Gerd das angetan hatte – es würde ihr nichts nützen. Denn die Frage, wer der Mann war, den sie liebte, konnten und würden ihr keine Fremden beantworten, keine Polizei, keine Justiz. Das musste sie selbst tun.

»Was haben Sie denn rausgefunden bisher?«, blaffte sie ihn an.

Er schüttelte den Kopf. »Darüber rede ich nicht mit Ihnen.«

»Vielleicht, weil es nichts zu reden gibt?«

»Frau Borowski. Hören Sie auf. Ich bin nicht Ihr Feind. Wobei es hier nicht um Sie geht. Sie wissen das. Aber tatsächlich tappen wir alle im Dunkeln. Sofort, nachdem wir von dem Anschlag erfahren haben, fingen wir an, buchstäblich jeden Stein umzudrehen. Jedem auf den Zahn zu fühlen, der in den vergangenen Jahren mit Rohloff zu tun hatte. Nichts. Nada. Niente.« Er fuhr sich mit der Hand durchs Haar. »Das heißt aber nicht, dass da nichts ist. Wenn, dann finden wir das vor der Polizei. Weil die gar nicht die Chance hat, in all die Rattenlöcher reinzusehen, die es in Frankfurt und Umgebung gibt.«

Lena atmete tief ein und wieder aus. »Danke, dass Sie mir das jetzt gesagt haben.«

»Wann fahren Sie wieder zu ihm?«

»So schnell es geht«, murmelte sie. Was hatte Paula May zu ihr gesagt? Sollte sie hier in Bad Homburg bleiben? Sie wusste es nicht mehr.

»Ich fahre Sie. Vielleicht kann ich doch mal kurz zu ihm reingehen.«

Sie wollte schon aufbrausen. Ihm klipp und klar sagen, dass sie selbst fahren konnte, keinen Chauffeur brauchte. Sie ließ es. Wieder überfiel sie diese schreckliche Müdigkeit, auf einen Schlag konnte sie die Augen nicht mehr aufhalten.

»Frau Borowski? Alles okay?« Sie nickte, obwohl es eine Lüge war. Nichts war okay. Gar nichts.

»Ich habe zusehen müssen, wie ein Mann getötet wurde«, murmelte sie. »Direkt vor meinen Augen. Als er mich erschießen wollte. Ich habe geglaubt, gleich sterben zu müssen. Diese Bilder kriege ich nicht mehr aus dem Kopf. Diesen Wunsch, mich einfach hinzulegen. Die Augen zu schließen. Mir so sehr zu wünschen, dass das alles ein Albtraum ist, aus dem ich erwache. Und dann ist alles wieder gut.« Sie legte das Gesicht in ihre Hände. Die Tränen liefen einfach, sie konnte sie nicht stoppen.

Die Hand auf ihrer Schulter fühlte sich mit einem Mal nicht bedrohlich an, sondern stark und beruhigend.

»Legen Sie sich hin. Schlafen Sie. Ich bleibe hier. Ich passe auf Sie auf.«

Als sie allein war, im Schlafzimmer auf dem Bett lag und die Tablette, die er ihr gegeben hatte, langsam wirkte, verwebten sich Gegenwart und Vergangenheit als wären es zwei Schleier, die der Wind der Zeit ineinanderwirbelte. Gerd stand da, am Ufer und starrte auf die See hinaus. »Siehst du den Horizont, Lena? Er ist nur ein Trugbild. Es gibt keinen Anfang und kein Ende. Alles geht ineinander über, je näher wir den Dingen kommen, desto mehr entfernen sie sich von uns.«

»Aber was soll dann das Ganze?«

»Es soll uns zeigen, dass nur die Gegenwart zählt. Das Leben ist immer nur der Augenblick.« Er drehte sich zu ihr um. Sie streckte die Arme nach ihm aus. Im selben Moment, in dem sie ihn berührte, verflüchtigte sich seine Gestalt. Er wurde durchlässiger, löste sich vor ihren Augen in Luft auf. Und Lena blieb allein zurück. Der Schmerz, den sie verspürte, war so heftig und so tief, dass sie sich zusammenkrümmte und so bitterlich weinte, wie noch nie in ihrem Leben. Mit diesem Gefühl grenzenloser Einsamkeit schlief sie ein.

Es war bereits dunkel, als sie erwachte. Im Haus war es still, dennoch wusste sie, dass etwas sie aus dem Schlaf gerissen hatte. Gänsehaut kroch über ihren Körper, weil sie sich unwillkürlich an den Morgen vor fast drei Wochen erinnerte. Das Bett neben ihr war leer gewesen, so wie jetzt auch. Dann das Klirren von Glas. Zwei Schüsse, aber sie hatte nur einen gehört. So wie jetzt. Das Herz schlug ihr bis zum Hals, als sie begriff, dass sie auch jetzt etwas hatte splittern hören. Gleich darauf wurde die Schlafzimmertür geöffnet. Vorsichtig, leise. Lena hockte wie erstarrt im Bett, konnte sich nicht rühren.

Die Gestalt im Türrahmen war lediglich schemenhaft zu erkennen. Im Flur dahinter brannte keine Lampe. Das wenige Licht dort musste durch die offene Küchentür fallen.

»Habe ich Sie geweckt?« Tobias Graus leise Stimme.

»Himmel! Ja, das haben Sie.« Sie erhob sich, schwankend. »Ich habe mich fürchterlich erschreckt. Das Geräusch, es hat mich an den Morgen des Anschlags erinnert.« Sie fuhr sich durch die Haare. Nahm wahr, dass sie unter den Achseln nicht gut roch. Sie brauchte unbedingt eine Dusche.

»Tut mir leid. Mir ist ein Glas auf den Boden gefallen.«

»Kochen Sie etwas?« Lena hob schnuppernd die Nase.

Gerd hat immer so gern gekocht. Er stand ganze Abende lang in der Küche.

»Nichts Großes. Spaghetti *Aglio Olio e Peperoncino.* Ich habe zwei Portionen gemacht.«

»Ich muss erst einmal ins Bad.«

Sie trat einen Schritt auf die Tür zu, er wich in den Flur zurück, knipste das Licht an. »Ich warte mit dem Essen auf Sie.«

Sie ging an ihm vorbei in Richtung Badezimmer.

»Sie haben unruhig geschlafen.«

Sie blieb stehen und drehte sich zu ihm um. »Mir ist gerade was eingefallen.« Sie kam zurück, bis sie direkt vor ihm stand. »An dem Morgen, als es passierte, habe ich etwas gehört.«

»Was denn?«

»Eine Männerstimme.«

Er sah sie abwartend an.

»›Los jetzt‹, hat jemand gerufen.«

»Los jetzt?«

Sie nickte heftig. »Warum habe ich ... wie konnte ich das vergessen?«

»Unser Gedächtnis ist ein Mysterium. Können Sie sich an mehr erinnern?«

»Was meinen Sie?«

»War die Stimme jung, alt, hoch, tief, ängstlich, wütend oder ganz anders? Solche Dinge.«

Solche Dinge, wie sie ihr im Gespräch mit Paula May damals eingefallen waren.

Lena schob Grau zur Seite und ging in die Küche. Auf der Arbeitsplatte herrschte ein Durcheinander von klein geschnittenem Gemüse, benutzten Tellern und Tassen. Was hatte Tobias Grau die ganze Zeit über gemacht? Sie sah auf die Uhr. Sie hatte über fünf Stunden geschlafen. Lena ließ ein Glas mit kaltem Wasser volllaufen und trank es aus. Dann noch ein zweites. Sie rülpste diskret, hielt sich die Hand vor den Mund. Grau starrte sie an, die Stirn gerunzelt. »Sagen Sie was«, forderte er.

Lena starrte zurück. »Ich kenne die Stimme«, antwortete sie dann. Ganz leise. Weil es ihr so unwahrscheinlich vorkam.

»Sie kennen die Person?«

Sie schüttelte resigniert den Kopf. »Das nicht. Aber ich habe diese Stimme schon einmal gehört. Weiß nicht, wo.«

»In Träumen vermischen sich die Dinge.«

Sie wiegte den Kopf. »Möglich.«

»Setzen Sie sich.«

Sie gehorchte.

Er hockte sich vor ihr hin, griff nach ihren Händen. »Schließen Sie die Augen«, forderte er sie auf. Sie fühlte sich an das Gespräch mit der Polizeipsychologin erinnert und musste unwillkürlich kichern, Tobias Grau nun an deren Stelle zu sehen.

Seine Hände waren fest und kühl, etwas klebrig. Vielleicht vom Knoblauch.

»Entspannen Sie sich.«

Sie atmete tief ein und aus. Kehrte in Gedanken zurück zu dem schrecklichen Morgen. Wie sie erwacht war. Nach Gerd gerufen hatte. Das Klirren von zersplitterndem Glas gehört hatte. Und noch etwas.

»Eine Stimme. Von weit her. Als habe die Meeresbrise sie bis ins Haus geweht.«

»Jemand hat etwas gerufen«, kam er auf den Punkt.

»Jemand hat ›Los jetzt‹ gerufen.«

»Ein Mann?«

»Ja, die Stimme war männlich.«

Er hielt ihre Hände, sagte nichts. Sie horchte in sich hinein.

»Ein schlanker Mann«, sagte sie. Es war das Erste, was ihr gerade in den Sinn gekommen war. »Dunkles Haar.« Sie öffnete die Augen, sah den vor ihr hockenden Mann verwirrt an. »Ich habe niemanden gesehen.«

»Das sind Assoziationen, die mit den Eindrücken mitgeliefert werden. Ob sie stimmen, wissen wir nicht. Aber es hat etwas damit zu tun, wie unser Gehirn arbeitet. Wir verknüpfen Sinneseindrücke auf eine Weise, die wir einmal gelernt oder erlebt haben.«

Er ließ ihre Hände los und erhob sich.

»Es waren also zwei.«

»Ja«, sagte sie. Verwirrt, bis sie begriff, dass Grau das natürlich bisher nicht hatte wissen können. Aber wessen Stimme hatte sie gehört?

Paula May zeigte sich trotz der Tatsache, dass es inzwischen schon fast elf Uhr abends war, höchst interessiert, als sie am Telefon von Lenas aufgetauchter Erinnerung hörte. Sie fragte weiter, wollte wissen, was sie mit *jung, schlank, dunkelhaarig* assoziierte, aber Lena konnte nicht wirklich mit neuen Erkenntnissen dienen. Ihr waren die Verbindungen in ihrem eigenen Gehirn so fremd, als gehörten sie einem anderen Menschen. Als sie in die Küche zurückkehrte, tropften die Spaghetti dampfend in einem Sieb und Tobias Grau rieb ein bisschen Parmesan in eine Schüssel. Lena sah ihm dabei zu, wie er die Nudeln dazugab, alles verrührte und dann die ölige Knoblauchsauce, in der auch noch ein paar Paprikawürfelchen schwammen, darüber kippte.

»Hausrezept«, meinte er, als er um die Küchentheke herumkam, die Teller auf dem Esstisch platzierte und Lenas Glas mit Wein füllte.

»Sie trinken nichts?«, fragte sie und nahm Löffel und Gabel auf.

»Nein. Ich fahre ja noch.« Er machte sich mit offensichtlich gutem Appetit über sein Essen her und Lena spürte bereits bei den ersten Bissen, wie hungrig sie gewesen war. Nach dem Essen stellte sie das benutzte Geschirr in die Spülmaschine, er half ihr dabei, danach verabschiedete er sich.

»Keine unüberlegten Handlungen mehr«, verlangte er noch. Sie nickte, wenig überzeugt. Sah ihm von der Haustür hinterher, bis er das äußere Tor zugezogen hatte. Sie schloss die Tür doppelt ab, ließ sämtliche Rollläden herunterfahren und schaltete die Alarmanlage scharf. Es war fast Mitternacht. Durch den Schlaf am Nachmittag war sie jetzt nicht wirklich müde. Fühlte sich vielmehr ziemlich aufgekratzt.

Grau hatte den Trojaner von ihrem Handy entfernt. »Wir können davon ausgehen, dass Hellmer alleine gehandelt hat. Alles andere würde wenig Sinn machen. Warum alte Mitwisser ausschalten und sich dabei neue ins Nest setzen. Trotzdem – ein Restrisiko bleibt. Halten Sie die Augen offen.«

Wie auch immer das gehen sollte. Die Augen aufhalten. Sie hätte Grau gerne gefragt, ob er sich zu der Sache mit der Erbenermittlung einen Reim machen konnte. Doch dann hätte sie ihm erzählen müssen, dass sie in Graz war und was sie dort in Erfahrung hatte bringen können. Dieses Gesprächsthema hätte sicherlich für eine ziemlich unharmonische Stimmung gesorgt. Dabei hatte sie, ähnlich wie an dem Abend in Marseille, das Gefühl gehabt, in Tobias Grau so etwas wie einen Vertrauten um sich zu haben. Aber nur halb. Noch immer war der Mann ihr auf eine nicht wirklich greifbare Weise suspekt. Wäre er nicht einer der ältesten Bekannten von Gerd gewesen, sie hätte ihn nicht einmal in ihre Nähe gelassen.

Aufgrund des Telefonats mit Paula May hatte sie vor dem Essen doch nicht mehr geduscht. Jetzt sehnte sie sich umso mehr nach einer heißen Dusche. Sie stand so lange unter dem prickelnden Wasserfall, einem Luxus, den sie erst hier in Gerds Haus kennengelernt hatte, bis die Haut ihrer Fingerspitzen schrumpelig wurde. Danach wickelte sie sich in eines der übergroßen flauschigen Handtücher, die in einem exakt gefalteten vanillefarbenen Stapel im Badezimmerregal lagen. Sie dachte an ihre frühere Wohnung in Offenbach. Altbau, hohe Decken. Kein Balkon. Ein winziges Badezimmer, das fünf Mal in dieses hier gepasst hätte. Eine kleine Küche voll zusammengewürfeltem Mobiliar, kein Vergleich zu Gerds weitläufiger Wohnküche voller Marmor, gebürstetem Stahl und weich laufender Schubladen. Ganz zu schweigen von edlem Porzellan, Gläsern und Besteck luxuriöser Hersteller. Sie hatte immer ein bisschen Angst, es zu benutzen, aber Gerd hatte nur gelacht. »Dafür ist es doch da. Und wenn was zerbricht, davon geht die Welt nicht unter.« Er liebte hochwertige Sachen, ohne sich an Dinge zu hängen oder sie überzubewerten.

Sie rubbelte sich die kurzen, fast schwarzen Haare trocken und blickte in den Spiegel. Sah ein schmales Gesicht, etwas kantig am Kinn. Ihre helle Haut wirkte trocken und strapaziert. Sie hatte ihrer Körperpflege in den letzten zwei, drei Wochen keine Priorität eingeräumt. Gerd liebte ihre grünen Augen, ihren Hals, den er *geschmeidig* nannte, ihre schlanken Beine. Sie strich sich über den flachen Bauch. Sie joggte noch regelmäßig, und in ihrem Zimmer in Norddeich hing ein Boxsack. Aber ein Fitnessstudio hatte sie schon lange nicht mehr von innen gesehen. Egal. Sie war schlank, war es immer gewesen. Die Lücke zwischen ihren Oberschenkeln war nicht einem komplizierten Essensplan geschuldet, tatsächlich hatte sie keinen, sondern ihrer Natur. Sie warf das Handtuch in den Wäschekorb und stellte fest, dass er voll war. Sie schlüpfte in Baumwollshorts und ein ausgeleiertes T-Shirt, ihre bevorzugte Schlafbekleidung, und beschloss, noch schnell eine Maschine mit Wäsche zu befüllen. Einen Berg Handtücher auf dem Arm ging sie zur Kellertür. Als sie sie öffnete, blieb sie einen Moment lang irritiert stehen. Von unten, aus einem der Räume dort, schien Licht zu ihr herauf. Sie kämpfte den Wunsch, wegzulaufen, nieder. Niemand konnte im Haus sein. Das Licht ... hatte sie es brennen lassen? Doch so sehr sie sich auch das Gehirn zermarterte, sie konnte sich nicht erinnern, früher am Tag im Keller gewesen zu sein. Sie stieg die Stufen hinab. Schritt für Schritt. Langsam, mit angehaltenem

Atem. Unten angelangt, blieb sie stehen. Horchte. Nichts. Dann lief sie weiter. Der ganze Keller war gefliest und der Gang von Neonleuchten so erhellt, dass es keine dunklen Ecken gab. Sie ging am ersten Raum vorbei. Knipste das Licht an. Dort lagerten die zurzeit nicht genutzten Gartenmöbel. Sonst nichts. Der zweite Raum war offen, hatte keine Tür. Regale voller Konserven, Nudeln, Obstgläsern. Alles sehr überschaubar, sie hatten vieles verbraucht und nichts nachgekauft, nachdem der Entschluss zum Umzug gefallen war. Im nächsten Raum standen ein paar Umzugskisten. Dinge, aus ihrer Offenbacher Wohnung, die hier eingelagert waren. Der größere der beiden hintersten Räumen war der geräumigste. Waschmaschine, Trockner, Trockengestell, Bügelbrett. Das Licht kam aus dem Raum daneben. Lenas Herz setzte einen Moment lang aus. Sie ließ die Handtücher auf den Boden gleiten, gab der halb offen stehenden Tür einen Schubs. Auf den ersten Blick ein weiterer Vorratsraum. Ein mannshoher Kühlschrank. Eine Tiefkühltruhe. Ein kleines Weinregal. Daneben die schmale grau lackierte Tür. Der Zugang zu Gerds begehbarem Safe. Mit zwei Schritten war sie dort, legte die Hand auf die Klinke. Abgeschlossen. Sie atmete tief aus. Selbst wenn man den Schlüssel zu dieser Tür besaß, dahinter gab es eine zweite, die nur mit einem Zahlencode geöffnet werden konnte. Den besaßen ausschließlich Gerd und sie. Gerd hatte den Code im Kopf. Und sie? Mit Schrecken dachte sie an den Zettel, den sie von Dr. Gorg, Gerds Anwalt, vor über zwei Wochen erhalten hatte.

Prägen Sie sich die Zahlen ein und verbrennen sie den Zettel, hatte er ihr geraten. Und sie? Hatte den Zettel erst einmal in ihre Jeanstasche geschoben. Die Zahlen kannte sie inzwischen dennoch auswendig. Aber wo war der Zettel? Sie konnte sich nicht erinnern, ihn entsorgt zu haben. Verdammt! Sie rannte nach oben, suchte den Schlüsselbund, rannte wieder nach unten. Schloss die äußere Tür auf und tippte mit fliegenden Fingern den Zahlencode ein. Betrat den begehbaren Safe. Blickte um sich. Hatte sich hier etwas verändert? War jemand hier drin gewesen? Nein. Es sah alles so aus, wie sie es in Erinnerung hatte. Sie schnupperte sogar. Kein fremder Geruch in der Luft. Alles stand an seinem Platz. Auch im kleineren, zusätzlichen Wandsafe schien alles in Ordnung. Aufatmend verschloss sie alles wieder. Löschte das Licht. Ging in die Waschküche und legte die Handtücher dort in die Maschine. In einem Wäschekorb daneben lagen noch ein paar Sachen von ihr. T-Shirts, Wäsche. Ein Paar schwarze Jeans. Lena hob sie hoch, durchsuchte die Taschen. Gleich darauf brach ihr der kalte Schweiß aus. In einer der Gesäßtaschen klebte, reichlich mitgenommen, der Papierfetzen mit den Zugangscodes. Sie musste sich gegen den Trockner lehnen. Starrte auf das, was sie in der Hand hielt.

War sie so durch den Wind gewesen, dass ihr gar nicht klar war, wie gefährlich das alles sein konnte? Niemand war im Haus gewesen. Niemand hätte diese Jeans mit dem Zettel darin finden können. Außer ... Tobias Grau. Lenas Blick wanderte aus der Waschküche hinaus in den Flur. Hatte das Licht drüben darum gebrannt? Weil er hier unten gewesen war, während sie, von einem Medikament benebelt, oben tief und fest geschlafen hatte? War er in Gerds Allerheiligstes eingedrungen und wenn ja, was hatte er gesucht? Womöglich gefunden? Lena stand noch so da, als oben im Haus das Telefon klingelte. Es war nicht ihr Handy, sondern Gerds Festnetzanschluss, wie sie mit einer leichten Zeitverzögerung erkannte. Wer rief da an, mitten in der Nacht? Sie stieß sich ab und rannte nach oben. Der Anschluss stand im Arbeitszimmer, doch als sie es endlich erreicht hatte, den Hörer von der Gabel riss und sich meldete, hörte sie lediglich ein Tuten. Wer immer es gewesen war, hatte bereits wieder aufgelegt.

Kapitel 28

Auf den Besuch von Paula May war Lena nicht gefasst gewesen. Sie starrte die Kripobeamtin an wie eine Erscheinung, als sie am nächsten Morgen vor ihrer Tür stand.

»Wir müssen reden«, befand die Frau knapp und schob sich an Lena vorbei ins Haus. Es war kurz nach elf Uhr morgens. Lena hatte eine fürchterliche Nacht hinter sich und Paula May sah auch nicht gerade erholt aus. Vermutlich war sie noch vor dem Morgengrauen in Norddeutschland gestartet.

»Haben Sie gestern Abend versucht, mich zu erreichen? Auf dem Festnetz hier im Haus?«

»Nein. Warum sollte ich?«

»Ach nichts«, murmelte Lena und ging voran in die Küche. Wenn das so weiterging, würde sie bald einen Rekord darin aufstellen, fremde Leute in Gerds Haus zu empfangen.

»Warum sind Sie hier?«

Paula May stellte eine Aktentasche auf den Boden und ließ sich auf einem Stuhl nieder. »Ihr Anruf gestern. Wir müssen noch einmal ihre Erinnerungen aufrufen. Und dann ist da natürlich noch die Sache mit Herrn Rohloffs Bruder.« Sie blickte Lena streng an, die sich umdrehte und froh war, sich an der Kaffeemaschine zu schaffen machen zu können.

»Ich habe es Ihnen schon am Telefon gesagt. Jemand rief *Los jetzt!*«

»Bevor oder nachdem der Motor angelassen wurde?«

Das Motorengeräusch. Sie hatte es noch halb im Schlaf wahrgenommen.

»Erst der Motor, dann die Stimme.« Oder?

»Halt. Nein. Es war anders. Erst der Motor, dann die Schüsse, dann die Stimme.«

»Hm«, machte Paula May und kritzelte etwas auf den Block, der vor ihr auf dem Tisch lag. »Stellen Sie sich die Situation vor. Was sehen Sie?«

Lena sah zu, wie der Kaffee in die Tassen lief. Sie konnte sich nicht wirklich auf die Frage konzentrieren. Zu vieles ging ihr im Kopf herum. Kalle alias Carlos in Deutschland. Tobias Grau, der vielleicht im Keller gewesen war. Ihre Todesangst. Der Tod von Anton Hellmer. Gerds immer noch unveränderter Zustand, über den man sie bereits am Morgen bei ihrem Anruf unterrichtet hatte. »Keine Veränderung, Frau Borowski.« Hatte die Stimme des Arztes heute früh irgendwie anders geklungen als sonst? Bildete sie sich das nur ein? Das Kaleidoskop in ihrem Kopf drehte sich immer schneller. Dann riss sie sich zusammen.

»Ich sehe jemanden, der in einem Auto sitzt. Eine zweite Person schießt.« Und dann? »Dann bleibt die Person, die geschossen hat, stehen.« Die Person im Auto hat den Wagen angelassen. Die beiden müssen so schnell wie möglich fort vom Tatort. Aber dann ...

»Ich glaube, die Person, die geschossen hat, hat sich anders verhalten als erwartet oder vereinbart. Statt sofort auf das Auto zuzulaufen oder sich hineinzusetzen, blieb sie stehen. Warum?«

»Genau das denke ich auch«, sagte Paula May. »Möglicherweise will er sich vergewissern, dass er getroffen hat. Aber nach allem, was wir wissen, ist davon auszugehen, dass Ihr Lebensgefährte sich nach dem Sturz nicht mehr bewegt hat.«

Sie schwiegen. Erst als Paula May verlangend in Richtung Kaffeemaschine blickte, löste sich Lena aus ihrer Erstarrung. Sie griff nach den Tassen, stellte sie auf Untertassen und ging damit zum Tisch.

»Die Person wollte auskosten, was sie getan hat. Wenigstens ein paar Sekunden«, murmelte sie.

Ihre Besucherin nickte beifällig. »So könnte es gewesen sein. Der Komplize will los und ruft deshalb.«

»Dann steigt der Täter ins Auto und beide rasen davon.«

Die Kripobeamtin nickte. Sie nippte an ihrem Kaffee und verzog leicht die Lippen, weil das Getränk wohl heißer war, als gedacht.

»Was schließen wir daraus? Es könnte sich um ein persönliches Motiv gehandelt haben. Der Täter braucht diese Sekunden, die er da am Tor steht und auf der Terrasse den Mann liegen sieht, den er töten wollte. Er braucht den Genuss oder die Gewissheit, dass es ihm gelungen ist. Gleichzeitig könnte es aber auch heißen, dass es doch kein Profikiller war.«

»Profikiller?« Lena rutschte beinahe ihre Tasse aus der Hand.

Ihr Gegenüber wirkte ertappt. »Hm. Ja. Ein Schuss in die Brust, einer in den Kopf. Sie verstehen?«

Nein, Lena verstand nichts, aber die Kommissarin schien das nicht zu bemerken oder es war egal. »Der Streifschuss durchschlug die Scheibe der Terrassentür. Die Kugel blieb nicht stecken. Ein Auftragskiller hätte da womöglich Zweifel gehabt, ob er richtig getroffen hat.«

»Aber Sie sagten doch, dass diejenige Person ein guter Schütze gewesen war?«

»Das vermuten wir aufgrund der Gesamtumstände, ja.«

»Haben Sie denn eine neue Spur?«

»Kommen wir zu Herrn Rohloffs Bruder.« Paula May antwortete nicht direkt auf Lenas Frage. Sie griff nach ihrer Aktentasche und zog einen schmalen Hefter daraus hervor. »Karl-Heinz Rohloff wird mit internationalem Haftbefehl wegen Mordes gesucht. Die Franzosen sind ganz heiß darauf, ihn in die Finger zu bekommen. Wie viele seiner ehemaligen *Geschäftspartner* mit ihm noch ein Hühnchen zu rupfen haben, können wir nur ahnen.«

Der Juwelenraub in Marseille. Vermutlich die Altersversorgung von Carlos und Dolores.

»Und da kommt der Mann, der sich seit Jahren erfolgreich versteckt hat, einfach aus der Deckung? Warum?«

Weil er Angst hat, seinen Bruder nicht mehr lebend zu sehen? Weil er ein Lügner und Betrüger ist? Weil er versucht hat, Gerd zu töten oder töten zu lassen, und sein Werk begutachten will?

Lena schwieg, weil nichts von alledem einen Sinn ergab.

»Sie waren kürzlich in Frankreich. Marseille.« Die Stimme der Polizistin klang fast beiläufig. »Haben Sie dort Freunde, Verwandte?«

»Muss man das?«

»Nein. Aber die Tatsache, dass Ihr Lebensgefährte am Abgrund des Todes balanciert macht es unwahrscheinlich, dass Sie einen Vergnügungsausflug unternommen haben. Und Marseille, das ist genau die Stadt, in der Karl-Heinz Rohloff seinen letzten großen Coup gelandet hat, bevor er sich absetzte. Wohin auch immer. Vielleicht ist er aber auch längst zurückgekehrt? Wer weiß.«

Lena starrte ihr Gegenüber nur an. Ihr Mund war so trocken wie eine Wüste.

»Frau Borowski, haben Sie sich mit dem Bruder Ihres Lebensgefährten in Frankreich getroffen? Kennen Sie sich vielleicht schon länger?«

Lena verstand sofort, was die andere damit sagen wollte. Sie sprang empört auf. »Das geht zu weit! Ja, ich war in Marseille. Ich wollte Karl-Heinz Rohloff ausfindig machen, weil ich befürchtet habe, er habe etwas mit dem Anschlag auf Gerd zu tun. Aber er lebt dort schon lange nicht mehr. Ich kam mit leeren Händen zurück.«

»Das heißt, Sie haben den Bruder Ihres Lebensgefährten nie getroffen, kennen ihn nicht?«

Was nun? Lena war versucht, vehement zu leugnen. Aber was, wenn die Kripo trotz aller Vorsichtsmaßnahmen bereits wusste, dass sie in Gran Canaria gewesen war?

»Was sagt er denn? Also, was ist der Grund für seine Rückkehr?«, bog sie das Gespräch in eine andere Richtung.

Paula May seufzte. »Das wissen wir nicht. Das Foto ist das, was wir einen Beifang nennen. Er ist sozusagen in eine Observation gelaufen. Hatte nichts mit dem Fall zu tun, in dem wir unterwegs waren. Die Gesichtserkennungssoftware hat allerdings gute Dienste geleistet.«

Sie wussten also nicht, wo Kalle jetzt steckte!

»Wir vermuten, er will zu seinem Bruder.«

»Aha«, murmelte Lena, die sich darauf keinen Reim machen konnte.

»Könnte er der Mann gewesen sein, dessen Stimme Sie gehört haben?«

Lena schüttelte vehement den Kopf. »Sicher nicht. Er ist offensichtlich nur wenig jünger als Gerd, wird also um die fünfzig sein. Die Stimme gehörte definitiv einem jüngeren Mann.« Sie betrachtete ihr Gegenüber skeptisch. »Sie sind doch nicht nur deswegen hierher gekommen? Um mich das zu fragen?«

»Ich habe noch einen Termin mit den Kollegen der Kripo in Frankfurt.«

»Gibt es denn Neuigkeiten?«

»Wir wollen alle Ergebnisse noch einmal durchsprechen. Manchmal sieht man gemeinsam doch mehr.«

Es klang etwas ausweichend.

»Sehr beruhigend ist das nicht. Nach über drei Wochen hätte ich mehr erwartet.« Es war Lena anzuhören, wie deprimierend sie das fand.

»Wir finden ihn. Da bin ich sicher. Es gibt Spuren, denen wir folgen. Nicht nur eine. Aber es ist wirklich seltsam.« Paula May beugte sich nach vorn, stelle die Ellbogen auf den Tisch und legte das Kinn in die gefalteten Hände. »Der Täter war kein Laie. Die Schüsse waren recht präzise, haben ihre Ziele – Herz und Kopf – nur sehr knapp verfehlt. Da denkt man natürlich an jemanden aus dem Milieu. Aber ehrlich gesagt haben wir genau da noch keine heiße Spur. Die Kollegen in Frankfurt haben wirklich mit jedem Einzelnen gesprochen, von dem wir uns Informationen erhofft haben.« Sie schwieg abrupt, als habe sie schon zu viel gesagt. Dann zuckte sie mit den Schultern. »Ihr Lebensgefährte scheint sich aus allen Streitigkeiten herausgehalten zu haben. Oder die Sache ist schon so alt, dass sich niemand mehr daran erinnert.«

Da decken sich ja die Erkenntnisse von Gerds Kumpeln und der Polizei in seltener Eintracht.

Paula May blickte in ihre leere Tasse, verneinte jedoch mit einem Kopfschütteln die angedeutete Frage, ob sie noch einen Kaffee wolle. »Dass ausgerechnet jetzt Karl-Heinz Rohloff auftaucht.« Sie schüttelte den Kopf. »Der Mann riskiert Gefängnis. Entweder er hängt sehr an seinem Bruder oder er will etwas zu Ende bringen. Eine weitere Erklärung habe ich nicht.« Wieder dieser durchdringende Blick, unter dem sich Lena zunehmend unwohl fühlte.

»Vielleicht war es jemand ganz anderes«, hörte sie sich dann sagen. »Ich habe vor ungefähr zwei Wochen eine merkwürdige Karte im Briefkasten gefunden. Sie muss eingeworfen worden sein. *Herzlichen Glückwunsch. Ein Krimineller weniger auf der Welt!*, hatte jemand darauf geschrieben.«

Paula May wirkte sofort wie elektrisiert. »Zeigen Sie sie mir.«

»Ich habe sie weggeworfen. Das war so ... ekelhaft!«

»Himmel! Frau Borowski, das kann doch nicht wahr sein! Jedes Puzzleteilchen ist wichtig, das muss ich Ihnen doch nicht sagen.« Sie war aufgesprungen.

»Wenn es einer der Nachbarn war, dann müsste derjenige doch froh sein, dass wir umgezogen sind. Gerd wollte das Haus verkaufen.« Ratlos hielt Lena inne. War es möglich, dass jemand hier aus der Straße so eine widerliche Karte schrieb?

»Wohin haben Sie die Karte getan?«

»Ins Altpapier.«

»Los, wir müssen sie rausholen. Wenn wir Glück haben, war die Müllabfuhr noch nicht da.«

Lena ging voraus. Die Mülltonnen standen in einem begrünten, offenen Verschlag neben der Hofeinfahrt. Paula May drängte sich an ihr vorbei und öffnete den Deckel.

»Gott sei Dank«, murmelte sie gleich darauf. Dann kippte sie die Tonne kurzerhand um und leerte alles aus. Es war nicht viel. Ein paar Werbeprospekte. Eine Boulevardzeitung, vermutlich die der Haushälterin. Die hatte es angesichts dieses überschaubaren Inhalts vermutlich nicht für nötig gehalten, die Mülltonne rauszustellen, was sich jetzt als Glück erwies. Paula May stocherte mit einem Kugelschreiber im Altpapier herum, sie hatte die Karte schnell identifiziert.

»Haben Sie irgendwo eine kleine Papiertüte oder so etwas?«

Lena nickte und holte einen DIN-A4-Umschlag aus dem Haus. Paula May hatte ein Stück der Boulevardzeitung abgerissen und transportierte die Karte so geschützt in den Umschlag. »Das lassen wir auf jeden Fall auf Fingerabdrücke untersuchen.«

Dann stemmte sie die Fäuste in die Hüften. »Aber vorher lasse ich sämtliche Nachbarn befragen. Ich will wissen, mit wem wir es hier zu tun haben.«

Während kurz danach vier uniformierte Polizisten von Haus zu Haus gingen, verabschiedete sich Paula May, um nach Frankfurt zu fahren.

»Sagen Sie mir Bescheid, wenn Sie etwas in Erfahrung gebracht haben?«, wollte Lena wissen.

»Wenn ich die Erkenntnisse mit Ihnen teilen kann, sicher.«

Müde schlich Lena ins Haus zurück. Inzwischen war es zu spät, um nach Bad Reichenhall aufzubrechen. »Bleiben Sie hier oder dort erreichbar für uns«, hatte man sie gebeten. Sie sehnte sich nach Gerd. Spätestens am nächsten Morgen würde sie Bad Homburg verlassen. Dieses Mal mit mehr Gepäck als sonst. Lena hatte beschlossen, den Dingen einfach ihren Lauf zu lassen. Sie konnte und wollte nicht mehr irgendwelchen Spuren folgen, die doch alle nur ins Nichts führten. Tobias Grau hatte recht: Die Kripo ermittelte, er und ein paar seiner *Kumpel* stöberten nach wie vor im Milieu herum. Allesamt mit so gut wie keinen Ergebnissen. Ihr eigenes Engagement war unnötig und gefährlich. Noch so eine Situation wie mit Anton Hellmer im Wald wollte sie weiß Gott nicht mehr erleben. Wie es wohl Frank Heimers ging? Er hatte so wahnsinnig gefasst und ruhig gewirkt. Ob es diese Ruhe war, die er von seiner Asienreise mitgebracht hatte?

Vielleicht sollte auch ich einmal nach Bhutan fahren.

Doch mit ihrer Ruhe war es nicht weit her. Etwas nagte an ihr. Es war, als gälte es, kleine Schnipsel in ihrem Hirn zusammenzuklauben. Sie ging in Gerds Arbeitszimmer und setzte sich an den Schreibtisch. Holte einen Block aus der obersten mittleren Schublade. Saß dann dennoch eine Weile nur da, strich mit den Fingerspitzen die weichen, abgerundeten Kanten des Holzes entlang. Versuchte sich vorzustellen, wie sich Gerd gefühlt hatte, wenn er hier manchmal gesessen hatte. Auch als er die Clubs noch hatte, war es selten vorgekommen, dass er zu Hause arbeitete. Aber manchmal hatte sie ihn hier sitzen sehen, vertieft in Unterlagen. Fast alles Papierdokumente. Er arbeitete nie an einem Computer, es gab hier im Haus keinen, auch kein Laptop, außer ihrem eigenen. Lena griff nach dem Füller, der in der Ablage vor ihr lag. Schraubte den Deckel ab und schrieb alle offenen Fragen auf. Starrte darauf in der Hoffnung, eine Verbindung zu finden. Umsonst. Wer war Janica? War die Kopie der Geburtsurkunde in Gerds Safe eine Fälschung? War die Spur zu Gerd aus den Bordellmorden wirklich getilgt? Was wollte Kalle in Deutschland? Während sie noch über ihren Notizen brütete, fiel ihr etwas ein. Erika hatte es bei ihrem letzten Telefonat gesagt. Als sie sich jetzt daran erinnerte, griff sie zum Telefon. Erika war nicht erreichbar, doch dieses Mal sprang wenigstens eine Mailbox an und Lena hinterließ eine Bitte um Rückruf. Dann trommelte sie mit den Fingern auf der Tischplatte herum. Gerade, als sie beschlossen hatte, den Zettel mit den Notizen zu zerreißen und sich damit selbst zu verpflichten, jetzt endlich die Finger von all dem zu lassen, klingelte ihr Handy.

Zunächst wollte sie überhaupt nicht drangehen. Wartete, bis es aufhörte. Doch die Person, die sie erreichen wollte, ließ nicht ab. Vielleicht waren es ja die Polizisten, die von Haus zu Haus gegangen waren und etwas entdeckt hatten? Oder Paula May. Als sie endlich dranging, erschrak sie beinahe beim Klang von Dolores' Stimme.

»Entschuldige bitte, dass ich dich überfalle«, sagte Dolores. »Aber es ist etwas geschehen, über das wir reden müssen.«

Sie ging mit dem Telefon auf die Terrasse hinaus. Schon nach wenigen Minuten verstand Lena, wie es hatte sein können, dass ein Mann wie Kalle sein Leben für Dolores grundlegend veränderte. Hatte die Halb-Kolumbianerin auf Gran Canaria zwar energisch gewirkt, sich aber aus den Gesprächen weitgehend herausgehalten, nahm sie innerhalb von wenigen Minuten die Zügel in die Hand.

»Carlos hat sich in Schwierigkeiten gebracht. Er hat Gran Canaria verlassen und ist nach Deutschland geflogen. Obwohl ich ihn händeringend gebeten hatte, es nicht zu tun. Zunächst dachte ich, er will seinen Bruder noch einmal sehen. Auch wenn du es vielleicht nicht wirklich glauben magst, aber Gerd war für meinen Mann immer so etwas wie ein Idol. Jemand, dem er nacheifern wollte, aber zu viele Jahre lang nicht konnte. Ein unerreichbares Idealbild. Er hat lange gebraucht, um sich selbst davon zu überzeugen, dass er es mit einer kriminellen Karriere ganz bestimmt nicht schafft. Aber das ist Schnee von gestern!« Sie holte tief Luft und fuhr fort. »Nach eurem letzten Telefonat war er wie angestochen. Wollte den nächsten Flieger nach Deutschland nehmen. Ich habe nicht begriffen, was nun so wichtig ist. Kannst du es mir sagen?«

Lena schnappte nach Luft. Das, was Dolores da von sich gab, konnte nur bedeuten, dass es Danutas Foto gewesen war, das Carlos so in Aufregung versetzt hatte. »Ich habe ihm ein Bild geschickt. Von einer Frau, mit der Gerd vermutlich mal zusammen war. Lange vor unserer Zeit.«

»Eine Frau? Er kommt wegen einer Frau nach Deutschland zurück? Einer Ex-Geliebten seines Bruders?«

»Hat er dir nichts erzählt? Habt ihr nicht gesprochen, nach meinem Telefonat mit ihm?«

»Nein. Er war ... nicht ansprechbar. Dabei nicht abzubringen von seinem Vorhaben. Es ging alles so schnell. Ich konnte ihn nicht aufhalten.«

»Wo ist er?«

»Ich weiß es nicht. Ich habe Angst um ihn. Dass er geschnappt wird und ins Kittchen wandert.«

Diese Angst ist nicht unbegründet.

»Bei mir ist er nicht. Er wird sich hier auch kaum blicken lassen. Bei mir geht die Polizei ein und aus.«

Und gerade durch die ganze Straße.

Lena fragte sich, ob sich schon etwas getan hatte. Wer immer diese Karte geschrieben hatte, war ein ziemliches Schwein.

»Wer ist diese Frau und warum will Carlos sie unbedingt sehen?«

»Sie ist tot. Es macht überhaupt keinen Sinn, dass er ihretwegen nach Deutschland geflogen ist.«

»Was?!« Dolores' Entrüstung war über die Entfernung sehr gut wahrnehmbar. »Aber wenn sie tot ist, was will er dann dort?«

Lena seufzte und rieb sich die Stirn. Was hatte sie Gerds Bruder noch gesagt am Telefon?

»Es gibt eine Tochter. Aber die kann Carlos nicht kennen. Möglicherweise ist sie Gerds Kind.«

»Ach herrje! Dann ist sie auch so etwas sie Carlos' einzige Verwandte.«

Eine Verbindung auch zu dem von ihm verehrten Bruder, Gerd.

»Ich hätte nicht gedacht, dass er sich etwas aus Familie macht«, entgegnete Lena barsch. Und selbst wenn, nichts erklärte diesen überstürzten Aufbruch. Carlos hatte nach dem Telefonat ja keine Sekunde gezögert.

»Ach ja, da ist noch etwas. Dass dein Mann auf einmal wieder laufen kann, ist das ein Wunder?« Ihre Stimme klang sehr spitz.

»Auf einmal wieder ...« Dolores schien ratlos. Dann lachte sie dumpf auf. »Den Rollstuhl braucht er nicht immer. Es gibt Tage, da kann er sich nicht auf den Beinen halten. Aber du hast ja gesehen, was für ein einfaches Ding das ist.«

Es stimmte. Der Rollstuhl ähnelte den Modellen, in denen man in den USA Patienten aus dem Krankenhaus schob. Keineswegs einem Luxusmodell, das er sich sicher hätte leisten können. Dennoch ...

»Er ist also nicht gelähmt? Aber ihr habt mich in dem Glauben gelassen!«

Dolores wirkte, als sei das alles nicht so wichtig. »Lena, das ist gar nicht absichtlich geschehen. Wir haben es gar nicht für nötig gehalten, dich detailliert über Carlos' Gesundheitszustand zu unterrichten. Es spielte doch keine Rolle.«

So konnte man es auch sehen!

»Möglich. Aber irgendwie komme ich mir verschaukelt vor.«

Dolores schien jetzt der Hintergrund zu Lenas Frage aufzugehen. »Sag mal, woher weißt du das denn überhaupt?«

Lena holte tief Luft. »Man hat mir ein Foto gezeigt. Es muss kurz nach Carlos' Ankunft in Deutschland aufgenommen worden sein. Er ist denen in München in eine Observation gelaufen. Die Polizei weiß, dass er hier ist.«

Lautes Gejammere, Geschrei und Geweine war die Antwort. Dolores erholte sich nur langsam von dieser Nachricht.

»Carlos hat nichts mit dem Anschlag auf Gerd zu tun. Das musst du mir glauben. Ich hoffe und bete, dass sein Ausflug keine schlimmen Konsequenzen für ihn hat. Du hast mit ihm telefoniert. Danach war er weg. Und jetzt sagst du, die Polizei weiß, dass er in Deutschland ist, aber du weißt nicht, wo er sich aufhält.« Lautes Weinen folgte auf diese Worte.

»Wie ich schon sagte, ich habe keine Ahnung, wo genau er ist. Zu Gerd kann er nicht, ohne der Polizei in die Arme zu laufen. Aber ich denke, das weiß er. Die Frau, Danuta hieß sie, ist tot. Ihre Tochter befindet sich in einer psychiatrischen Klinik. Carlos kennt weder ihren Namen noch ihren Aufenthaltsort. Ich bin genauso ratlos wie du.«

Dolores schnaubte in den Hörer.

»Ich muss ihn finden und davon abhalten, eine Dummheit zu machen. Was es auch sei. Gerds Klinik ist in Bayern, in Bad Reichenhall, hast du gesagt?«

»Ich fahre morgen dorthin. Aber ich bin mir ganz sicher, dass Carlos es nicht wagt, Gerds Zimmer zu betreten. Die Polizei kennt seinen neuen Namen nicht, aber es gibt noch immer einen Haftbefehl wegen einer Sache in Marseille. Es ist also nicht ganz so einfach, verstehst du?«

»Bist du sicher?«, flüsterte Dolores.

»Ja, leider.«

»Weißt du, wie wir uns kennengelernt haben, dein Schwager und ich?«, wechselte Dolores jetzt plötzlich das Thema. »Ich sollte eine Tour machen, hatte das Zeug schon geschluckt. Da kam eine Nachricht rein, dass uns jemand verpfiffen hatte. Ich musste in der Wohnung bleiben. Ein Typ kam, den ich kaum kannte. Es hatte offensichtlich Streit mit einem anderen aus der Gruppe gegeben und er wollte ›seinen‹ Stoff zurückhaben. Er hatte ein Teppichmesser dabei und war mehr als bereit, es zu benutzen. Ich bin nicht gerade wehrlos, aber der Kerl war ein Schrank und ein Schlag mit seiner Pranke hätte mich vermutlich quer durchs Zimmer und ins Land der Träume geschleudert. Aus dem ich ausgeweidet wieder erwacht wäre. Oder eher nicht. Also erwacht. Das war ein Todesurteil, und ich wusste das. Carlos war im Nebenraum, er hörte, was vor sich ging. Und weißt du, was er getan hat? Den Kerl mit bloßen Händen erwürgt. Seine Wut hat ihm die Kraft verliehen. Glaubst du wirklich, dass ich ihn jetzt hängenlassen würde? Wenn du also irgendetwas für ihn tun kannst, stünde ich für immer in deiner Schuld.«

»Ein Nachbar. Herr Rohloff war ihm schon lange ein Dorn im Auge. Er habe, so sagte der Mann, nicht in dieses gutbürgerliche Viertel gepasst. Dabei hatte ihr Lebensgefährte sein Haus schon lange bewohnt, als die andere Familie einzog.« Paula May hatte Lena nicht gesagt, wer genau es war, der ihr diese schreckliche Karte eingeworfen hatte. »Als die uniformierten Kollegen von Haus zu Haus gingen, haben sie aber noch etwas anderes erfahren. Jemand hat nach der neuen Adresse gefragt. Ein junger Mann. Hat sich als Neffe von Herrn Rohloff ausgegeben, der lange im Ausland gelebt hat. Kennen Sie jemanden, auf den das zutrifft?«

»Gerd hat keinen Neffen.«

»Dachte ich mir schon. Wir lassen ein Phantombild anfertigen.« Sie seufzte tief. »Erfahrungsgemäß kommt da alles Mögliche dabei raus. Aber schauen wir mal. Es passt zeitlich auf jeden Fall. Ganz genau konnte sich niemand mehr an das Datum erinnern, aber es müsste wenige Tage vor dem Anschlag gewesen sein.«

Was sich sonst noch so ergeben hatte im Gespräch mit den Frankfurter Kollegen, sagte Paula May nicht. Aber es reichte auch so, um Lena zu beunruhigen. Während sie ihre Tasche packte, im ganzen Haus herumlief, um Fenster und Türen zu sichern, kreisten ihre Gedanken unablässig um die Frage, was Carlos vorhatte. Schließlich wählte sie Tobias Graus Nummer.

»Eine Frage. Als Sie bei mir waren und ich geschlafen habe, sind Sie da in den Keller gegangen?«

»Keller?« Einen Moment lang blieb es still. »Ja. Doch. Ich habe Wein geholt. Wissen Sie noch?«

Es konnte eine Erklärung sein. Oder eine Ausrede. Sie würde die Safekombination ändern, das war sowieso überfällig.

»Kalle Rohloff ist in Deutschland. Haben Sie etwas gehört?«

»Was?!« Er war genauso überrascht, wie auch sie selbst es gewesen war. »Nein. Aber wenn er in Frankfurt auftaucht, dann kann er sich gleich selbst die Handschellen anlegen. Irgendjemand, der noch eine alte Rechnung offen hat, wird ihn mit dem größten Vergnügen verpfeifen.«

»Ich weiß nicht, ob er Frankfurt auf dem Plan hat. Ich denke, er wird versuchen, Gerd zu sehen.«

»Das werde ich nicht zulassen!«

»Wieso Sie? Sie dürfen selbst nicht zu ihm, schon vergessen?«

»Ich fahre Sie. Denken Sie noch daran?«

»Ich fahre alleine. Danke. Machen Sie es gut.« Sie legte auf und fuhr fort, ihre Sachen zu packen.

Kapitel 29

Anna Weber war zwischenzeitlich abgereist, hatte aber für Lena an der Hotelrezeption eine Nachricht hinterlassen.

»Falls wir uns hier nicht wieder begegnen, kommen Sie gerne vorbei, wenn Sie mal in Ulm sind. Ich würde mich sehr über ein Wiedersehen freuen.« Eine Visitenkarte lag bei, die sie als Geschäftsführerin eines mittelständischen Betriebes auswies. Hinten war noch eine private Mobilfunk-Nummer aufgeschrieben. Lena steckte die Karte in ihre Brieftasche, stellte ihren Weekender in den Schrank des Hotels und nahm eine lange heiße Dusche. Danach zog sie sich um und fuhr in die Klinik.

Der Beamte vor Gerds Tür blickte von seinem Kreuzworträtsel auf, als sie sich näherte. »Frau Borowski, guten Tag.« Man kannte sich.

»Irgendwelche besonderen Vorkommnisse?«

Hat jemand versucht, in Gerds Zimmer zu gelangen? Sein krimineller Bruder vielleicht?

»Nein. Alles in bester Ordnung. Aber es ist gerade eine Schwester bei ihm.« Tatsächlich stand das Schildchen an der Tür auf »Rot«. Lena lehnte sich an die gegenüberliegende Wand.

»Was dagegen, wenn ich mir einen Kaffee hole, solange Sie hier draußen sind?«

»Nein. Natürlich nicht.«

Der Mann stand auf und ging eilig davon. Lena stellte es sich nicht gerade toll vor, den ganzen Tag vor einem Krankenzimmer zu sitzen. Als er wieder vorn im Flur auftauchte, einen Becher mit dampfendem Inhalt in der Hand, öffnete sich die Tür. Ein Pfleger und eine Schwester kamen heraus. Sie nickten Lena zu und verschwanden, einen kleinen Rollwagen mit Wäsche hinter sich herziehend. Lena betrat das Zimmer. Gerd lag da, wie er seit drei Wochen immer dagelegen hatte. Auf dem Rücken. An einer Hand war eine Sonde befestigt, eine Kanüle führte vom Handrücken zum Tropf an einem Ständer. Auf den Geräten bewegten sich Zahlen und Linien, etwas surrte leise. Von Anfang an waren Gerds Augen geschlossen gewesen. Die Lider glänzten jetzt feucht, vermutlich hatte man ihm etwas darauf gesprüht, damit nichts austrocknete. Lena stand eine Weile vor dem Bett und sah auf ihren Geliebten hinunter. Er war schmal geworden. Die Wangen waren eingefallen, das Kinn wirkte spitz. Auch der Körper wirkte zerbrechlicher. Er atmete von allein, was sie immer als gutes Zeichen angesehen hatte. Aber sie wusste, dass es darauf nicht ankam. Letztendlich entschieden die Gehirnaktivitäten darüber, ob man grundsätzlich von einer Rückkehr ins Leben ausgehen konnte oder nicht. Und auch diese Methode war nicht 100-prozentig sicher, war ihr gesagt worden.

Sie zog sich einen Stuhl heran und ließ sich neben Gerd nieder. Die Tür öffnete sich, eine Schwester steckte den Kopf ins Zimmer, lächelte ihr zu und ging wieder. Stille legte sich über den Raum. Lena zog ein Buch hervor und begann zu lesen.

»... und wäre jetzt gerne bei dir. Sehr gern würde ich etwas für dich tun.« Der Anfang von *Licht*. Gerd hatte sie immer ein wenig geneckt wegen ihrer Vorliebe für diese wunderschön geschriebene, aber letztendlich doch sehr traurige Erzählung von Christoph Meckel über eine zu Ende gehende Liebe. Sie las zunächst mit stockender Stimme, dann immer flüssiger. Zwischendurch trank sie Wasser, das sie mitgebracht hatte. Einmal holte sie sich in der Cafeteria einen Cappuccino. Zwischendurch stand sie immer wieder auf, um sich die Beine zu vertreten oder das Zimmer zu verlassen, wenn Pflegepersonal kam und tat, was getan werden musste. Bevor sie am Abend ging, tupfte sie Gerd noch ein wenig *Fahrenheit* auf die Wangen. Sie hatte sich extra eine kleine Flasche von seinem Lieblingsduft besorgt. Zum einen, weil sie gelesen hatte, dass der Geruchssinn der am stärksten ausgeprägte war, was Erinnerungen betraf. Zum anderen, weil sie selbst sich angewöhnt hatte, abends ein paar Tropfen auf ihr Kissen zu geben. So konnte sie wenigstens etwas von ihm bei sich haben, während er doch so abwesend war.

Zurück im Hotel schwamm sie ein paar Runden im Pool. Beim Abendessen lächelte ihr ein Mann vom Nebentisch auffordernd zu. Sie ignorierte ihn und wunderte sich gleichzeitig darüber, dass jemand mit ihr flirten wollte. Sah man ihr ihr Elend nicht an?

Zu all dem, was ihr in den vergangenen drei Wochen so oft den Schlaf geraubt hatte, kam noch etwas anderes. Seit ein paar Tagen fühlte sie sich extrem schlapp, ein flaues Gefühl im Magen raubte ihr immer häufiger den Appetit. Aber war das denn ein Wunder, nach all dem, was geschehen war?

Nach dem Essen machte sie noch einen kurzen Spaziergang. Die Luft hier am Rande der Berge war phänomenal. Schwer von Gerüchen, gleichzeitig wohltuend kühl jetzt am Abend. Sie bedauerte, dass Anna Weber nicht mehr hier war. Die Gespräche mit der Frau aus Ulm hatten gutgetan. Obwohl das letzte sie doch mehr als nachdenklich gemacht hatte.

»Ich weiß inzwischen gar nicht mehr, wovor ich mehr Angst habe. Dass er nie wieder aufwacht oder dass er wieder aufwacht und nicht mehr derselbe Mensch ist.«

Was wäre, wenn Gerd mit einer veränderten Persönlichkeit aus dem Koma erwachen würde? Vielleicht sein Gedächtnis verloren hatte und sie nicht mehr erkannte? Oder, noch viel schlimmer, ein Pflegefall bliebe? Lena konnte diese Gedanken nicht zu Ende denken, ohne eine große Traurigkeit zu verspüren. Sie wollte, dass irgendwann, möglichst bald, alles wieder so sein würde, wie es einmal war. Aber was, wenn es nie wieder so sein konnte?

Später am Abend setzte sie sich mit einem Whisky aus der Minibar auf den Balkon, legte die Füße hoch und tippte Nachrichten in ihr Handy. An Sonja, die selbst alle paar Tage aufmunternde oder fragende Texte schickte. Auch an Tobias Grau, hauptsächlich, um ihn abzuhalten, selbst zu kommen. Auch an Johann Golombeck schrieb sie. Ob es etwas Neues gäbe von der Erbenermittlerin? Im Gegensatz zu den anderen beiden antwortete er nicht. Dafür klingelte etwas später Erika Pospischil an. »Du hast eine Nachricht hinterlassen. Was gibt es denn?«, fragte sie munter. »Weißt, ich war auf einem Engelseminar und habe dir gute Energien gesandt. Helles Licht für deine Seele.«

Ja, die könne sie gut gebrauchen, antwortete Lena. »Aber warum ich angerufen habe. Etwas, das du im letzten Telefonat gesagt hast, hat mich nicht in Ruhe gelassen. Du sagtest über Janica, als sie ihre Mutter mit aufgeschnittenen Pulsadern fand: *Das arme Mädchen. Selbst für sie war das ein Schock.* Was hast du denn damit gemeint?«

»Ach das. Die Janica war ja einiges gewohnt, durch ihre Tätigkeit beim Bundesheer. Aber das härtet einen ja nicht ab für derlei persönliche Dinge.«

Lena richtete sich auf und nahm die Füße vom Balkongeländer. »Janica war im Militärdienst?«

»Ja. Hatte sich sogar für einige Jahre verpflichtet. Bevor sie zurückkam und die Goldschmiedelehre angefangen hat.«

»Moment. Sie hat eine militärische Ausbildung?«

Erika wusste es nicht so genau, aber ja, antwortete sie schließlich. So in der Art.

Nachdenklich beendete Lena das Gespräch. Eine junge Frau. Ausgebildet in Kampftechniken oder zumindest körperlich sehr fit. Wie schlimm musste es für sie gewesen sein, selbst vergewaltigt zu werden und mitzubekommen, wie der eigenen Mutter Gewalt angetan wurde? Jemand, die sich nicht als Opfer sah, sondern als jemand, die sich wehren konnte? Eigentlich. Aber gegen drei Männer hatten die beiden Frauen keine Chance gehabt. Dann war Janica schwanger geworden und von der Mutter regelrecht zur Abtreibung gezwungen worden. Und kurz danach fand sie eben diese tot in der Badewanne, mit aufgeschlitzten Pulsadern. Lena schüttelte sich vor Entsetzen. Das arme Mädchen! Lena vermochte nicht, sich vorzustellen, wie sie sich fühlte. Das könnte auch eine Erklärung dafür sein, dass sie bei ihrem Zusammentreffen so merkwürdig lethargisch gewirkt hatte. Drei Scheißkerle hatten ihr die Gewissheit genommen, sich selbst schützen zu können. Spontan holte Lena ihr Handy noch einmal hervor und schickte Janica eine Nachricht, in der sie fragte, wie es ihr gehe. Sie sei in Bad Reichenhall. Vielleicht könne man sich ja mal wieder treffen? Bis zum Schlafengehen war keine Antwort eingetroffen.

Kapitel 30

In der Nacht hatte es geregnet und am Morgen lag der Geruch nach feuchter Erde und Gras in der Luft. Lena war sehr früh wach geworden und hatte bereits eine Joggingrunde und ein kleines Frühstück hinter sich, als die das Hotel verließ. In der Klinik herrschte an diesem Tag mehr Trubel als sonst, offenbar checkte eine arabische Großfamilie ein. Sie ging in den ersten Stock hinauf, nickte dem Wachmann zu und betrat Gerds Zimmer. Bei ihren letzten Besuchen hatte sie immer auch ein paar Worte mit einem der behandelnden Ärzte gewechselt, heute stand ihr überhaupt nicht der Sinn danach, die ewig gleichen Dinge zu hören. Im Zimmer roch es schwach nach Zitrone. Lena setzte sich neben Gerd, der still und so unverändert ruhig dalag wie schon seit drei Wochen. Sie las ihm die Zeitung vor, wobei sie den unangenehmen Teil der Nachrichten wegließ und dadurch auch schnell durch war. Als das Pflegepersonal den Raum betrat, ging sie in die Cafeteria, trank einen Orangensaft und starrte durch die Scheibe auf die gepflegte Grünfläche hinaus. Dort schlenderten ein paar wenige Menschen herum. Einige wenige trugen Bademäntel und schienen genesene Patienten zu sein. Ein Umstand, der Lena nicht beruhigte.

Kein Fall ist wie der andere.

Das hatte sie in den vergangenen Wochen zu oft gehört. Einmal glaubte sie, ein bekanntes Gesicht zu erspähen, doch der Mann, er trug Handwerkerkleidung, war zu schnell aus ihrem Sichtfeld verschwunden. Sie ging zurück zu Gerd, dessen Bett neu bezogen war und der an einem frischen Tropf hing. Sie setzte sich neben ihn und ließ den Kopf auf seine Hand sinken. »Was soll ich nur tun? Was kann ich tun, damit du wieder aufwachst, zu mir zurückkommst? Ehrlich gesagt ist es mir total egal, was in der Vergangenheit war. Was du getan hast. Vielleicht oder vielleicht auch nicht. Wenn nur nicht alles so verwirrend wäre.« Sie spürte Tränen in den Augen aufsteigen. So saß sie, bis sie plötzlich eine Bewegung spürte. Gerds Hand zuckte. Stärker als sonst. Sie war auf einmal wieder ganz warm, so, wie sie es kannte. Sanft streichelten seine Fingerspitzen über ihre Wange. Lena drehte den Kopf. Seine Augen waren offen, er sah sie direkt an. Mit diesem warmen Glanz, den sie immer hatten, wenn sie bei ihm war.

»Lena«, seine Stimme war leise, wie von weit weg. »Du solltest nicht so traurig sein. Alles wird gut. Hörst du? Die Dinge sind, wie sie sind. Aber ich bin immer bei dir. Hab Vertrauen. In dich und mich.«

Mit einem Schrei fuhr sie auf, schwer atmend. Sie war eingedöst. Gerds Augen waren geschlossen. Seine Hände ruhten kühl und unbeweglich auf der Decke. Einen Moment lang war er wieder bei ihr gewesen. Hatte sie angesehen. Mit ihr gesprochen. Wenn es auch nur in ihrem Traum war, für sie hatte es sich so wahnsinnig echt angefühlt. Die Intensität des Gefühls warf sie schier um. Würde es jemals wieder so sein? Sie spürte seinen Verlust so heftig, dass ihr ganzer Körper schmerzte.

Und dann wurde ihr auf einmal übel. Sie schaffte es gerade noch ins Badezimmer, wo sie sich in die Toilette übergab. Ihr Magen krampfte sich zusammen. Gab alles von sich, was sie zu sich genommen hatte, bis nur noch bittere Galle aufstieg. Mist. Der Orangensaft war viel zu kalt gewesen. Sie hätte ihn nicht so schnell trinken dürfen. Ihr Gesicht war kalkweiß, Schweiß stand auf ihrer Stirn. Sie beugte sich übers Waschbecken, kühlte sich die Haut mit Wasser und spülte ihren Mund aus. Dann stand sie einfach da und starrte in den Spiegel. Sah ihr schmal gewordenes Gesicht, die dunklen Schatten unter den Augen. Jemand betrat das Krankenzimmer. Lena war noch immer etwas schlecht, sie blieb einfach, wo sie war. Vermutlich war es eine Schwester oder ein Pfleger, für die Arztvisite war es zu früh.

»Habe ich dich also gefunden«, hörte sie eine Stimme. Sie kannte sie, benötigte aber ein paar Augenblicke, um sie zuzuordnen. Janica. Was machte sie hier? Mit wem redete sie? Lena spähte durch den offenen Spalt der Badezimmertür ins Krankenzimmer. Tatsächlich. Danutas Tochter stand neben dem Bett, sie erkannte sie, obwohl sie sie nur im Halbprofil sah. In ihren verkrampften Händen hielt sie eine Tasche. Sie sah merkwürdig aus. Das Haar schien nicht gekämmt zu sein, sie trug einen Pullover, der viel zu warm war für die Außentemperatur, dabei Sandalen ohne Strümpfe. Und sie zitterte. Vor Kälte? Oder war es etwas anderes? Noch immer sandte Lenas Magen unangenehme Empfindungen in ihre Kehle. Sie fürchtete schon, sie müsse sich erneut übergeben, als etwas anderes ihr das Blut in den Adern gefrieren ließ.

»Du solltest tot sein. Tot! Verstehst du!« Die Stimme der jungen Frau schraubte sich leicht in die Höhe. Wo war der Wachmann? Warum hatte er sie überhaupt hereingelassen? Jetzt blickte Janica wie gehetzt um sich, aber nicht in Lenas Richtung, die wie erstarrt hinter der leicht offen stehenden Tür verharrte. Dann legte Janica die Hand auf Gerds. Zuerst glaubte Lena, es handele sich um eine liebevolle Geste. Dann sah sie, was die andere vorhatte. Sie versuchte, das Pflaster zu lösen, um die Kanüle herauszuziehen.

Jetzt flutete Adrenalin Lenas Körper. Sie stieß die Tür so heftig auf, dass Janica, die Augen erschrocken aufgerissen, ein paar Schritte rückwärts taumelte. Dabei stieß sie an den Turm mit den Messgeräten und einen entsetzlichen Moment lang fürchtete Lena, er würde umkippen. Janica war bis zur Wand zurückgewichen. Ihr Gesicht war grau, sie sah aus wie jemand, der einen Schock erlitten hatte.

»Was machst du hier?« Lena ging langsam auf die Jüngere zu. »Wie bist du überhaupt hier hereingekommen?« Sie bewegte sich langsam auf die Tür zu. Janica beobachtete sie. Als Lena die Hand nach der Klinke ausstreckte, sah sie etwas am Boden. Janica hatte die Tür von innen mit einem Keil verriegelt. Sie musste ihn herausziehen.

»Wage es nicht!« Janicas Stimme.

Lenas Arm fiel herab. Als sie den Kopf hob, blickte sie zum zweiten Mal innerhalb weniger Tage in die Mündung einer Waffe.

»*Du* hast auf Gerd geschossen?« Lenas Stimme war kaum zu hören. Die Übelkeit schoss schon wieder wie eine Welle in ihr hoch. Doch dieses Mal blieb es dabei. Ihr Magen war leer und gab nichts mehr von sich. Ein Zittern durchlief sie. Ähnlich wie ihr Gegenüber.

»Warum? Warum sollte er sterben? Warum du?«

Janicas Lippen waren blutleer und sahen seltsam vernarbt aus. Als die junge Frau anfing, auf ihrer Unterlippe herumzukauen, wusste Lena, warum.

»Er hat meine Mutter misshandelt und sie vergewaltigt. Ich ...« Sie schlug sich mit der Faust auf die Brust. »... ich bin das Ergebnis. Ungewollt. Wie mir meine Mutter erst kurz vor ihrem Tod sagte.«

»Als sie dich bat, abzutreiben?«

»Bat? Sie war regelrecht hysterisch. Hat nur noch herumgekreischt. Verrückt war sie. Total verrückt. Glaubte sie denn, ich würde das Balg wollen? Von einem Vergewaltiger? Welcher der drei es auch gewesen war!« Sie spuckte voller Verachtung auf den Boden, dann irrten ihre vor Zorn fiebrigen Augen wieder zu dem Mann im Bett. »Dadurch habe ich erfahren, wie unwillkommen ich im Leben meiner verehrten Mutter war. In ihrem Delirium, anders kann man es nicht nennen, hat sie immer wieder geschrien, dass mir das, was ihr passierte, nicht geschehen sollte. *Ich habe es zu spät gemerkt, weil er mich fast totgeschlagen hatte,* hat sie gestammelt. Dass es zu spät für eine Abtreibung gewesen war. Scheißkerl!« Die Pistole schwankte zu Gerd hinüber und Lena stieß einen Schreckensruf aus.

»Nein, Janica. Das stimmt so nicht. Nicht Gerd hat deine Mutter misshandelt. Es war ein anderer Mann. Ich kenne seinen Namen nicht. Aber er war ein Krimineller, ein Waffenschieber. Er hat sie so misshandelt.«

Unter welchem seiner falschen Namen auch immer.

»Und Gerd ist nicht dein Vater.« Lena sagte es mit der absoluten Gewissheit, die sie auf einmal verspürte.

Janica lachte dumpf auf. »Erzähl mir keinen Scheiß, du blöde Schlampe.«

»Kein Scheiß. Die Wahrheit. Ich habe lange danach suchen müssen. Habe auch lange geglaubt, du seist Gerds Tochter. Weil er sich um euch gekümmert hat. Er hat deiner Mutter jeden Monat Geld überwiesen, wusstest du das?«

»Schweigegeld!«

»Nein. Er wollte sichergehen, dass es ihr und dir an nichts fehlt. Sein Name steht in der Geburtsurkunde, aber ...« Sie hielt inne. Verwirrt. »Aber nur in der Kopie, die ich bei Gerd gefunden habe. Du hast mir erzählt, im Original stünde ein anderer Name.«

War alles doch ganz anders?

»Gelogen.« Janica sagte es so kalt, dass Lena eine Gänsehaut die Arme hochkroch. Sie bekam eine Ahnung dafür, warum Erika Pospischil mit Janica nicht viel am Hut hatte.

»Du denkst, Gerd sei dein Vater?«

»Habe die Papiere nach Mutters Tod gefunden. Habe versucht, ihn ausfindig zu machen.«

»Hast du die Todesanzeige deiner Mutter an ihn geschickt?«

Janica nickte. »Habe die Adresse, ein Postfach, in ihren Unterlagen gefunden. Auch die EC-Karte. Das Konto lief auf seinen Namen, aber sie hatte die Karte, da war mir alles klar.«

Nur, dass sie die falschen Schlussfolgerungen daraus gezogen hatte.

»Und dann?«

»Ich dachte, er taucht wenigstens bei der Beerdigung auf. Aber nein, er kam nicht. Noch nicht einmal diese Freundlichkeit hat er meiner Mutter erwiesen.«

Weil er die Todesanzeige noch nicht erhalten hatte.

Gerd war sporadisch nach Frankfurt gefahren, für Lena war immer klar gewesen, dass diese Reisen etwas mit dem Verkauf des Hauses zu tun hatten. Vielleicht mit Bankgeschäften. Von dem Postfach hatte Lena bis vor Kurzem gar nichts gewusst.

»Wie ging es dann weiter?«

»Ich habe jemanden beauftragt, seine Anschrift ausfindig zu machen.«

Die Detektei!

»Ihr wart danach in Bad Homburg. Habt festgestellt, dass er da zwar noch gemeldet ist, aber nicht mehr dort wohnt. Habt ihr in der Nachbarschaft nach seiner neuen Adresse gefragt?«

Janica nickte.

»Ein junger Mann hat sich als Gerds Neffe ausgeben. War das Tyron?«

»Die ehemaligen Nachbarn waren nicht alle gut auf diesen Mann hier zu sprechen. Jemanden, der sein Geld mit Prostitution und Stripteaselokalen verdient.«

Lena verzichtete darauf, sie zu berichtigen.

»Sie meinten, er passte nicht in die Straße. Ein Paar war ganz bereitwillig mit seinen Informationen. Auch was den neuen Wohnort betrifft. Sie erzählten, er sei zu seiner Frankfurter Zeit immer morgens erst nach Hause gekommen. Habe auf der Terrasse gesessen, geraucht. Einen Kaffee getrunken. Zu einer Zeit, zu der *anständige Leute* schon mal aufstehen müssen.«

»Daher wusstest du also, wann du ihm auflauern musstest.«

Wieder ein Nicken.

»Dann seid ihr nach Norddeich gekommen.«

»Ja. Ich dachte zuerst, dass ich euch beobachten müsste. Wir hatten sogar ein Zelt dabei. Aber das war gar nicht nötig. Da saß er, rauchte eine Zigarette und sah in den Himmel. Als habe er nie ... all diese Dinge getan! Die Angewohnheit hat er wohl nicht abgelegt, der alte Rotlichtkönig.« Sie sprach absichtlich verächtlich. Lena war jetzt ganz ruhig. Sie musste Janica irgendwie dazu kriegen, die Waffe wegzulegen. Jeden Moment konnte jemand vom Pflegepersonal kommen. Bemerken, dass sich die Tür nicht öffnen ließ. Wer konnte schon sagen, was dann geschehen würde.

»Als ich sah, wie er fiel, war es ein tolles Gefühl.«

Sie ist stehen geblieben, weil sie es auskosten wollte.

»Tyron hat nach dir gerufen, nachdem du geschossen hast.«

Janica wirkte verwirrt. Sie starrte kurz vor sich hin, als müsse sie in sich hineinhorchen.

»Du hast es gehört?«, fragte sie schließlich zögerlich.

»Ja, im Halbschlaf. Es ist mir erst später wieder eingefallen. Ich wusste, dass ich die Stimme kenne, aber ich konnte nicht mehr sagen, woher. Er hat mich einmal angerufen. Nachdem ich in der Klinik war, dich sprechen wollte. Ist Tyron dein Freund?«

In Janicas Augen blitzte etwas auf. Sie grinste. Verschlagen, wie Lena meinte.

»Oder tut er einfach immer das, was du von ihm verlangst?«

Er beschützt mich, hatte Janica gesagt. Aber wie bei allen Beziehungen war es eine auf Gegenseitigkeit. Janica gab Tyron etwas, was er brauchte.

Er hat auf mich nicht gewirkt wie jemand, der viele Freunde hat.

Janica zuckte mit den Schultern und Lena begriff, dass der junge Mann ihr weitgehend gleichgültig war.

»Er wollte unbedingt dabei sein. Hat erst die Waffe, dann das Auto besorgt. Ist gefahren.«

Lena nickte unwillkürlich. Also hatte tatsächlich Janica geschossen. Weil sie den Mann töten wollte, den sie für ihren Vater hielt und gleichzeitig für den Peiniger ihrer Mutter.

»Du hast den falschen Mann erwischt. Er hat deine Mutter weder misshandelt noch vergewaltigt. Im Gegenteil. Er hat sie in Sicherheit gebracht. Vor ihrem tyrannischen Geliebten. Sie hat gegen den Mann ausgesagt und bekam Zeugenschutz. Einen neuen Namen, eine neue Vita, eine neue Stadt. Und von Gerd ...« Lena machte eine Handbewegung zu dem immer noch still Daliegenden. »... jeden Monat Geld. Damit nicht genug. Um dich vor deinem wahren Erzeuger zu schützen, hat er sich auf der Geburtsurkunde als dein Vater eintragen lassen.«

Janicas Blick huschte von Lena zu dem Mann im Bett. Ganz kurz nur, aber Lena spürte, dass ihre Worte die Jüngere erreichten. Sie trat einen Schritt auf die andere zu, aber die hob die Waffe gleich wieder.

»Einen Schritt näher und ich schieße.« Sie verzog gehässig den Mund. »Und ich bin gut darin.«

»Bundesheer?«

»Eine der besten Schützinnen. Ja.« An Arroganz grenzender Stolz. Auf einmal wusste Lena, warum Erika Pospischil so viel Distanz zur Tochter ihrer Freundin Danuta gehalten hatte. Sie spürte wohl mit ihren feinen Antennen, wie es in Janica wirklich aussah. Ahnte womöglich, was Johann Golombeck geschehen war. Vermutlich hatten ein paar nebulöse Andeutungen der pubertären, besitzergreifenden Tochter gereicht, um Danuta dazu zu bringen, ihn aus ihrem Leben zu entfernen.

Die Klinke der Zimmertür wurde niedergedrückt. Da draußen stand gerade jemand und begriff, dass die Tür von innen blockiert war.

»Hallo?«, rief eine Stimme. Ein Pfleger. »Frau Borowski? Sind Sie da drin?«

»Ja!«, rief Lena zurück.

Janicas Miene zeigte Empörung. Lena hob beschwichtigend die Hand.

»Früher oder später musste es so kommen«, sagte sie leise. »Wir können das Ganze jetzt und hier beenden. Du packst die Waffe wieder ein. Ich sage nichts. Wir sprechen uns aus. Unten in der Cafeteria wird uns niemand stören.«

Hoffentlich geht sie darauf ein.

»Kein Bock. Ich bin wegen etwas anderem hier.«

»Vor der Tür stehen Leute, die werden sich nicht mehr lange vertrösten lassen.«

»Dann sollte ich es jetzt wohl mal besser hinter mich bringen.« Der Arm mit der Waffe schwenkte herum. Jetzt zeigte der Lauf direkt auf Gerd.

»Nein! Halt! Ich mache dir einen Vorschlag.«

»Da bin ich aber gespannt.« Janica ließ die Waffe nur ein kleines bisschen sinken.

»Ein DNA-Abgleich. Gerd ist hier. Du bist hier. Ihr lasst euch beide Blut abnehmen, es wird im Labor verglichen und dann werden wir es genau wissen.«

»Du verlogenes Miststück! Ein DNA-Abgleich. Das dauert ja ewig. Und ich rühre mich nicht weg von hier, bevor der Scheißkerl tot ist.«

»Er ist nicht derjenige, für den du ihn hältst. Begreife es endlich!« Lenas Stimme hatte sich erhoben, war schrill geworden. Die Angst um Gerd schüttelte ihren ganzen Körper.

»Hallo? Was ist los da drin?« Der Polizist. Hörbar angespannt.

»Wer ist im Zimmer?« Eine weitere Person. Die Stimmen drangen nur gedämpft durch die schalldämmende Tür, trotzdem war ihnen die zunehmende Panik anzuhören.

»Frau Borowski und Herrn Rohloffs Tochter«, hörte Lena den Polizisten sagen.

»Du hast dich als seine Tochter vorgestellt?«

»Laut Geburtsurkunde bin ich das.« Janica schlug auf ihre Tasche, wo sie wohl das Dokument verwahrte.

»Hör zu. Du hast jemanden angeschossen. Gerd wird durchkommen. Vielleicht musst du ein paar Jahre ins Gefängnis. Aber du bist noch jung. Kommst bei guter Führung schneller raus. Aber wenn du ihn jetzt tötest, musst du auch mich töten. Dann ...« Sie brach ab, weil ihr die Stimme versagte.

»Dann fahre ich für den Rest meines Lebens ins Häfen ein. Ja. Ich weiß. Aber ich sitze eh schon im Knast. Weil das, was meiner Mutter geschehen ist, was mir geschehen ist, nicht aus meinem Kopf mehr herauskommt. Verstehst du? Ich habe lebenslänglich. Und der Täter liegt hier!«

»Ich verstehe dich. Ich weiß, dass es Dinge gibt, die man nur schwer hinter sich lassen kann. Aber man kann sich helfen lassen. Ich weiß das. Ich habe schon vielen Menschen geholfen. Ich bin Sozialarbeiterin. Wenn du die Wahrheit wissen willst, leg die Waffe weg. Dann nenne ich dir den Namen deines Erzeugers. Wenn du meinen Mann hier tötest, werde ich es dir niemals sagen. Und nur ich bin es, die dir diese Information geben kann.«

Die Waffe war ein bisschen gesunken. Janica starrte blicklos vor sich hin.

Das Klopfen und Rufen an der Tür wurde jetzt immer lauter. Etwas polterte. Ob sie versuchten, die Tür einzuschlagen?

»Ich verspreche dir, wenn du mir jetzt die Waffe gibst, werde ich alles dafür tun, dass die ganze Sache aufgeklärt wird. Damit du sicher sein kannst, dass ich dir die Wahrheit gesagt habe.«

Reden, immer weiter reden. Lena traute sich nicht, sich zu rühren. Dann ein lautes Seufzen. Ein tiefer Atemzug durchfuhr Janicas ganzen Körper. Sie hob den Kopf. Ihr Blick kreuzte den von Lena. Alles stand in diesem einen Blick. Lena schrie auf. »Nein, Janica!« Sie warf sich nach vorn. Die Detonation riss sie mit sich fort in die Dunkelheit.

»Frau Borowski?« Jemand schlug ihr ins Gesicht. »Frau Borowski. Kommen Sie zu sich.«

Langsam lichtete sich der Nebel vor Lenas Augen. Ihr Kopf schmerzte, ein lautes Klingeln im Ohr machte sie fast wahnsinnig. Die linke Seite ihres Gesichts war wie taub.

Sie lag am Boden. Drei Leute beugten sich über sie. Eine Ärztin, ein Pfleger und ... Carlos! Dessen Antlitz jedoch verschwand gleich wieder, als er sah, dass sie noch lebte.

»Was ... was ist passiert?«, murmelte sie und im selben Moment fiel ihr alles wieder ein. Janica. Die Waffe. Der Schuss.

»Gerd?«, schrie Lena und versuchte, aufzustehen. Ein heftiges Schwindelgefühl war das Ergebnis.

»Ruhig. Herrn Rohloff geht es gut.«

Von irgendwoher drang lautes Weinen an Lenas Ohr. Der Polizist sprach hektisch in sein Smartphone. Wasserrauschen drang aus dem Badezimmer.

Vorsichtig setzte Lena sich auf, der Pfleger half ihr. Ein Arzt stand an Gerds Bett, eine weitere Person an den Apparaturen. Janica saß am Boden neben der Tür. Ihre Hände auf dem Rücken, vermutlich in Handfesseln. Sie weinte hemmungslos. Ob wegen des Blutes und der Schmerzen, die sie aufgrund des zerfetzten Ohrs leiden musste, oder aus einem anderen Grund, konnte Lena noch nicht einmal ahnen. Ein Arzt hockte neben ihr im Versuch, die Blutung zu stillen. Sie schien es nicht einmal zu bemerken.

»Sie hat ... sie wollte ...«

Jetzt kam der Polizist zu ihr. »Was war los? Warum hat Frau Kovacs die Tür blockiert und geschossen?«

Lena erklärte es ihm, so gut sie konnte. »Rufen Sie Frau May an«, bat sie den Mann. »Janica hat den Mordanschlag auf Herrn Rohloff gestanden.«

Sie blickte sich um. Wo war Carlos? Er kam gerade aus dem Badezimmer. Er trug einen Blaumann und eine Baseballmütze. Er sah mitgenommen aus. Grau im Gesicht. Lena starrte ihn an. Hatte er es doch geschafft, Gerd zu sehen. Der Polizist schlug ihm auf die Schulter. »Danke, ohne Ihre Hilfe hätten wir den Klotz nicht so schnell wegschieben können. Gut, dass sie gerade da waren.«

Carlos nickte, murmelte etwas und griff nach einer vollgepackten Werkzeugkiste. Mit einem beschwörenden Blick auf Lena verließ er das Zimmer.

»Ich bin okay«, murmelte die und erhob sich. Inzwischen waren mehr Polizisten eingetroffen, vermutlich die Besatzung zweier Streifenwagen. Lena schwankte aus dem Raum.

»Bitte verlassen Sie das Gebäude nicht. Wir brauchen Ihre Aussage«, rief jemand hinter ihr her.

»Bin gleich wieder da, muss auf die Toilette.«

Sie holte Carlos erst ein, als dieser den Weg zur Cafeteria eingeschlagen hatte. Vermutlich, um von dort aus in den Garten zu gelangen und danach das Weite zu suchen. Lena packte ihn am Arm. »Was machst du hier?«, zischte sie ihm zu. »Hat Dolores dir nicht Bescheid gesagt? Die deutsche Polizei weiß, dass du hier bist.«

Er zog seinen Arm weg. »Verhalte dich nicht so auffällig«, blaffte er sie an. Dann, während er sich umsah, fügte er offensichtlich beruhigter hinzu: »Ich bin nicht wegen Gerd hier. Jedenfalls nicht nur.« Er drehte um und ging langsam weiter den Gang entlang. Lena schloss zu ihm auf und lief neben ihm her.

»Sondern?«

»Es geht um die junge Frau, die ihn töten wollte.«

»Janica?«

»Hm. Ja. Wenn das ihr Name ist.« Er nickte und zog die Tür zur Cafeteria auf. Sie gingen am Kiosk vorbei, an dem man sich mit Süßigkeiten, Getränken und Zeitschriften versorgen konnte, durchquerten schweigend den Raum, in dem Menschen an weißen Resopaltischen saßen und Kaffee oder Softdrinks konsumierten. Die meisten tackerten auf ihren elektronischen Geräten herum und blicken nicht auf, als Lena und Carlos vorübergingen. Einige wenige starrten vor sich hin und sahen dabei nicht glücklich aus.

Carlos öffnete die hintere Tür. Gemeinsam gingen sie in den Garten hinaus.

»Woher kennst du sie? Woher wusstest du, dass sie hier ist?«

Carlos schwieg so lange, dass Lena ihn am Ärmel packte. »Rede mit mir!«, herrschte sie ihn an. Er stellte seufzend den Werkzeugkoffer ab, schob die Hände in die Hosentaschen und sah sich um. Es befanden sich kaum Menschen hier draußen, alle bewegten sich außerhalb der Hörweite.

»Ich wusste, dass sie ihren vermeintlichen Vater besuchen würde. Ich wollte sie kennenlernen. Aber natürlich nicht so.«

Lena fixierte ihn. Etwas irritierte sie, aber sie konnte es nicht greifen. »Du schleichst dich hier herein, in der Hoffnung, zufällig auf eine junge Frau zu treffen, die nach allem, was wir inzwischen wissen, gar nicht deine Nichte ist? Du selbst hast mir doch gesagt, dass Gerd mit Danuta nichts hatte.«

Eine Aussage, der sie nur allzu gerne Glauben geschenkt hatte.

»Ob du es glaubst oder nicht: Ich bin schon seit gestern hier. Habe bei einem Bautrupp angeheuert, der ein paar Reparaturarbeiten am Anbau durchführt. So konnte ich mich unauffällig umschauen. Ich habe dich gesehen, als du vorhin hier drin gesessen bist.« Sein Kinn bewegte sich in Richtung der verglasten Front. »Ich dachte, wenn du hier bist, triffst du dich vielleicht mit ihr. Wollte sie sehen. Aber du gingst wieder nach oben. Ich wollte dich nach ihr fragen, nach Gerd. Als ich mich endlich von meiner Arbeit loseisen konnte und nach oben kam, hämmerten der Polizist und ein Pfleger bereits gegen die Tür. Mir war schnell klar, wie sie blockiert worden war. Ein einfacher Keil, den man mit etwas Kraft und Geschicklichkeit nach innen stoßen kann. Das habe ich gemacht. Und dann fiel der Schuss.« Er hielt inne. Fuhr sich mit der Hand übers Gesicht. »Sie wollte sich umbringen. Du bist ihr in den Arm gefallen. Hast ihr das Leben gerettet. Ist dir das klar?«

»Ich hatte immer noch Angst, sie nimmt Gerd mit. Oder mich. Oder uns beide.« Lena zitterte wieder. Carlos streckte die Hand aus und strich ihr über den Arm.

»Kümmere dich um meinen Bruder.«

»Jetzt, wo du schon mal da bist, kannst du doch noch einmal nach oben gehen«, schlug Lena vor. Dummer Gedanke, wie sie gleich darauf selbst feststellte.

»Bei der Masse an Gesetzeshütern, die gleich hier auftauchen werden? Lieber nicht.« Er wirkte auf einmal seltsam verloren.

»Dolores macht sich Sorgen. Weiß sie, wo du bist?«

»Sie weiß Bescheid darüber, wo ich bin. Die Hintergründe kennt sie noch nicht. Ich fliege noch heute Abend zurück nach Gran Canaria. So mich niemand erkennt und verhaftet.«

»Du scheinst mir ja sehr zu vertrauen.«

Carlos lächelte schmal. »Lena, du würdest nie etwas tun, was Gerd eventuell schaden könnte. Und ich weiß, dass du Angst hast, dass es etwas in seiner und meiner Vergangenheit geben könnte, das sich negativ auf ihn auswirken würde.«

Sie schwieg. Es war ihr unangenehm, dass er sie so gut einschätzen konnte.

»Aber auch ich habe etwas für ihn getan. Denn wenn sich jemand auf Danutas Spur setzt, deren Name in Wirklichkeit Mirjana ist, dann werden sie auf etwas stoßen, das mein Bruder einst in bester Absicht getan hat.«

»Du weißt, wer Danuta in Wirklichkeit ist? Woher? Du sagtest mir, sie habe nichts mit Gerd zu tun?«

»So stimmt das nicht.« Er blickte über ihre Schulter. Halb verdeckt von der Hecke, die die Freiluft-Terrasse der Cafeteria umschloss, durchwirbelten blaue und rote Lichter die Luft. Man brachte Janica weg. »Sie hatte mit Gerd zu tun. Nur wusste ich das nicht.«

Lena fasste sich an die Stirn. »Kannst du bitte mal Klartext reden?«

Carlos' Blick kehrte zu ihr zurück. Er legte ihr eine Hand auf die Schulter. »Mein Bruder ist ein viel besserer Mensch, als ich es jemals werde. Er hat Mirjana damals in Sicherheit gebracht. Nicht vor Lazic, mit dem hatte sie nie etwas zu tun. Im Gegensatz zu mir. Ich kannte den Kerl. Ist nicht schade um ihn. Aber Mirjana geschlagen hat er nie. Er kannte sie kaum.«

Sie hat geredet wie ein Roboter. Das hatte Frank Heimers gesagt. Nicht, weil sie so fertig war. Weil sie ihre Aussage vorher auswendig gelernt hatte. Von ... Gerd!

Wir mussten sie sofort nach der Aussage wegbringen. Das war der Deal. Nicht, weil sie Angst vor Lazics Rache haben musste. Sondern, damit nicht aufflog, dass sie nicht die wirkliche Kronzeugin war. Sondern ... Gerd!

Um Lena drehte sich alles. Sie ging ein paar Schritte, lehnte sich an die raue Rinde eines Baumes. »Wer hat Danuta so misshandelt? Wer ist der Vater ihres Kindes?« Sie ahnte es bereits. Aber sie wollte es von Carlos selbst hören.

»Ich bin Janicas Vater. Mirjana muss von mir schwanger gewesen sein, als sie von Gerd in Sicherheit gebracht wurde. In Sicherheit vor mir. Der Zeitraum, alles stimmt.«

Der Wind wehte ein paar Blätter vom Baum.

»Und damit das niemand herausfindet, hat er sich als Vater auf der Geburtsurkunde eintragen lassen.«

Carlos schüttelte den Kopf. »Verstehe ich nicht. Sie hätte doch nur *Vater unbekannt* angeben müssen.«

»Ich verstehe es schon«, sagte Lena leise. »Keiner von beiden wollte, dass das Jugendamt die Vormundschaft übernimmt. Das hätte alles sehr kompliziert gemacht. Vielleicht ihre Deckung aufgehoben. Darum bist du hergekommen? Um Janica zu sehen? Nach all den Jahren in deinen Verstecken rund um die Welt?«

Er starrte sie an. »Lena, ich habe drei Menschen getötet. Um einen war es nicht schade, denn sonst läge Dolores jetzt schon längst unter der Erde. Aber egal. Nicht egal ist, dass jetzt ein Vierter um sein Leben kämpft. Dort drinnen. Mein Bruder stirbt, wenn er stirbt, stellvertretend für mich. Verstehst du? Als du mir Mirjanas, oder Danutas, Foto gezeigt hast, war mir klar, dass der Anschlag auf Gerd mit dieser alten Geschichte zu tun haben musste. Ehrlich gesagt dachte ich an einen Mann, einen Liebhaber, der rächen wollte, was man seiner Frau angetan hat. Erst, als ich da vor der blockierten Tür stand, erfuhr, dass Gerds angebliche Tochter dort drin war, fiel der Groschen. Es ist ein schreckliches Gefühl zu wissen, dass einer der beiden Menschen, dir mir etwas bedeuten auf dieser Welt, an meiner statt ermordet werden sollte. Und jetzt dort drinnen, an Apparaten und Schläuchen hängt, in Ungewissheit, ob er jemals aus seinem unwillkommenen Schlaf wieder erwacht. Ich fühle mich schuldig. Mehr als je zuvor in meinem Leben. Und noch etwas macht mir zu schaffen. Willst du wissen, was es ist?«

Lena nickte beklommen.

»Was, wenn Janica dieses Gen von mir geerbt hat? Diese Aggression, diese Kälte so vielen Menschen gegenüber. Diese kriminelle Unbekümmertheit, mit der auch ich meinen ersten Mord begangen habe. Beim Überfall eines Geldtransporters, falls es dich interessiert.« Er wischte mit der Hand durch die Luft, als könne er den Tod dieses Mannes damit ungeschehen machen. Lena, der Gerd die Geschichte vor längerer Zeit bereits erzählt hatte, erwiderte nichts.

»Meine Tochter ist vielleicht genau so veranlagt, wie ich es war. Müsste ich nicht für sie da sein? Jetzt, wo sie niemanden mehr hat?« Er zuckte in einer hilflosen Geste mit den Schultern. »Nur wie? Sobald ich mich zu erkennen gebe, fahre ich ein. Ganz ehrlich, mir wäre es mittlerweile egal. Aber Dolores. Ich kann und will sie nicht alleine lassen. Sie bedeutet mir mehr als ...« Er hielt abrupt inne, als sei ihm ein Gedanke gekommen, den er aber nicht ausführte.

»Ich muss gehen, bevor ich hier noch auffalle.« Dennoch rührte er sich nicht vom Fleck.

»Ich weiß nicht, was ich sagen soll«, murmelte Lena. Sie drehte sich um und ging langsam zum Haus zurück.

»Lena!«, rief Carlos ihr hinterher. Sie blieb stehen, drehte sich aber nicht zu ihm um. »Bitte ... wenn was sein sollte ... du weißt schon ...«

»Ich rufe dich an.« Sie ging weiter. Wie ein Roboter. Dann fiel ihr noch etwas ein. Carlos stand noch da, wie sie ihn verlassen hatte.

»Wie erfährt es Janica? Wer sagt es ihr?«

»Ich schreibe ihr alles auf. Jetzt, wo mir die Zusammenhänge klar sind. Geh zu Gerds Anwalt. Ich nehme an, es ist immer noch der alte Dr. Gorg?«

Lena nickte.

»Dann schicke ich alles, was Janica von mir erfahren soll, dorthin. Mach es gut.« Er hob den Arm, dann drehte er ab und lief weiter über den Rasen, auf einen Punkt zu, der weit weg vom Eingang zur Klinik lag. Erst jetzt bemerkte Lena, dass er auf einem Bein hinkte.

Nachdem sämtliche Befragungen abgeschlossen waren, nachdem die Polizei sie gebeten hatte, Bad Reichenhall in den nächsten Tagen möglichst nicht zu verlassen, nachdem ihr die Ärzte mehrfach versichert hatten, dass Gerd mit an Sicherheit grenzender Wahrscheinlichkeit überhaupt nichts von dem Drama in seinem Zimmer mitbekommen hatte, aus dem er jetzt allerdings verlegt werden musste, fuhr Lena zurück ins Hotel. Sie war fix und fertig.

Janica! Sie hatte versucht, Gerd zu töten. Noch immer sträubte sich etwas in Lena, das zu glauben. Aber die

Faktenlage hatte ergeben, dass Janica keineswegs die ganze Zeit über in der Klinik gewesen war.

»Es ist keine geschlossene Einrichtung. Patienten können sich selbst einweisen und sich dann auch frei bewegen. Das ist unser Konzept. Wir setzen auf Freiwilligkeit statt auf Kontrolle. Das hat sie genutzt.«

Noch nie war es Lena so schwergefallen, Textnachrichten zu versenden. Kaum waren sie raus, hörte ihr Telefon nicht mehr auf, zu klingeln. Sonja, Marek, Tobias Grau, alle wollten erfahren, wer der Täter war. Ganz besonders schlimm war die Nachricht auch für Johann Golombeck und Erika Pospischil. Keiner von beiden hatte von Danutas Identitätswechsel gewusst. Keiner die Verbindung zu Gerd gekannt. Seine Handynummer in Danutas kleinem Adressbüchlein, unter *Gerda* gespeichert, war der einzige Hinweis gewesen. Nur Janica hatte diesen Eintrag mit dem Mann in Verbindung gebracht, dessen Name auf ihrer Geburtsurkunde stand. Selbst Johann war er niemals aufgefallen. »Ich dachte, das wäre eine Arbeitskollegin.«

Paula May war auf dem Weg nach Bayern. Und Gerd lag immer noch im Koma.

Obwohl sie keinen Appetit verspürte, setzte sich Lena nach einer langen Dusche und einem Wodka auf Eis aus der Minibar ins Hotelrestaurant. Die Karte war klein, ein paar Klassiker wie Wiener Schnitzel mit warmem Kartoffelsalat, dazu ein paar regionale Spezialitäten. Doch nach deftiger bayerischer Küche war es Lena so überhaupt nicht. Ihr Magen hatte sich inzwischen zwar beruhigt, aber nach den Aufregungen des Tages schien ihr das meiste auf der Karte zu schwer verdaulich. Sie wählte eine Grießnockerlsuppe und eine kleine Käseplatte. Der Herr zwei Tische weiter hatte seine Flirtversuche zwar eingestellt, schaute aber immer mal wieder interessiert zu ihr herüber.

Wenn du wüsstest, wie mein Tag verlaufen ist.

Sie verzichtete auf das angebotene Dessert, eine Bayerische Creme mit Himbeeren, und verzog sich auf ihr Zimmer, wo sie unruhig auf und ab ging. Die Nervosität, die die Geschehnisse des Tages in ihr ausgelöst hatten, wirkte nach. Sie trank noch einen Wodka und stellte sich dabei ein Ultimatum: Spätestens in einer Woche würde sie ihren Alkoholkonsum gänzlich einstellen, wenn es ihr bis dahin nicht gelungen war, ihn wieder drastisch zu reduzieren. Sie holte ihr Handy hervor, dreizehn neue Nachrichten, seit sie nicht mehr ans Telefon ging, trudelten ständig Nachfragen ein. Tobias Grau kündigte sein Kommen an. Jetzt, wo die Täterin gefasst war, würde man ihn wohl zu Gerd lassen. Marek schickte Grüße von *ALLEN*, wie er schrieb. Man hoffe, der *Chef* sei bald wieder wohlauf. Als ob das eine mit dem anderen zu tun hätte.

Lena scrollte durch ihren Kalender.

ERINNERUNG, schrieb sie groß ins Tagesfeld des Kalenders in sieben Tagen. »Alk?« Und danach überschlug sie, was sie heute getrunken hatte. Ein Wodka auf Eis. Ein Glas Weißwein zum Essen. Erneut ein Wodka. Na ja, das ging ja gerade noch. Da hatte es in den vergangenen rund drei Wochen Tage gegeben, die wesentlich alkohollastiger gewesen waren. Ihr Blick flog über die Einträge, die so spärlich geworden waren in den letzten Monaten. Zwei Vorsorgetermine, die sie abgesagt und mit dem Vermerk »nachholen« versehen hatte. Und dann war es ihr, als habe ihr jemand gegen die Brust getreten. Unwillkürlich setzte sie sich kerzengerade auf. Kontrollierte noch einmal. Sie hatte sich nicht geirrt. Ihr Herz schlug auf einmal wie ein Dampfhammer gegen die Brust. Das konnte doch nicht wahr sein! Gleichzeitig wusste sie sehr wohl, dass es sein konnte. Auch wenn es das Letzte war, das sie im Moment gebrauchen konnte. Oder sich gar wünschte. Wie in

Trance erhob sie sich, griff nach dem Glas und schüttete den Wodka ins Waschbecken.

Kapitel 31

»Du wirst Vater«, waren die ersten Worte, die Lena am Tag nach ihrer völlig überraschenden Entdeckung zu Gerd sagte. Man hatte ihn verlegt. Das neue Zimmer war etwas größer als das alte, es lag zum Garten hinaus, der sich inzwischen in der vollen Pracht des Frühlings zeigte. Es war warm geworden in den letzten Tagen. Eine Wärme, die Lenas Finger nicht erreichte, die nun kühl auf der Hand ihres Geliebten lagen.

Am Morgen hatte sie eine Apotheke aufgesucht. Sie hatte keine Erfahrungen mit Schwangerschaftstests und musste fragen, ob und wie so etwas überhaupt funktionierte.

»Ja, doch. Sie können bereits wenige Tage nach Ausbleiben Ihrer Regel im Urin feststellen, ob eine Schwangerschaft vorliegt oder nicht«, hatte die Apothekerin ihr fröhlich lächelnd erklärt. Vermutlich, weil sie glaubte, Lena freue sich. Der Test, der erste dieser Art, den Lena überhaupt jemals machte, denn ihre früheren Liebesbeziehungen hatte sie mit Frauen, wo weder Verhütung noch die Frage, ob etwas »passiert« sei, eine Rolle spielten, wies ein eindeutiges Ergebnis auf.

»Schwanger«, hatte sie gemurmelt und nicht gewusst, ob sie lachen oder weinen sollte. »Ich bekomme ein Kind.« Eine Erkenntnis, die sie in eine Krise stürzen konnte. Denn Lena wollte nie Kinder haben. Hatte überhaupt nicht daran gedacht. Gleichwohl hatten Gerd und sie nicht verhütet. Warum eigentlich nicht?

Sie hätte es nicht sagen können. Hatte sie, aus Gewohnheit heraus, nicht daran gedacht? Hatte Gerd geglaubt, sie verhüte? Sie hatten über so viele Dinge gesprochen, aber niemals über dieses Thema. Warum nicht? Es war ein Mysterium. Und nun? Sie hatte sich nackt vor den Spiegel gestellt, zur Seite gedreht. Ihr Bauch war flach wie ein Brett, wie immer. Sie hatte die Hand darauf gelegt. Versucht, etwas zu spüren. Etwas, was da tief in ihr drin heranwachsen würde. Die Verschmelzung von ihr und Gerd. Ein Kind. Sie als Mutter? Unvorstellbar.

Und Gerd wusste nichts davon. Was, wenn er nicht so bald erwachen würde, sie mit einem dicken Bauch sehen würde? Oder gar ... Sie mochte gar nicht daran denken. Mit einem Baby auf dem Arm. Sie.

Ogottogottogott.

Der Arzt betrat das Zimmer. Seine Miene war ernst. »Ich hatte den Empfang gebeten, mir Bescheid zu geben, sobald Sie hier sind.«

Etwas Kaltes kroch Lena über den Rücken. Ihr Blick wanderte von Gerds unbewegtem Gesicht zu dem des Arztes und wieder zurück.

»Wir haben uns entschieden, noch ein paar weiterführende Tests zu machen. Aufgrund der Situation gestern in Herrn Rohloffs Krankenzimmer.« Er schwieg.

»Sie haben gesagt, er könne unmöglich etwas mitbekommen haben.«

Er nickte, immer noch schweigend.

»Hätte er doch?«

Der Arzt sah nicht glücklich drein. »Wir wissen es leider nicht. Aber manchmal gibt es unwillkürliche Reaktionen. Ich meine, ein Schuss. Ein ohrenbetäubender Lärm.«

»Und Gerd hat nichts mitbekommen.« Ihre Stimme war dumpf. Ihre Hand schloss sich unwillkürlich um Gerds daliegende Linke.

»Das muss gar nichts heißen. Ich wollte es Ihnen aber sagen.«

Sie erhob sich.

»Ich bin schwanger«, sagte sie und fühlte eine große Hilflosigkeit. Es war, als würde sie sich auflösen.

»Herzlichen Glückwunsch. Ein Baby zu bekommen, ist immer eine schöne Nachricht. Auch unter diesen Umständen.«

O nein. Dieses Baby kommt sehr zur Unzeit.

Lena sprach nicht aus, was sie dachte, und wiegte nur leicht den Kopf.

»Morgen werden wir weitere Untersuchungen durchführen. Ihr Lebensgefährte wird also nicht hier im Zimmer sein. Nicht, dass sie sich ängstigen, sollten Sie kommen. Aber Sie können auch abwarten. Wir melden uns.« Er erhob sich und steckte die Hände in die Taschen seines Kittels.

»Sie sind eine ungemein mutige Frau. Diese Situation gestern. Wir hier in der Klinik haben so etwas noch nie erlebt. Gott sei Dank. Es hat für viel Aufruhr gesorgt. Eine unserer Schwestern hat einen Schock erlitten. Und Sie sind so besonnen geblieben, obwohl Sie um Ihr Leben fürchten mussten. Wir bewundern Sie. Das wollte ich noch gesagt haben.«

Die Worte standen noch lange im Raum, nachdem er gegangen war. Mutig? Sie? Sie kam sich nicht so vor. Ihr Kopf sank nach vorn, sie weinte auf eine schrecklich einsame, schmerzliche Weise. »Bitte, bitte, lass mich nicht alleine. Unser Kind ... ich kann das nicht ohne dich. Komm zurück zu mir. Wach auf.«

Er antwortete nicht und als sie am Abend ins Hotel zurückkehrte, war es zum ersten Mal seit dem Mordanschlag, als spüre sie sich selbst nicht mehr.

Dr. Gorg hatte bereits mehrfach versucht, sie zu erreichen. Erst nach dem Abendessen schaltete Lena ihr Handy wieder auf Empfang.

»Frau Borowski, ich bitte dringend um Ihren Rückruf. Dringend!«

Sie schnaubte und wählte die angegebene Rufnummer. Sicher, dass sie ihn um diese Uhrzeit nicht mehr erreichen würde. Aber sie hatte sich getäuscht.

»Ich bin noch heute Abend bei Ihnen im Hotel. Wir haben etwas zu besprechen«, sagte er ohne Einleitung. Dem Stimmengewirr nach hielt er sich in einer belebten Umgebung auf. »Bin am Flughafen München. Bis später.« Er drückte das Gespräch weg, bevor sie es beenden konnte.

Was konnte so wichtig sein, dass Gerds Anwalt nach Bad Reichenhall kam? Das Gespräch mit dem Arzt fiel ihr wieder ein und erneut wurde ihr übel. Wusste Gorg mehr als sie?

Unmöglich. Das dürfen sie nicht.

Was wusste sie schon? Die Frage nach Gewissheiten war in den zurückliegenden Wochen fast so etwas wie ein Roulettespiel geworden. Nur eines wusste sie, stärker als je zuvor: Sie liebte Gerd. Sie wäre bereit, ihm alles zu verzeihen. Auch wenn sich das angesichts einer in einer lange zurückliegenden Vergangenheit misshandelten Frau schwierig gestaltet hätte. Aber das Thema hatte sich ja inzwischen erledigt. Es war kaum weniger schockierend gewesen, Carlos' Geständnis zu hören. Aber es war nicht Gerd gewesen, der Danuta vergewaltigt und misshandelt hatte, und somit hatte sich ihr Bauchgefühl als richtig erwiesen.

Dr. Gorg stürmte in den Speisesaal, als Lena gerade ihr Abendessen, gedünsteter Fisch mit grünem Spargel, dazu trank sie stilles Wasser, beendet hatte.

»Gut, dass Sie da sind«, fiel er mit der Tür ins Haus. »Wir müssen uns unterhalten.«

»Aber wohl sicher nicht hier?«

Gorgs wirbelwindartiges Auftauchen hatte einige der anderen Gäste dazu gebracht, indigniert die Köpfe zu heben. Auch der Mann, der sie angeflirtet hatte, sah zu ihnen herüber. Bereit, sein Schwert zu zücken und sie zu verteidigen. Vielleicht jemand, der sich von traurigen Frauen angezogen fühlte? So wie Johann Golombeck? Lena erhob sich. »Lassen Sie uns woanders hingehen.«

Sie fanden einen Platz in der Lobby, eine kleine Sitzgruppe aus dunklem Leder, weit entfernt von der Rezeption. An den anderen Tischen saß niemand. Alle waren beim Abendessen oder in der Bar.

»Eine Janica Kovacs hat sich den Behörden gegenüber als Tochter von Gerhard Rohloff ausgegeben«, begann er.

»Ich weiß«, antwortete Lena ruhig. »Ich habe die junge Frau bereits kennengelernt.«

»Ja, nun gut. Ich möchte Sie darüber in Kenntnis setzen, dass dem nicht so ist. Sie ist nicht seine Tochter. Auch wenn ihn mit der Mutter ein lang zurückliegendes, etwas unglückliches Erlebnis verbindet.« Er hüstelte in seine Faust. Lenas Gedanken drifteten ab. Gorg konnte natürlich nicht wissen, dass das, was er ihr gerade eröffnet hatte, für sie nicht neu war. Aber hätte er ihr das alles nicht auch am Telefon erzählen können?

»Es geht um die Berechtigungen Herrn Rohloffs ... Zustand betreffend.«

Jetzt wurde sie hellhörig. »Seinen Zustand?«

»Er liegt im Koma, außerstande, eigene Willenserklärungen abzugeben.«

»Herr Dr. Gorg, das weiß ich«, entgegnete Lena, mühsam beherrscht.

»Wenn diese junge Frau offiziell als Gerhard Rohloffs Tochter anerkannt wird, könnte sie Ansprüche erheben.«

Jetzt hatte Gorg Lenas Aufmerksamkeit. Dass sie daran nicht gedacht hatte!

»Sie hat eine Geburtsurkunde«, entgegnete sie lahm. »Die ist nicht gefälscht, wenn ich richtig liege.«

»So ist es. Nicht gefälscht. Mein Mandant, also Ihr Lebensgefährte, hatte das als Absicherung gegenüber der Mutter gedacht. Kein Jugendamt, kein ... leiblicher Vater.« Auf einmal wirkte seine Miene gequält. In Lenas Kopf purzelten die Gedanken durcheinander.

»Der richtige Vater ...« Sie sprach nicht weiter. Sollte sie ihre Verbindung zu Carlos offenlegen? »Unterliegen Sie eigentlich einer Schweigepflicht? Für Ihre Mandanten?«

Gorg schnaubte. »In gewisser Weise. Aber falls Sie mir etwas sagen wollen, Sie sind nicht meine Mandantin.«

Na, vielen Dank.

Er beugte sich mit einem konspirativen Gesichtsausdruck zu ihr. »Ich weiß, wer der Vater ist. Die Mutter der jungen Dame und Ihr Lebensgefährte, Frau Borowski, also mein Mandant Gerhard Rohloff, haben damals eine notariell beglaubigte Erklärung aufgesetzt. Es ging natürlich um Fragen einer eventuellen Erbschaft. Das, obwohl Herr Rohloff damals noch in den Anfängen seiner geschäftlichen Laufbahn war. Mehr Schulden hatte, als Geld auf der Bank, aber das tut jetzt nichts zur Sache. An ... also an diese jetzige Situation ... haben die beiden aber nicht gedacht.«

Lena begriff nichts.

»Es ist so, dass Janica Kovacs durch den Mordanschlag auf ihren vermeintlichen Vater sowieso erbunwürdig wäre. Aber ...« Gorg hob den Finger, als sei er ein Lehrer in einer Wilhelm-Busch-Zeichnung. »... Die

Ursache für Herrn Rohloffs Zustand ist nicht einer der Schüsse, die auf ihn abgegeben wurden.«

»Nicht?«

Schon während sie die Frage formulierte, fiel es ihr wieder ein. Dr. Köhler, der Arzt, bei dem Gerd in Norddeutschland nach dem Anschlag zuerst in Behandlung war, hatte sie ausgesprochen.

Auslöser ist nicht der Schuss. Vermutlich ist er beim Fallen ungünstig mit dem Kopf aufgeschlagen.

»Herr Rohloff hat ein schweres Schädel-Hirn-Trauma erlitten. Durch den Sturz. Nicht durch die Kugel, die ihn gestreift hat.«

»Ist das nicht egal?«, fragte sie dumpf.

»Ist es nicht. Juristische Themen sind selten einfach und häufiger, als man denkt, gehen Verfahren anders aus, als von Laien und manchmal auch von Juristen erwartet.« Er schwieg abrupt, als sei er selbst erstaunt über die Merkwürdigkeiten seines Berufsstandes.

»Was heißt das denn?«

»Es könnte kompliziert werden. Das heißt es.«

Noch eine weitgehend schlaflose Nacht. Lena wälzte sich im Bett herum. Was Dr. Gorg angetrieben hatte, war im weiteren Verlauf des Gespräches klar geworden. Zwar hatte Mirjana/Danuta, bereits unter neuem Namen, eidesstattlich erklärt, Janica sei nicht Gerds Tochter. Sie habe ihn wider besseres Wissen in der Geburtsurkunde angegeben. Sie selbst verzichte auf jegliche Rechte, auch im Sinne ihrer Tochter.

»Nur, dass das juristisch heutzutage kaum noch haltbar ist.«

Janica müsse, so die Schlussfolgerung des Anwalts, einen DNA-Abgleich machen. »Sie, Frau Borowski, müssen das in Herrn Rohloffs Namen einleiten. Sie dürfen das, Sie haben Vollmachten. Es sollte geschehen, bevor ...« Er stockte kurz und seine Stimme geriet bei den nächsten Worten in Schieflage. »... bevor etwas geschieht.«

Bevor Gerd womöglich doch noch starb? Ja. Das war gemeint. Denn die Vollmachten für Lena galten zu Lebzeiten.

»Wenn Ihr Lebensgefährte, mein Mandant, wenn er verstürbe, greifen ganz andere Gesetzmäßigkeiten. Und Sie hätten keine Handhabe mehr. Verstehen Sie?«

Ja. Lena verstand. Sie musste Janica dazu überreden, diesen Test zu machen, ihre DNA mit der von Gerd abgleichen zu lassen. Möglichst auch Carlos, damit die Sache ein für alle Mal klar war. Wie das zu bewerkstelligen sein sollte, darüber wollte sie sich jedoch jetzt nicht den Kopf zerbrechen. Das, was sie in dieser Nacht um den Schlaf brachte, war etwas anderes. Es war Dr. Gorgs plötzliche Eile gewesen. Diese Dringlichkeit. So sehr sie sich auch bemühte, nicht darüber nachzudenken, biss sich dieser Umstand in ihrem Gehirn fest wie eine Zecke in einen Hund.

Kapitel 32

Das Untersuchungsgefängnis Bad Reichenhall befand sich in der Frühlingsstraße und hatte dieselbe Ausstrahlung wie alle anderen Anstalten dieser Art. Kühl, abweisend, funktionell. Paula May begleitete Lena, die anders so schnell überhaupt keine Besuchserlaubnis erhalten hätte. Die beiden Frauen warteten seit ungefähr zehn Minuten in einem schmucklosen Besucherraum, als Janica von einer Justizbeamtin hereingeführt wurde.

»Ich sage nichts ohne Anwalt«, erklärte sie sofort.

Lena musterte die junge Frau. Gerds Nichte. Sie saß breitbeinig auf dem Stuhl, scheinbar lässig zurückgelehnt. Ihre Blicke huschten zwischen ihren beiden Besucherinnen hin und her.

»Brauchst du nicht. Auch ich habe noch nicht offiziell ausgesagt.«

Paula May wechselte leicht die Sitzhaltung, blieb aber still.

»Janica. Gerd ist nicht dein Vater, das habe ich dir schon gesagt.«

Paula May bewegte sich leicht. Sie hatte anfangs nicht verstanden, was genau Lena von Janica wollte.

»Ich brauche diesen DNA-Test, um ganz sicher zu sein«, hatte die auf die Frage geantwortet. Noch immer konnte sie Paula May nichts von Carlos erzählen.

»Nein, das brauchen Sie nicht. Den können auch wir anordnen.« Paula May hatte die Brauen gehoben. »Sie,

Frau Borowski, müssen gar nicht mehr mit Janica sprechen. Und wenn, dann nur in meiner Anwesenheit!«

Dass Lena sich trotzdem dazu entschlossen hatte, war dem Umstand geschuldet, dass sie, trotz allem, Janicas Schicksal und das ihrer Mutter nicht unberührt gelassen hatte. Und viel schlimmer noch: Wenn ein DNA-Test doch nicht behördlich angeordnet wurde oder nicht zustande kam oder später gerichtlich nicht anerkannt wurde, hätte sie keine Handhabe mehr gehabt.

»Wir haben in der Klinik über einen DNA-Test gesprochen. Ich bin immer noch bereit, ihn durchführen zu lassen. Ich habe die nötigen Vollmachten. Dann hast du die Klarheit, die du haben wolltest. Kannst endlich Frieden schließen.«

In Janicas Gesicht verschloss sich etwas. Zunächst fürchtete Lena, dass sie gleich eine Abfuhr bekommen würde. Doch noch war sie nicht bereit, aufzugeben.

»Du hast beinahe einen Mann getötet, der dir und deiner Mutter nicht nur nichts getan hat, sondern im Gegenteil, alles daran setzte, dass sie in Sicherheit war und ein Auskommen hatte. Willst du mit dieser Schuld leben und gleichzeitig diesen fatalen Irrtum unaufgeklärt lassen?« Ihre Stimme hatte sich erhoben.

Janica stierte vor sich hin. Dann, auf einmal, lief ihr eine Träne übers Gesicht. »Ich dachte wirklich, dass er der Richtige sei. Alles passte. Alles deutete auf ihn hin.«

»Dann gib ihm wenigstens jetzt die Chance, sich von diesem Makel zu befreien.«

Das hörte sich pathetisch an, aber Lena war es piepegal, wie sie Janica überzeugen konnte. Sie musste es einfach. Es gab keine andere Möglichkeit.

»Ist in Ordnung. Ich bin bereit.« Janica hatte den Kopf gehoben. Zum ersten Mal sah Lena so etwas wie Trauer in ihren Augen.

»Gut. Dann leite ich alles in die Wege.« Das war Paula May. »Wir haben alles dabei.« Die Kripobeamtin griff in ihr Köfferchen, holte ein Stäbchen für den Abstrich heraus und machte sich ans Werk. Jetzt, wo alles geklärt schien, kroch Lena die Nervosität wie eine zweite Haut über den ganzen Körper. Sie war sich sicher, das Ergebnis zu kennen. Carlos war Janicas Vater. Jetzt musste sie nur noch abwarten.

»Danke für Ihre Kooperation.« Paula May nickte Janica leicht zu.

Lena erhob sich ebenfalls. »Danke«, murmelte auch sie.

Erst beim Hinausgehen fiel ihr auf, dass Janica nicht ein Mal nach Tyron gefragt hatte. Es war, als habe der junge Mann seine Schuldigkeit getan und sei danach aus ihrem Aufmerksamkeitsradius gefallen. Tyron. Lena fragte sich, ob er vielleicht ein bisschen minderbemittelt war. Die Auswirkungen seines Tuns gar nicht begriffen hatte. Oder war er von Janica so fasziniert, dass er alles für sie tat?

Darum fragte sie beim Verlassen der JVA Paula May nach Janicas Komplizen.

»Sie sagt, er war eine Zufallsbekanntschaft. Hat sich für ein bisschen Geld als Fahrer verdingt.«

»Blödsinn«, entfuhr es Lena. »Er heißt Tyron. Die beiden müssen sich in der psychiatrischen Klinik kennengelernt haben. Janica sagt, er sei es auch gewesen, der die Waffe besorgt und das Fluchtauto erst gestohlen, danach angezündet hat.«

Doch wie sich herausstellte, hatte Janica diese Aussage nicht offiziell wiederholt. »Sie will ihn schützen. Nachdem Sie uns den Namen bereits bei Ihrer Befragung genannt haben, sind die österreichischen Kollegen gleich in die Klinik gefahren. Aber einen jungen Mann, der so heißt, gibt es in der Psychiatrischen nicht.«

»Das heißt, Sie haben ihn nicht?«

Paula May lächelte. »Wir wissen, dass Janica dort Kontakt zu einem jungen Mann gehabt hat. Er heißt nicht Tyron, den Namen hat er sich selbst gegeben. Er gehört ebenfalls zu denjenigen, die sich immer mal wieder selbst einweisen. Muss in seiner Jugend selbst Opfer schwerster häuslicher Gewalt gewesen sein.« Ihr Blick huschte kurz zu Lena hinüber, als wolle sie sicherstellen, dass diese so eine Mitteilung verdauen konnte.

»Ich bin aus meiner Zeit als Sozialarbeiterin viel gewöhnt«, erklärte die.

»Auf jeden Fall hält er es schwer aus in geschlossenen Räumen. Die behandelnde Ärztin hat erwähnt, dass er die Klinik häufig schon nach wenigen Tagen verlässt. Wiederkommt. Jemand, der es auf die Reihe kriegen will, aber es nicht schafft. Er hält sich häufig im Freien auf, gerne auf einem Baum.«

»Auf einem Baum?« Lena glaubte, sich verhört zu haben.

»Weil ihm da niemand zu nahe kommen kann.«

»O mein Gott«, entfuhr es Lena leise.

»Auf jeden Fall haben wir seine Daten, sein Foto kommt nach und er ist zur Fahndung ausgeschrieben. Zur fraglichen Zeit war auch er nicht in der Klinik. Wir sind uns ziemlich sicher, den Richtigen identifiziert zu haben.«

»Glauben Sie, dass er Gerd gefährlich werden kann? Immerhin befindet er sich noch auf freiem Fuß«, fragte Lena, plötzlich beunruhigt.

Paula May wiegte bedächtig den Kopf. »Davon gehen wir im Moment nicht aus. Der Anschlag ging klar von Janica aus. Ihr Komplize war ihr in gewisser Weise wohl hörig, nicht im erotischen Sinn. Er hat sich als ihr Beschützer verstanden. Wollte ihr auf diese Weise nahe sein, auch bei ihrer Rache. Dass die beiden den falschen Mann ausgesucht haben, weiß er allerdings nicht. Wir werden aber weiterhin einen Kollegen vor Herrn Rohloffs Krankenzimmer postiert lassen, bis wir den jungen Mann dingfest gemacht haben.«

Lena fühlte sich nur unwesentlich beruhigter.

»Wann bekommen Sie sein Foto? Ich meine nur, ich sollte wissen, wie er aussieht. Falls ... er mir oder Gerd zu nahe kommen sollte.«

»Schicke ich Ihnen, sobald es die österreichischen Kollegen an uns weitergeleitet haben.«

Die Suche nach Tyron stand ganz am Anfang. Lena seufzte.

»Sie machen sich Sorgen, wegen des Komplizen? Ist das der Grund, warum Sie heute bedrückter sind als sonst?«, fragte die Kripobeamtin, als sie wieder im Wagen saßen.

»Ich erwarte ein Kind«, antwortete Lena. »Im Moment eine Situation, die mir mehr Angst macht als Freude.«

»Wollten Sie und Herr Rohloff denn Kinder?« Paula May lenkte den Wagen durch den Verkehr.

»Nein. Also ... wir haben nie darüber gesprochen. Und ich hatte das nie auf dem Plan.«

»Verstehe«, murmelte Paula May.

Der Rest der Fahrt verlief schweigend.

Kapitel 33

Janica ist eingefahren. Ich habe es nicht verstanden, dass sie es unbedingt in dieser Klinik zu Ende bringen wollte. Mal ehrlich – selbst, wenn sie nicht auf diese Borowski getroffen wäre, hätte sie sich nie und nimmer rauswinden können. Ich habe versucht, sie davon abzuhalten. Ihr klar gemacht, dass es noch weitere, bessere Gelegenheiten geben würde. Aber sie war nicht zu erreichen. So, wie sie eben manchmal ist. Man kommt nicht an sie heran. Stur wie ein Panzer. Verdammt! Und dabei ist es der falsche Kerl. Aber ich weiß nicht, ob sie das weiß. Kann keinen Kontakt zu ihr aufnehmen. Musste hilflos zusehen, wie man sie weggebracht hat.

Ich habe sie nach Bad Reichenhall gefahren. Dann hat sie mich weggeschickt. Wie einen Diener. Oder einen Knecht. Sie weiß genau, dass ich das nicht leiden kann. Natürlich bin ich nicht gegangen. Habe mich auf dem Gelände herumgetrieben. In der Hoffnung, sie überlege es sich im letzten Moment anders. Anders kam es ja dann auch. Gesehen habe ich nichts, obwohl ich auf einen Baum geklettert bin. Da lag ich dann auf einem dicken Ast, als diese Borowski und ein Handwerker sich in der Nähe unterhalten haben. Und dann der Hammer! Ausgerechnet der ist Janicas richtiger Vater! Jedenfalls hat er das gesagt. Von einer Dolores gefaselt und von Gran Canaria. Davon, dass er schon mehrere Menschen auf dem Gewissen hat. Mannomann! Wir haben den Falschen ausgeguckt und der, der den ganzen Schlamassel verursacht hat, läuft noch immer frei herum.

Kapitel 34

Paula May reiste am nächsten Morgen ab. Obwohl der Fall als gelöst gelten konnte, mit Ausnahme des momentan unauffindbaren Tyron, wirkte sie nicht gerade froh.

»Möglicherweise wird Janica mit einer milden Strafe davonkommen«, vertraute sie Lena auf dem Parkplatz des Hotels an. Die Polizeibeamtin lud einen teuer aussehenden Weekender in den Kofferraum ihres Mietwagens. Sie hatte, wie sie sagte, endlich mal ausgeschlafen und würde von München aus nach Norddeutschland zurückfliegen.

Lena dachte an ihr Gespräch mit Dr. Gorg und nickte gedankenverloren.

»Wenn es nach mir ginge ...« Paula May brach ab und warf den Deckel des Kofferraums schwungvoll zu. Sie blickte nach oben. Dunkle Wolken waren am bisher so sommerlich blauen Himmel aufgezogen. »Aber das müssen wir Polizisten den Gerichten überlassen.« Sie streckte Lena die Hand entgegen. »Wir werden uns wohl erst bei der Gerichtsverhandlung wieder begegnen.«

Lena sah ihr nach, bis der Wagen aus ihrem Blickfeld verschwunden war. Fast vier Wochen lang war Paula May ihre Ansprechpartnerin gewesen. Diejenige, bei der alle Fäden in Gerds Fall zusammenliefen. Sie hatte sich so daran gewöhnt, dass sie fast so etwas wie Bedauern darüber verspürte, dass sich ihre Wege trennten.

Die Geschichte mit Anton Hellmer war zwar noch nicht ausgestanden, aber da war Paula May außen vor, dieser Fall betraf sie nicht. Jetzt, wo sie weg war, fühlte sich Lena fast ein bisschen einsam. Daran änderten alle Telefonate und Nachrichten nichts, die im Laufe des Tages eintrafen.

An diesem Tag, an dem sie nicht in die Klinik gehen würde, hatte Lena andere Pläne für den Tag geschmiedet. Sie lief durch die Stadt, in der sie seit vier Wochen zwar immer mal wieder zu Gast gewesen war, die sie aber nicht wirklich kannte. Falls Gerd weiterhin hier in dieser Klinik bleiben musste, würde sie sich ein Appartement mieten. Auf Dauer im Hotel zu wohnen war nicht ihr Ding, so angenehm das momentan auch war. Noch lief die Miete für das Haus in Norddeich weiter. Die Entscheidung darüber, ob sie beide, nach allem, was geschehen war, dorthin zurückkehren würden, wollte sie aber keinesfalls allein treffen. An diesem Tag wollte sie ein Gespür für Bad Reichenhall bekommen. Wo würde sie sich, schlimmstenfalls über längere Zeit hinweg, wohlfühlen?

Sie rief ein Online-Immobilienportal auf. Studierte alle Anzeigen zu möblierten Appartements auf Zeit. Am besten gefiel ihr eine Einzimmerwohnung in einer Jugendstilvilla, unweit der Saalach und fußläufig zur Einkaufszone in der Innenstadt. Sie speicherte sich die Kontaktdaten ab und beschloss, zunächst einmal dort vorbeizugehen, sich das Haus von außen anzusehen und gegebenenfalls später einen Besichtigungstermin zu vereinbaren.

Eine zweite Entscheidung lag ihr wesentlich schwerer im Magen. Es gab im Ort keine Beratungsstelle von pro familia. Die Schwangerschaftsberatung befand sich im Landratsamt. Einen Ort, den Lena ganz bestimmt nicht aufsuchen wollte. Erinnerte er sie doch an ihre eigene berufliche Vergangenheit in einer Verwaltung, die sie vor ein paar Monaten endgültig abgehakt hatte. Sie klickte sich durch alle Webseiten, die sich mit dem Thema beschäftigten, und beschloss, zunächst eine Gynäkologin aufzusuchen. Vielleicht war es ja lediglich falscher Alarm? Möglicherweise war ihre Regel nur aufgrund der aktuellen Stresssituation ausgeblieben. Und wer sagte denn, dass ein Test immer richtig war? Es gab bestimmt eine Fehlerquote. Wenn nicht, würde sie in Frankfurt eine Beratungsstelle kontaktieren. Unwillkürlich legte sie die Hand auf ihren Bauch. Auf einmal kam sie sich unglaublich naiv vor, nie darüber nachgedacht zu haben, welche Konsequenzen die körperliche Liebe mit einem Mann haben konnte. Sie schüttelte den Kopf über sich selbst.

Lena, Lena. Sonst im Leben so taff. Und jetzt ...

Etwas, das ihr ganzes Leben umschmeißen konnte, hatte ihr einfach nicht klar vor Augen gestanden. Hätte sie früher daran gedacht, stünde sie nun nicht vor dieser Entscheidung. Noch einmal horchte sie in sich hinein. Wie schon in der Nacht zuvor und in der davor. Versuchte, sich vorzustellen, wie ein Kind aussehen könnte. Dunkles Haar, vermutlich. Würden sich Gerds braune oder ihre grünen Augen durchsetzen? Und welche Statur? Das Ergebnis all dieser Überlegungen lautete: Sie konnte es sich nicht vorstellen. Gar nicht. Der Gedanke, ein Kind zu bekommen, brachte in ihr keine Saite zum Klingen, löste keine Begeisterung aus. Im Gegenteil. Je intensiver sie versuchte, einen emotionalen Zugang dazu zu finden, desto abwehrender wurde ihre Haltung.

Ich will kein Kind. Auch keines von Gerd.

Wenn sie nur mit ihm darüber sprechen könnte! Aber – würde das wirklich etwas an ihrem Entschluss ändern?

Ich bin einfach kein Muttertier.

Das schlechte Gewissen holte sie sofort ein. Was, wenn Gerd erwachte, kurz nachdem sie ihr gemeinsames Kind abgetrieben hatte? Würde sie es ihm sagen oder nicht? Wie würde er reagieren? Erschwerend kam hinzu, dass sie nicht wusste, ob Gerd sich jemals Kinder gewünscht hatte.

Keine Ahnung, textete Sonja zurück. *Wir waren nur kurz zusammen, das war kein Thema.* Und weiter: *Gibt es etwas, das ich wissen sollte?*

Tobias Grau antwortete mit einem knappen *Mir nicht bekannt.*

Natürlich, mit ihm hatte Gerd andere Gesprächsthemen gehabt.

Nein, sie war auf sich allein gestellt. Jedwede Entscheidung, die sie traf, würde sie für Gerd mittreffen. Eine Last, die bleischwer auf ihr lag.

Eine Frau kam ihr entgegen. Sie hielt einen kleinen Jungen an der Hand. Der Knirps lachte Lena verschmitzt an und streckte im Vorübergehen seine schokoladenverschmierte Hand in ihre Richtung. Die Mutter zog ihr Kind mit einem entschuldigenden Lächeln weiter. Es drehte dabei den Kopf zu Lena und grinste sie an. Ein Anblick, der ihr das Herz zusammengezogen hatte und ihr lange im Gedächtnis blieb. Auch noch, als sie sich telefonisch bei einer Frauenärztin anmeldete. Obwohl sie es dringend machte, konnte man ihr erst zwei Wochen später einen Termin einräumen.

Nun ja, es ist ja alles ganz frisch. Keine Eile, beruhigte sie sich. Dann wandte sie sich um. Betrachtete die schneebedeckten Kuppen der Berchtesgadener Alpen, die majestätisch in den blauen, nur von weißen Schäfchenwolken betupften Himmel ragten, und fragte sich, ob das hier, zumindest vorübergehend, ihre neue Heimat werden würde.

Eine Woche später

Ihr Besuchsantrag war bewilligt worden. Janica war sehr dünn geworden, sie wirkte grau und krank und keineswegs mehr so abweisend, wie bei Lenas erstem Besuch.

Inzwischen kannten sie beide das Ergebnis des DNA-Tests. Wie erwartet, kam Gerd als Vater nicht infrage. »Aber es besteht eine enge Verwandtschaft zum Kindsvater«, so stand es im Bericht. Also hatte Carlos recht behalten. Er war es, der Danuta geschwängert hatte.

»Wer ist es?«, lautete daher Janicas erste Frage an Lena.

»Es ist nicht der Mann, von dem ich dir erzählt habe. Von dem ich geglaubt habe, dass er es sei. Tatsächlich weiß ich jetzt mit Sicherheit, wessen Tochter du bist«, begann sie behutsam. Wie ihr alles erzählen, ohne ihre direkte Verbindung zu Carlos offenzulegen? »Meine Güte. Das klingt nach einer ganzen Menge von Möglichkeiten. Mit wie vielen Männern hat meine Mutter eigentlich rumgemacht?«

»Sie hat mit niemandem *rumgemacht.* Gar nicht. Im Gegenteil, sie war eher zurückhaltend, was das betrifft. Deine Mutter hat einmal den falschen Mann geliebt und sich von ihm getrennt. Den zweiten kennst du, es war Johann.« Lena blieb ganz ruhig. Sie hatte zwar keine Ahnung, ob und wenn ja als was genau Danuta damals in Frankfurt gearbeitet hatte. Aber auch nur die Andeutung, sie könne sich prostituiert haben, schien ihr keineswegs angebracht. Zumal es viel zu viele Frauen gab, die das nicht freiwillig taten.

»Laut dem Testergebnis, das ich dir mitgebracht habe, ist es ein enger Verwandter von Gerd. Es kann sich nur um eine Person handeln – seinen Bruder. Er hat über einen Anwalt Kontakt zu mir aufgenommen. Er ist bereit, sich all deinen Fragen zu stellen.«

Die Angesprochene schnaubte. Lena ahnte, was in ihr vorging.

»Darf ich ein Messer mitbringen zu diesem Kennenlernen?« Janica lachte nach diesen Worten spöttisch auf.

»Nein«, sagte Lena seufzend. »Ein Kennenlernen steht momentan nicht zur Debatte. Ich kann dir aber alles sagen, was ich über diesen Mann weiß. Und noch mehr. Wenn du mich als seine Vermittlerin akzeptieren möchtest. Andernfalls gibt es die Möglichkeit, dass sein Anwalt deine Anwältin kontaktiert. Was den Austausch der reinen Fakten betrifft, wäre das kein Unterschied.« Sie hielt kurz inne. Janicas Lider flatterten leicht. Sie hatte niemanden mehr. Außer ihr, Lena und dem Mann, auf den sie an Gerds Stelle geschossen hätte, hätte sie gewusst, dass er ihrer Mutter das alles angetan hatte.

Lena selbst hatte sich überwinden müssen, zu kommen. Sie konnte Janica nicht vergeben, was sie Gerd angetan hatte. Was sie ihr angetan hatte.

»Vergebung ist das Wichtigste im Leben«, hatte Erika Pospischil ihr gesagt. »Das solltest du auch tun, Lena. Vergib Janica, was sie getan hat. Vergib deinem Lebensgefährten, dass er dir Janicas Existenz verschwiegen hat. Und vergib allen anderen, die mit der Sache zu tun haben. Sende vergebende Liebe aus, das ist die beste Methode. Die beste, die ich kenne. Wenn wir nicht bereit sind zu verzeihen, sondern weiter unsere wuterfüllten Gedanken nähren ist es, als würden wir jeden Tag Gift schlucken. Unser Zorn, unser Hass schadet ja nur uns selbst.«

Ob das so leicht ginge, verzeihen? Sie saß hier, weil Carlos sie darum gebeten hatte.

Dem ich innerlich auch vergeben muss. In irgendeiner Weise, jedenfalls.

Noch konnte sie mit Janica sprechen. Bald schon würde Gerds Nichte verlegt werden. Man würde ihr den Prozess machen für ein Verbrechen, das juristisch bisher nicht einmal ausformuliert war. »Dr. Gorg, das ist Gerds Anwalt, hat Kontakt zu dessen Bruder. Er heißt Karl-Heinz und war der Lebensgefährte deiner Mutter. Er war zu der damaligen Zeit ein sehr aggressiver Mensch und hat sie misshandelt«, begann Lena. Und dann erzählte sie Janica alles, was sie wusste. Mit Ausnahme des Zeugenschutzprogramms, denn auch wenn Anton Hellmer tot war und sein früherer Kollege Heimers nicht mehr im Dienst des BKA stand, fand sie, dass das für Janica nichts zur Sache tat. Im Gegenteil. Sie würde sich da womöglich immer fragen, warum ihre Mutter ihr auch das verheimlicht hatte. Besser, bestimmte Dinge blieben ungesagt.

Am Ende trat Janica wütend gegen den Tisch, anschließend weinte sie, es war nicht eindeutig zu erkennen, ob aus Wut oder Verzweiflung. Letztendlich sagte sie zu, den Kontakt zu ihrem Vater herzustellen.

»Solange du hier bist, komme ich. Nehme deine Fragen mit und bringe dir seine Antworten.« Die Verbindung lief offiziell über Dr. Gorg, inoffiziell hielt aber Lena weiterhin Kontakt zu Carlos. Dies allerdings nur über Dolores' Handy, damit nicht womöglich eine Spur gelegt wurde. Carlos war am Ende, wie er sagte. »Wenn ich könnte, würde ich die Strafe auf mich nehmen und damit Buße tun für das, was ich angerichtet habe. Niemals hätte ich gewollt, dass ausgerechnet mein Bruder der Leidtragende ist.« Lena hatte ihm angesehen, wie sehr das an ihm nagte, wie verzweifelt er mit sich rang. Immer im Bewusstsein, dass eine alte und schon längst vergessen geglaubte Geschichte zwei Menschen eingeholt hatte, denen er nahestand.

»Wie geht es ihm? Dem Mann, den ich töten wollte?« Janicas Frage kam leise, beinahe schüchtern.

Lena straffte ihren Rücken. »Unverändert. Nachdem du in der Klinik warst, haben die Ärzte neue Untersuchungen gemacht. Die Hirnströme sind nach wie vor normal. Alles funktioniert, nur, dass er leider noch nicht wach geworden ist.«

Eine Frage der Zeit, hatte Dr. Riess ihr gesagt. Er klang hoffnungsvoller als eine Woche zuvor.

»Wenn er aus dem Koma erwacht, sag ihm, es tut mir leid.«

Lena schluckte hart. »Das tue ich. Wenn auch du mir einen Gefallen tust.«

»Was denn?«

»Janica, weißt du, wo Tyron sich versteckt halten könnte?« Ihr Gegenüber verschränkte die Arme vor der Brust und sah stumm zu Boden.

»Bitte, sag es mir«, forderte Lena sie auf. »Er läuft noch da draußen rum. Er weiß nicht, dass ihr euch den falschen Mann ausgesucht habt. Vielleicht versucht er, Gerd nun doch noch zu töten. Nur du kannst verhindern, dass das geschieht.« Janica hob langsam den Kopf. Lena sah, wie es in ihrem Gehirn ratterte. »Er weiß es nicht?«

»Woher denn auch? Du weißt es, aber soweit ich das beurteilen kann, habt ihr keine Verbindung. Du bist die einzige Person, auf die er hören wird.«

Sie ließ den Worten Zeit, zu wirken. Janica biss auf ihrer Unterlippe herum. So heftig, dass sie blutete. Lena musste sich zwingen, den Blick nicht abzuwenden. Ihn auf die junge Frau ihr gegenüber gerichtet zu halten.

»Wenn ich es dir sage, musst du versprechen, ihn nicht an die Polizei auszuliefern. Verstanden?«

Lena zögerte. Konnte sie ein solches Versprechen geben? Halten? Sie hatte bereits so viele Dinge verschwiegen.

»Ich verspreche es«, sagte sie langsam.

Ich bitte um Vergebung, dass ich dieses Versprechen gewiss nicht halten werde.

»Er ist unglücklich. Hatte die falschen Eltern. Anders als ich. Schlimmer«, murmelte Janica vor sich hin. Gerade so, als spräche sie nur mit sich selbst. Als säße ihr niemand gegenüber. »Er war immer gut zu mir. Wollte mein Beschützer sein. So, wie er sich einen Beschützer gewünscht hätte, als er klein war.«

Lena dachte mit Unbehagen an das, was Paula May ihr über Tyron erzählt hatte.

»Wenn er einfährt ... das überlebt er nicht.« Nun hob Janica den Blick. Es lag etwas Flehendes darin. Etwas, wovor Lena ihr Herz verschließen musste.

»Ich verstehe«, murmelte sie.

»Manche Menschen sollten keine Kinder haben.« Jetzt war Janicas Stimme hart geworden. Lena musste an Carlos' Worte denken. Ob er recht hatte? Ob ein Teil seiner *schlechten Gene,* wie er es nannte, auf seine Tochter übergegangen waren? Dass sie sich um Tyron sorgte, war zumindest eine Art Anteilnahme, die sie vorher nicht gezeigt hatte.

»Wo ist er?«

Janica beugte sich vor. »Wenn er sich noch in Salzburg aufhält, dann könnte er dort sein.« Sie diktierte Lena leise eine Adresse. »Eine WG. Ab und zu pennt er dort.«

»Was soll ich ihm sagen, damit er weiß, dass die Nachricht von dir kommt?«

Janicas Blick wurde jetzt wieder kühl. Abwägend. »Sag ihm einfach: Bipa.«

»Bipa?«, echote Lena verständnislos.

»Eine Drogeriekette.«

»Aha. Und das versteht er?«

Janica gab keine Erklärung mehr dazu ab, wann und warum sich die beiden ausgerechnet diesen Code ausgesucht hatten.

»Dann sagst du ihm, dass die Sache beendet ist. Ich will nicht, dass er womöglich alleine weitermacht. Sag ihm, er soll abhauen, sich in Sicherheit bringen. Es reicht, dass ich im Häfen sitze.«

»Okay«, antwortete Lena gedehnt. Sie wusste, dass Tyron seiner Freundin bald folgen würde. Dass sie sich erst sicher fühlen würde, wenn auch er hinter Gittern saß. Wobei ihm keine lange Haftstrafe drohte. Wenn überhaupt. Ein Mensch, der so Schlimmes durchgemacht hatte, wie vermutlich er, der letztendlich nicht geschossen hatte, sondern lediglich Beihilfe geleistet hatte, oder wie auch immer das juristisch genannt wurde, dessen Anwälte würden jede Menge mildernde Umstände geltend machen. Doch das war jetzt erst einmal zweitrangig. Wichtig war, dass man ihn fand.

Als sie das Untersuchungsgefängnis verließ, fühlte sich Lena daher auf zweierlei Weise erleichtert. Vater und Tochter würden im besten Fall zusammenfinden, auf eine Art, die zum jetzigen Zeitpunkt niemand erahnen konnte. Sobald Janica ihre Strafe abgesessen hatte, würde Carlos sie persönlich treffen. Das zumindest hatte er angekündigt. Vielleicht hatten sie beide heute den Anfang dafür gemacht. Und Tyron würde aus dem Verkehr gezogen. Sie griff nach ihrem Mobiltelefon und gab Paula May die Information, die sie soeben bekommen hatte.

Kapitel 35

Janica kann es nicht mehr zu Ende bringen. Aber ich. Sie ahnt nicht einmal, dass ich inzwischen weiß, wer ihr richtiger Vater ist. Der, der ihrer Mutter all das Schlimme angetan hat.

Gran Canaria, das ist nicht aus der Welt.

Dumm, dumm, dumm, habe ich zuerst gedacht, als mir klar wurde, was das Gespräch der beiden da im Garten der Klinik bedeutete. Den Falschen erwischt zu haben!

Dumm, dumm, dumm. So hat mein Vater immer gesagt, bevor er den Gürtel holte.

Dumm, dumm, dumm. So hat meine Mutter immer gesagt, bevor sie meine Hände auf die heiße Herdplatte drückte.

Dumm, dumm, dumm. So hat mein Opa immer gesagt, bevor er sich an mir zu schaffen machte.

Du bist nicht dumm. So hat Janica immer gesagt. Dabei war sie immer die Klügere von uns. Wusste immer genau, was sie wollte. Sie ist der erste Mensch, bei dem ich mich vom ersten Tag an wohl gefühlt habe. Weil sie nie etwas von mir verlangt hat. Alles, was ich für sie getan habe, habe ich nur getan, um sie zu beschützen. Sie mag klug sein, aber sie ist auch klein und schwach. Dass sie so gut schießen kann, habe ich nicht gewusst. War ganz perplex, als wir unsere Übungen im Wald gemacht haben. Nachdem ich die Knarre besorgt hatte.

Soll das alles jetzt umsonst gewesen sein?

Sicher nicht. Ich weiß, wo der Kerl sich aufhält. Gran Canaria. Eine Insel. So groß kann die gar nicht sein, dass ich den nicht aufspüre. Der Falsche liegt im Koma. Der Richtige wird dafür büßen, was er Janica angetan hat.

Jetzt wird mein Flug aufgerufen. Adieu Österreich. Ihr könnt mich mal!

Epilog

Lena warf die Schlüssel für ihr neues Domizil schwungvoll in die Schale aus poliertem Holz, die auf der Kommode stand. Es war ein seltsames Gefühl, in einem von anderen Menschen möblierten Appartement zu wohnen. Drei Tage war es her, seit sie eingezogen war. Noch fühlte sie sich fremd. Zugleich angekommen in einer neuen Stadt, einer neuen Situation. In einer neuen Hoffnung.

Die zunächst mit einer herben Enttäuschung begann.

»Das Nest ist leer. Tyron ist ausgeflogen«, hatte Paula May ihr knapp eine Woche zuvor am Telefon mitgeteilt. »Die drei anderen jungen Männer in der WG haben ihn seit Wochen nicht mehr gesehen. Das Zimmer, das er sporadisch bewohnte, hat nichts hergegeben. Gemeldet war er unter dieser Adresse auch nicht. Die österreichischen Kollegen wissen nicht, wo er sich aufhält.«

Doch schon am nächsten Tag konnte sie aufatmen. »Wir haben ihn«, hatte Paula May gesagt. »Tyron, wie er sich nennt, war gerade im Begriff, nach Gran Canaria zu fliegen. Am Flughafen konnte er abgefangen werden, bevor er das Land verließ.«

Lena war es kalt den Rücken hinunter gelaufen. Gran Canaria. War das ein Zufall? Sie glaubte nicht so recht daran.

»Was er auf den Kanaren wollte, wissen wir nicht«, fuhr Paula May dann fort. Sie seufzte. »Er hat im

Moment komplett dichtgemacht. Redet kaum. Dreht allerdings fast durch in seiner Zelle.«

Lena hatte noch lange nach dem Gespräch über alles nachgedacht. Ihre eigene unbeschwerte und glückliche Kindheit. Andererseits das, was sie in vielen Jahren als Sozialarbeiterin erfahren hatte. Die Schmerzen, die Eltern ihren Kindern bereiten konnten. Mit gravierenden Folgen für deren ganzes Leben. Würde es Tyron schaffen, den Teufelskreis zu durchbrechen? Irgendwann ein Leben nah an der Normalität zu führen?

Sie trat zum Fenster. Sah in den Himmel hinauf. Dann spürte sie ein leises Ziehen unterhalb des Bauchnabels. Einbildung, dessen war sie sich sicher. Sie konnte doch noch gar nichts spüren. Oder doch? Sie legte ihre Hand auf die Stelle.

»Hallo Kleines«, sagte sie leise zu dem Kind, das in ihr wuchs. Das sie sich entschieden hatte, zu bekommen. »Nachher gehen wir deinen Vater besuchen. Noch weiß niemand, wann er wieder die Augen aufschlagen wird. Aber ich wünsche mir, dass er spürt, wie ein Teil von ihm in mir heranwächst.«

Die Antwort kam schneller, als sie dachte. Etwas, das sich wie ein leises Klopfen gegen ihre Bauchdecke anfühlte. Etwas, das sie als Zustimmung betrachtete. Woher auch immer es kam.

Danksagung

Die Arbeit an diesem Roman wurde gefördert im Rahmen des Kulturförderprogramms »Hessen kulturell neu eröffnen«.